문학 오디세이를 위한

메타에세이

문학 오디세이를 위한

메타에세이

인 쇄 2022년 10월 25일
발 행 2022년 10월 31일

지은이 박양근
발행인 서정환
발행처 수필과비평사
주 소 서울시 종로구 삼일대로 32길 36
　　　 (익선동 30-6 운현신화타워 빌딩) 305호
전 화 (02) 3675-3885 (063) 275-4000 · 0484
팩 스 (063) 274-3131
이메일 sina321@hanmail.net essay321@hanmail.net
출판등록 제300-2013-133호
인쇄 · 제본 신아출판사

ISBN 979-11-5933-427-6 (03810)
값 16,000원

문학 오디세이를 위한

메타에세이

박양근

문학세계로의 인문적 항해와 삶의 진경을 펼치는 시공을 찾아서

수필과비평사

나, 그대, 우리는
글을 쓴다. 작가로서 살기 위하여

사람은 태어나면서 작가다. 그는 세상이 들어온 느낌을 울음으로 표현한다. 내가 누구인가를 알리는 방법과 공간을 지니기 시작한다. 한해 한해가 지나면서 표정과 손짓과 발짓으로 기쁨과 슬픔을 말한다. 더욱 성숙하면 말을 배우고 글이 자신의 표현 방식임을 알아차린다. 청춘의 아픔과 어른으로 살아가야 하는 시련을 치유하는 방법도 언어로 익힌다. 꽃봉오리처럼 피어나는 눈물 한 방울과 조용히 떠올랐다 사라지는 미소의 뜻을 알 때쯤이면 하얀 머리카락이 가을바람에 나붓대는 나이가 된다.

작가로서 살고 싶다. 글을 쓰기 위하여
나, 그대, 우리는

마침내 자기만의 마지막 말을 남기고 끝 숨을 내쉰다. 작가란 글을 쓰는 사람만이 아니라 생각하고 느끼는 모든 사람들이다. 사람은 태어나는 시간부터 삶을 마무리하는 순간까지 늘 글 판을 껴안고 산다. 하지만 가장 절절하고 장엄한 말과 글의 꽃은 마지막 작품집에 방점을 찍는 순간에 피어날 것이다.

2022년 시월, 감 익는 때
청은재淸隱齋에서
저자 **박양근**

|목차|

5부

6부

7부

1부

01. 그, 문학 순례자

그는 오늘도 걷습니다.
그는 문학의 정원으로 다다르는 길을 걷습니다.
그는 달팽이처럼 느리지만, 물소처럼 달리기도 합니다.
그는 지나는 바람을 붙들고, 잊어도 좋을 달빛을 기억합니다.
그는 무엇보다 만난 적도 없는 이웃의 눈물을 헤아립니다.

그래서 그는 일상 외에 또 하나의 삶을 살아갑니다.

누구는 편하게 사느라 그 길을 숫제 쳐다보지도 않습니다.
누구는 글이라는 정원으로 들어갈 생각도 하지 않습니다.
누구는 글을 좋아하는 사람을 멀리하기도 합니다.

그런데 참 이상합니다. 여•전•히.

그는 문학을 신이 부여한 생명만큼이나 사랑합니다.
그는 문학을 인간임을 입증하는 증표로 여깁니다.
그는 문학을 기름으로 태워 봉홧불을 올립니다.

그는 오직 살기 위하여 쓴다고 말합니다.
그러니 그가 아니면 누가 글 길을 닦겠습니까.
그러니 그가 빠지면 누가 웅덩이를 메우겠습니까.
그러니 그가 없으면 누가 이정표를 세우겠습니까.
그러니 그가 나서지 않으면 누가 안내를 하겠습니까.
그러니 그가 쓰러지면 누가 그를 대신하겠습니까.

그러므로 그는 늘 마음고생을 감내합니다.
그러므로 그는 눈비를 마다하지 않습니다.
그러므로 그의 걸음에는 늘 향기가 피어오릅니다.
그러므로 그를 글 농사꾼이라 부르는 것입니다.

이처럼 문인은 가벼이 살아가는 생활인입니다.
이처럼 문인은 명상의 숲을 지키는 자연인입니다.
이처럼 문인은 귀를 기울이는 명상인입니다.

그대의 눈으로 별을 보십시오. 저 먼 별꽃이 한 손으로 쥘 수 있고 숨 한 번으로 멀리 날아가 버릴 듯합니다. 그 항성은 우주선을 타고 다가갈수록 커집니다. 지구는 꽃별처럼 작아지고 사람이 다가가는 것이건만 항성은 무량수의 질량으로 가까이 달려오는 형국입니다. 천신만고 끝에 지표면에 착륙하여도 아는 것이 아무것도 없습니다. 손으로 잡고 눈으로 보는 무엇이든 수천억 분의 일에 불과한 한 조각일 따름입니다.

그런데 놀라운 광경이 보입니다. 아침 해가 밝아오는 새벽 숲이 움직이고 있습니다. 컴컴한 어둠 동안, 나뿐인가 두려웠는데, 알고 보니 숲이 걷고 있습니다. 분명코 숲이 느리지만, 소리 없이 움직이고 있습니다. 숲의 나무들이 서 있는 순례자이고 함께 걷는 여행자입니다. 이제 날이 개고 이 숲, 저 숲에서 걷는 분들과 함께하니 즐겁고 신명이 납니다.

게다가 저편에 안내판이 보입니다.

시사입선관詩思入禪關. 당나라 시인 대숙윤戴叔倫이 《송도건유방送道虔游方》에서 "시의 사유는 선의 관문에 들어가는 것이다."라고 하였답니다.

그 순간에 다시 딛습니다. 저 숲속에 글의 정원이 있다니 걸음을 멈출 수 없습니다. 사막 신기루를 바라보는 낙타처럼, 잃어버린 성배를 찾는 기사처럼, 원시림에 묻힌 황금 사원을 찾는 고고학자처럼 계속 나아가는 겁니다.

그에게 글은 세상을 보는 수정안水晶眼입니다. 세상을 읽는 눈입니다. 그것이 글이니 겸손하지 않고서야 어찌 문학 정원으로 들어가는 문을 찾겠습니까. 신을 맞이하기 위해 신의 나라로 들어가야 하는 이치와 같습니다. 적잖은 세월이 지나 문학 정원의 집사가 되었습니다. 이제부터 노을빛 미소로, 수련 같은 눈빛으로, 달맞이꽃 같은 손짓으로 다가오는 분들을 맞이해야지요.

그러니 계속 가야지요. 고개를 들어 하늘을 경배하고 몸을 굽혀 외로움도 이겨내야지요. 그럴수록 멈출 수가 없다는 사실이 분명합니다. 서서 걷지 않으면 안 된다는 의지, 이것은 진격이며 진군입니다. 수행이며 고행입니다. 인품人品에서 시품詩品이 나온다는 계시를 이루지 못할지도 모릅니다만 그렇다고 좌절할 일이 아니지요.

그가 문학 순례자입니다.

02. 구도求道를 위한 독서

글쓰기를 하면 살아있다는 충일감을 만끽한다. 가치관과 취향이 비슷한 사람과의 첫 만남처럼 설레고 뜨거워진다. 글쓰기에 매진할 필요는 없지만, 잘 쓰고 싶은 욕심만으로도 글이 좋아진다. 그것이 무슨 의미냐 하면 일반 구멍과 달리 갯벌에 게들이 뚫은 숨구멍과 같은 구멍이 된다.

술가術家에서는 사람의 운명을 바꿀 수 있는 것 다섯 가지를 손꼽는다. 풍수, 지명知命, 명상, 적선, 그리고 독서. 이중에서 주목할 점은 독서다. 수행으로서 글을 많이 읽은 사람은 밖의 흐름을 이해하면서, 속마음이 흔들리지 않는다.

연암 박지원과 쌍벽을 이루며 18세기 문단의 '재야문형'在野文衡으로 칭송받았던 이용휴는 '진정한 소유의 원리'를 설명하면서 "문인재사文人才士가 한번 소유한 것은 제아무리 조물주라 하더라도 어떻게 할 수 없다. 문학적 재능을 지녔으니 부귀에 연연할 것 없다."라고 하였다. 그는 일품벼슬에 경거망동하지 않고 만금 재물 앞에서도 더 큰 생각을 했던 참된 소유眞有자로서 독서가이다. 그의 말을 들으면 자연스럽게 장서가와 독서가를 구별할 수 있다.

일상생활에 필요한 지식과 자의식을 얻으려면 여행과 독서와 글쓰기를 병행하는 것이 바람직하다. 책은 훌륭한 인맥을 쌓아 올리는 방법이며 '지금 여기'로부터 '그때 그곳'으로 사람을 안내할 뿐 아니라 "새로운 사색과 새로운 경험"을 가진 선禪지식인을 만나게 해준다. 천 권의 책을 읽고 천 리의 길을 걷고 천 줄의 글을 쓴다면 세상을 이해하는 사고력이 더없이 향상될 것이다.

독서량이 임계점을 돌파하면 통찰력이 단단해진다. 의식을 바꾸려면 자신보다 의식이 더 뛰어난 사람을 사귀는 것이 좋다. 그 해결책이 책에 있다. 책은 개인의 행적과 역사의 유적지를 답사하는 것과 마찬가지다. 나라에 역사적 사건이 일어나지 않았다면 어찌 역사가 쓰일 것이며, 개인의 행동이 없다면 어찌 새로운 의식이나 경험이 나올 것인가. 저술이 참되려면 독서가 진지해야 하고 독서가 앞서야 저술이 알차다는 선후 위치는 그래서 중요하다.

글을 쓰려면 책 읽는 법을 먼저 배워야 한다. 책 읽기의 완성은 글쓰기이며 글쓰기의 출발은 책 읽기다. 선독후작先讀後作. 읽기가 쓰기의 주춧돌이라면 쓰기는 읽기의 지붕이다. 마크 트웨인은 "양쪽을 균형 있게 공부해야 좋은 성과를 거둘 수 있다."라고 하였다. 구양수는 삼다三多를, 중국 혁명가 마오쩌둥은 사다四多 - 다독多讀, 다사多寫, 다상多想, 다문多問을 내세웠다. 많이 읽고 많이 필사하고 많이 생각하고 많이 질문하라는 조언이다. 눈으로만 읽는 독서가 아니라 소리 내어 수십 번 읽고 마지막으로 펜을 들고 써야 진정한 독서가 된다니, 점입가경이 이것을 두고 하는 말이다.

책만 읽는 것은 때로는 위험하다. 독서의 본질은 저자에게 오체투지로 항복하여 사상의 종복이 되는 것이므로 자칫 그의 존재적 무게에 눌려 질식할 수 있다. 그것을 피하기 위해서는 의식적인 독서를 해야 한다. 맹목적인 독서가 지닌 부정적인 영향을 알았던 그는 두문불출하다시피 하면서 의식독서를 실천했다.

다산 정약용의 삼박자 독서법이 있다. 먼저 뜻을 세우고 사리 분별하고 취사선택하고 요약하는 삼박자 독서법은 '정독精讀'과 '질서疾書'와 '초서抄書'다. '독'이란 한 장을 읽더라도 깊이 생각하면서 내용을 정밀하게 따지고 꼼꼼하고 세세하게 읽는 것이다. 질서란 책을 읽다가 깨달은 것이 있으면 잊지 않기 위해 적어가며 읽는 것이다. 초서란 책을 읽다 중요한 구절이 나오면 이를 베껴 메모하는 것이다.

독서할 때는 어떻게 해야 하느냐? 한번 쭉 읽고 버려둔다면 나중에 다시 필요한 부분을 찾을 때 곤란하지 않겠느냐? 그러니 모름지기 책을 읽을 때는 중요한 일이 있거든 가려 뽑아서 따로 정리해 두는 습관을 길러야 할 것이다. 이것을 초서抄書라고 하는 것이다. 하지만 책에서 나한테 필요한 내용을 뽑아내는 일이 처음부

터 쉬운 일은 아닐 것이다. 먼저 마음속에 무엇이 중요
하고 무엇이 필요한 내용인지 일정한 기준이 있어야 하
지 않겠느냐? 곧 나의 학문에 뚜렷한 주관이 있어야 하
는 것이란다. 그래야 마음속의 기준에 따라 책에서 얻
을 것과 버릴 것을 정하는 데 곤란을 겪지 않을 것이야.
　　　　　　　　　　　　　– 다산, 〈아들 학유에게 보낸 편지〉에서

　책이 말하고자 하는 내용과 주제를 이해하지 못하면 한 권의
책을 제대로 읽었다고 할 수 없다. 의식독서는 시간 집중이 아니
라 책의 내용을 재해석하고 중요한 것을 메모하는 창조적 읽기
를 말한다. 단순히 지식 획득 수단이 아니라 사고 영역을 확장하
는 독서, 행간에 감추어진 속뜻과 의식을 통찰하는 독서, 저자의
사상에 질문하고 의문을 품고 자신만의 사상을 정립하는 독서이
다. 독서하고 초서하고 의식하고 저술하는 것으로 계속 순환되
는 독서이다. 무엇보다 일시적이 아니라 깨어있는 의식으로 평
생 책을 가까이하는 독서법이다.
　조물주는 인간에게 평생 사용해도 다 쓰지 못하는 머리와 가
슴을 주었다. 두뇌는 익히는 신체이며, 심장은 느끼는 신체이다.
선조들이 행한 독서법 중에 머리와 가슴을 틔우는 인성구기因聲求
氣가 있다. 글을 소리 내어 읽으면 문리文理가 '탁' 터지는 것이니
'독서백편의자현'에 다다랐다는 신호다. 연암 선생은 "선비 아닌
사람이 없지만, 능히 바른 자가 드물다. 누구나 책을 읽지만, 능

히 잘하는 자는 드물다."라는 말을 남겼다. 올바른 독서를 하는 사람에게 책은 자비를 베푸는 것을 잊지 않는다. 책은 자신을 읽어주는 자를 배신하지 않는다.

03. 생활의 발견, 발견의 생활

인간의 오감과 오성은 신성한 공기를 맡으며 침대에 편안하게 누워있을 때 활발해진다. 17세기 프랑스 철학자이자 수학자인 데카르트는 어느 날 아침 늦게까지 침대에 누워 있다가 천장에 붙어있는 파리를 보고 X축과 Y축의 좌표를 구상했다. 이것은 생활과 발견이 짝지어 있는 예라고 하겠다.

잠든 자아를 깨우는 것이 오성이다. 오성은 사물을 논리적으로 이해하는 인식이다. 자신을 일깨우는 발견의 최적 환경은 주변에 휘둘리지 않는 때이다. 그러한 감성적 분위기가 이성을 불러일으킨다. 루소는 그의 마지막 저서 《어느 외로운 산책자의 몽상(Reveries of the Solitary Walker)》을 유배당한 듯한 적적한 호도湖島에 머물면서 저술했고, 톨스토이는 귀족적인 화려함에서 벗어나 자연과 더불어 살면서 마지막 저서 《행복의 발견(In Pursuit of Happiness)》을 마무리한 후 2년 뒤인 82세에 죽음으로 들어섰으며 악성樂聖 베토벤은 대부분 교향곡을 홀로 걷는 산책에서 착상하였다. 고요한 시간에 이루어진 이 작품들은 예술의 행복이 어디에 있는가를 알려주는 영적 결실이다.

석학들의 책은 생활의 발견과 발견의 생활로 이루어진다. 아우렐리우스의 《명상록》, 몽테뉴의 《수상록》, 파스칼의 《팡세》, 성 오거스틴의 《참회록》은 모두 '자기 자신에게(Ta eis heauton)'로 향한 결실의 명상록이다. 평범한 작가들이 쓴 일기나 수기나 자서전도 자신을 성찰한 "자기 자신의 발견"이라고 말할 수 있다. 굳이 차이를 찾는다면 철학을 더 사랑한 육성이 더 깊은 울림을 갖고 있다는 점이다. 삶이 치열할수록 그 진동은 커지니까.

울림의 진앙은 사람에게 있다. 에세이스트인 김형석은 《백 년을 살아보니》를 96세에 발간하였다. 〈고독이라는 병〉에서 사랑과 고독 간의 고리를 밝혔던 그는 이 책에서 "그동안 살아보니 삶과 세상은 이렇더라."라고 말한다. 백 세 나이를 맞이하여 행복, 가정, 종교, 성공을 이야기하면서 "인생의 황금기는 60세에서 75세 사이"이며 "80 나이는 삶의 조각품을 완성하는 시기"라고 적었다. 그가 한 조언은 "천상의 화음"을 들으려 하기보다 "지상의 비명"을 귀기울이며 자신과 사람을 사랑하라는 것이다. 동서 인문철학자들은 모두 쌓고 쌓은 깨달음을 총체적 발화로 확장해 인간 존재의 목표를 찾아내었다.

생활의 발견을 이루려면 우선 일상적 사고에서 벗어나야 한다. 집에서 멀어질수록 다른 곳에 가까워진다는 평범한 진리는 생활의 발견이 무엇인가를 설명하는 데 딱 들어맞는 말이다. 발견은 낯섦이라는 재인식이므로 '지금 여기'가 아닌 '저기 저곳'이 필요하다. 중국의 철학자 임어당 선생은 《생활의 발견》에서 앞으로 살아갈 청년이 아니라 50~60대에 다다른 노인들에게 생활을 새롭게 해보라고 부탁한다. 노년의 타성과 무력감에 빠지지 않고 차를 마시며 친구들과 덕담을 나누는 것이 얼마나 좋은가를 가르친다. 그는 생활의 발견은 현실적 행복과 예의 바른 범절에 있다고 제시한다.

누구나 홀로 세상에 남겨진다. 아무도 나를 돌봐주지 않는다. 오직 자신만이 자신을 달래줄 수 있다. 현실을 있는 그대로 인식하기 위해서는 자신을 1대 1로 만날 수 있는 남다른 시간과 공간을 마련해야 한다. 그런 곳에서만이 생활의 발견과 발견의 생활이 상호작용하면서 삶의 의의를 높인다.

우리의 생활에서 중요한 것은 이지적 능력이 아니라 시적 능력이다. 시적 능력은 스피노자가 말한 "사물의 본질에 대한 즉각적인 통찰과 직관을 실행하는 힘"이다. 영성(spirituality)을 지키는 것, 영혼(soul)에 대답하는 것, 감수성(sensibility)을 키워가는 것. 현실주의자들은 이것을 키우는 노력을 견뎌내기 힘들지만, 실존주의자들은 생활과 여행과 독서를 통해 불멸의 영감을 얻으려 한다.

작가는 자신에 대하여 구경꾼의 처지에 있으면 안 된다. '입장'은 정체된 곳이고 '위치'는 주위를 조망하는 돛대의 전망대와 같다. 그곳에 서 있는 선원은 파수꾼이다. 관측 위치에 서서 망망대해를 살피다 보면 향유고래의 물줄기가 눈에 뜨인다. 태풍이 닥쳐와 갑판에 떨어져 목숨을 잃을 수도 있지만 동료를 위하고 나포 대상을 발견하기 위해서 희생도 감수한다. 그는 파수꾼의 의무를 짊어진 위치에 있기 때문이다.

키케로는 "삶이 있는 한, 희망이 있다."라고 말했고, 시인 퍼시 비시 셸리는 "겨울이면 봄이 멀지 않으리."라고 읊었다. 삶 속에 희망이 있고 삶이 희망의 발견 자체라는 뜻이다. 장미를 찾으려면 장미 화원에 들어가야 하듯이 행복과 희망을 구하기 위해서는 자신의 내면을 들여다보아야 하건만 대부분 사람은 행복과 희망이 밖에 있다고 여긴다. 밖에서 행복과 희망을 좇으려 하면 갖가지 긴장이 밀려온다. 걱정의 60퍼센트는 일어나지 않을 일, 30퍼센트는 잘 해결될 일, 10퍼센트만 어쩔 수 없는 일이라 하더라도 비관과 낙관 사이에 "그저 그런 삶"으로 채워진다. "그저 그런 삶"일지라도 찬찬히 재음미하면 발견의 생활을 시작할 수 있다. 그저 그렇게 사는 게 아니라 삶을 적극적으로 이루어 가는 자세를 지키면 생활이 진정 무엇인가를 알 수 있다는 뜻이다.

발견을 위한 조건은 생각과 태도를 달리하는 것이다. 아무튼 변화가 사람을 바꾼다. 함안의 고려 연못 터에 700년 동안 묻혀 있던 연꽃 씨앗이 발견되어 '아라홍련'으로 개화했다. 연꽃 씨가 발아하려면 껍질을 깨뜨리고 씨의 한쪽 면을 시멘트나 거친 사포에 갈아서 속살이 드러나야 한다. 인간은 자신을 으깨면 죽는 줄 알 뿐, 칠백 년 된 씨앗이 연꽃을 피운 것처럼 자신이 달라질 수 있다는 사실을 모른다.

반생의 무지에서 깨어나는 것. 공자는 50 나이를 일러 지천명이라 하였다. 당시 평균 수명을 60으로 보아도 말년이 되어서야 학문을 이룬 셈이다. 오늘날 80에 가까운 평균 수명에서 참 생활을 발견하려면 60쯤은 되어야 한다. 생활의 발견이 60세에 이루어진다면 발견의 생활이 지속할 기간은 기껏 20년에 불과하다.

아라홍련. 세속이라는 진흙을 뚫고 번뇌의 진흙뻘을 벗어나 걸림 없는 허공으로 뻗어 자성의 햇살을 만나 피워내는 연화. 그것이 깨어짐과 깨어남이다. 파즉각破則覺. 생활의 발견은 무지에서 깨어나는 것이며 그것을 기록한 자서는 법문에 못지않다.

04. 꿈 때문에 상처받지 않을 논거

작가가 되기를 꿈꾸는 사람이 있다. 그는 꽤 괜찮은 회사에 다니는 직장인이거나 행복한 가족을 둔 가장이나 가정주부이다. 사춘기 시절부터 간절히 작가가 되기를 원했기에 사람들에게 "사실 내 꿈은 작가야."라고 말한다. 그런데 주위 사람들은 대부분 "네 주제를 알아." "글이 밥 먹여 주냐?" "배부른 소리 하네."라고 핀잔을 한다. "정신 차리고 현실을 보라!"는 지인들의 반응에 빙산 같은 내상을 입는다.

'꿈꾸는 사람은 현실적이지 않은가?'

사실 인생은 언제나 이분법을 강요한다. "꿈이냐? 현실이냐?" 이 차이는 '꿈은 현실적이지 않다.'라는 것을 전제로 한다. 그런데 소중한 꿈을 키우려면 역설적으로 현실에 집중할 필요가 있다. 우리의 꿈을 가로막고 있는 것은 망상이 아니라 '현실'이라는 벽이다. 세상이 조롱거리로 여기는 꿈을 이루려면 꿈은 현실인가 아니냐는 질문에서 답을 찾아내야 한다.

독일 철학자 헤겔은 '변증법'을 통해 꿈의 좌절과 성취가 무엇인지 설명했다. 헤겔의 '변증법'은 '정正 → 반反 → 합合'이라는 공식으로 이루어진다. 정반합은 '흰 것'(정)과 '검은 것'(반)이 합쳐 '회색'(합)이 되는 것이라고 이해하면 크게 틀리지 않는다. 이 점을 작가의 꿈의 해석에 응용하기로 한다.

어떤 원시인이 동굴에서 살았다. 그는 '편하게 살 수 있는 어떤 공간'을 생각한 끝에 움막을 지었다. 그 움막은 동굴과 달랐다. 세월이 흘러 움막보다 '조금 더 안락한 어떤 집'을 생각하여 초가집을 짓고 시간이 지나 이번에는 기와집을 지었다. 다시 시간이 흘러 아파트를 샀다. '더 나은 집'에 대한 꿈이 현실화하였다. 여기에 '정신(정) → 대상(반) → 신(합)'이 작용한다. '정신(움막 구상) → 대상(실제 움막) → 정신(초가집 구상) → 대상(실제 초가집 건설) → 신(기와집 구상) → 대상(실제 기와집) → 정신(아파트 구상) → 대상(실제 아파트 매입) 식으로 반복된다. 헤겔의 변증법은 '정신'과 '대상'의 교차배열이다. 이상적인 것이 현실적이며, 현실적인 것은 이상적이다. 마침내 "꿈꾸는 자만이 현실적이며, 현실적인 것이 꿈이 된다."라는 등식이 완성된다.

헤겔의 논의로부터 우리네 삶으로 돌아올 순서다. 정말 그렇지 않은가? 현실이 불편하고 춥다고 이성적으로 생각하는 자만이 보일러라는 이상적인 것을 설치한다. 보일러로 현실을 만든다. 오직 꿈꾸는 사람에게만 현실이 제대로 보이며, 그 해결이 꿈이 된다.

'현실적'에는 두 입장이 있다. 직장을 그만두고 세계 일주를 떠나겠다는 꿈을 가진 사람에게 "네 꿈은 현실적이지 않아."라고 조롱하지만 누가 '현실'을 정말 모르는 걸까? 영혼을 질식시키는 '현실의 무게'를 모른 척하는 사람은 세계 일주를 꿈꾸지 못하고 하루하루를 때우며 연명하는 사람들이다. '현실'에 직면할 용기가 없기에 그 현실을 제대로 직시하기를 두려워한다.

세계 일주를 꿈꾸는 사람이 부딪치는 과제가 있다. 첫째, 그는 돈을 벌기 위해 의미 없는 직장을 다니는 현실을 정확히 받아들였다. 꿈을 꾸니 현실이 그대로 보인다. 얼마나 현실적인가. 둘째, 드러난 현실을 극복할 방안을 구체적으로 고민하게 되었다. 그래서 더욱 현실적이다. 퇴직금을 계산하고, 보험과 적금을 깼다. 이보다 더 현실적인 사람이 또 어디 있을까?

꿈꾸는 사람은 현실주의자이면서 이상주의자다. 작가가 되겠다고 꿈꾸는 사람도 진정한 의미에서 현실주의자이다. 꿈을 꾸지 않는 사람이 현실주의자라고 여기기 쉽지만 현실주의자는 현실을 보지 못한다. 극복해야 할 현실을 외면하고 '받아들여야 할 현실'에 힘없이 굴복한다. 이것이 정말 현실적인 걸까?

진화한 원시인은 동굴 이외의 다른 주거 공간을 이성적으로 상상한다. 새로운 주거 공간을 만드는 것을 두려워하지 않는다. 자칭, 현실주의자들이 꿈꾸는 자를 비난하는 행동은 내면 깊숙이 자리한 비겁함을 정당화하려는 회피수단에 불과하다. "작가가 되는 것"이 현실적이지 않다고 충동질하는 것은 사실 "내가 어리석고 비겁하기 때문이야!"라는 표리부동의 외침일지도 모른다.

작가는 누구보다 진짜 꿈을 꾸는 자이다. '진짜 꿈'과 '가짜 꿈'의 판별 기준이 있다. 세상으로부터 비난의 대상이 되지 않는 꿈이 진짜 꿈이 아니다. 진짜 꿈은 언제나 있는 그대로의 현실과 '받아들이고 극복해야 할' 현실을 깨달음으로 조롱받는다. '세계 일주', '영화감독', '시인'이라는 꿈은 '먹고사는 현실'을 넘어선다. 출세, 부동산, 주식 등 가짜 꿈의 대상이 오히려 세상 사람들로부터 인정받고 격려 받는다. 현실만을 인정하는 가짜 꿈에 매인 사람은 돈이면 모든 것이 이루어진다는 타협과 굴복의 굴속에 숨어 산다. 가짜 꿈을 꾸는 사람이 비현실적이라면 진짜 꿈을 가진 사람이 오히려 더 현실적이다. 진짜 꿈을 꾸는 사람은 조롱과 비난을 두려워하지 않는다.

"이상적인 것이 현실적이며, 현실적인 것이 이상적이다." 꿈과 현실은 양자택일해야 하는 모순이 아니다. 꿈을 꿀 때 현실이 보이고, 그 현실이 꿈을 꾸게 한다. 움막을 꿈꾸었던 원시인처럼 작가는 각자의 집을 짓는 꿈을 놓치지 않으면 좋겠다. '받아들여 할', '극복해야 할' 두 현실에 직면하는 참 현실주의자가 되면 좋겠다. 그렇게 하여 소망스러운 꿈을 이루어 가는 작가가 되면 좋겠다.

05. 소설이라는 감정 교실

　소설은 단순히 재미있는 어른들의 동화가 아니다. 인간에 대한 욕망의 인문학이고 심층심리학이며 감정의 실험실이다. 나의 위치가 어디에 있는가를 알려주는 지도이며 컴컴한 세상에서 순수의 감정을 가르쳐주는 교실이다. 소설은 원래 그런 곳이다.
　"감정은 순간적이다."라고 누군가 말한다. 분명히 아니다. 태어나면서부터 우리의 삶에 오래도록 기숙하는 감정이라는 숙주는 인간을 죽이고 살린다. 신은 인간을 오직 한 번만 살게 하였지만, 인간은 가능한 많은 감정을 경험하는 다양한 자아로서 살기를 원한다. 인간은 이성과 감정의 이란성 쌍둥이다. 그 완충 지역에 인간이 끼어있다. 여기에 소설이라는 인생 문진표가 놓인다.
　인간은 중세까지 자신이 속한 계급이 아니면 그들에게 일말의 관심을 두지 않았다. 왕은 왕답게, 귀족은 제 신분에 걸맞게, 하층민들은 주어진 분수에 맞추어 살면 되었다. 다른 신분이 될 기회도 용기도 없었다. 그런데 〈왕자와 거지〉라는 동화가 귀족과 천민이라는 두 삶을 마음껏 즐기도록 허용했다. 신이 창조한 방식을 모방하고 죽음이라는 유한성을 끝없이 연장하고 여러 감정을 경험하고픈 본능을 충족시켰다. 허구와 상상과 스토리텔링을 지닌 소설이 산업혁명과 시민혁명을 거치면서 인간의 감정과 함께 만난 것이다. 은밀히, 그리고 낯뜨겁게.

소설 속 주인공은 일찍이 '죽은 척'하는 것이 행복이 아님을 눈치챘다. 시부모의 무례한 언사, 직장상사의 잔소리, 주변의 비방소리, 삼식이의 나태, 낯선 사람에게 느끼는 끈적끈적한 끌림…. 그래서 종종 사회 통념과 남의 시선이 없는 곳으로 들어가고 싶다. 왜 시집 한 권, CD 한 장, 남태평양으로 떠나는 비행기 표 한 장에 희비가 엇갈리는가. 그래서 감정이 제야의 불꽃처럼 팍팍 터져 나오게 하는 곳을 찾았다. 그곳이 소설이다.

소설이라는 수업에서는 우리의 감정이 24시간 상연된다. 비록 거칠고 비릿한 것일지라도, 비바람에 떨어지는 벚꽃, 마냥 쏟아지는 산골 은하수, 바그너의 오페라, 피서지에서 만날지 모를 멋진 연인……. 그 슬픔, 비애, 환희를 배운다. 소설에서.

칸트를 아직 존경하는가. 그가 옹호한 지성이 인간의 본성인 감정을 억압하고 짓밟는다. 만일 감정을 계속 적대시한다면 언젠가 참혹한 앙갚음을 당하면서 우리는 파산할 것이다. 그 위기를 눈치채고 감정의 쓰나미가 필요하다고 말한 철학자가 등장했다. 스피노자이다. 그는 소설이 '이성의 윤리학'이 아니라 '감정의 윤리학'이라고 정의했다.

우리들은 정신이 큰 변화를 받아서 때로는 한층 큰 완전성으로, 때로는 한층 작은 완전성으로 이행한다는 것을 안다. 이 정념(passion)이 우리에게 기쁨(laetitia)과 슬픔(tristitia)의 감정을 설명해 준다.

                                       – 스피노자, 《에티카》에서

스피노자는 사는 법을 아주 쉽게 가르쳤다. 우리가 누구를 만나 더 완전해졌다는 느낌이 있으면 그것은 기쁨의 감정이고, 불완전해졌다는 우울감이 느껴지면 그것은 슬픔의 감정이라고. 그러니 슬픔을 주는 관계를 버리고 기쁨을 주는 관계를 맺으라고. 자신에게 주어진 기쁨의 기회를 선택하라고. 차가운 이성을 신뢰하지 말라고. 고대 그리스와 로마인은 인간의 감정을 에로스와 에리스 등에게 주었지만 현대를 살아가는 우리는 우리의 감정에 들어가야 한다고 말한다. 소설이.

우리는 감정을 억압하기만 할 뿐, 표현은커녕 인정조차 하지 않으려 한다. 우리는 감정의 억제를 신사의 표준으로 삼았으며 "어떡해" "그만 되었다"라고 말하도록 가르친다. 젊은이는 감정의 잼뱅이, 늙은이는 감정의 꼰대가 되어버렸다. 그 굴레에서 벗어나 당당하게 감정의 온탕에 몸을 담글 때가 왔다. 소설이라는 감정 호수에 풍덩 몸을 던져 자신을 환생시키는 것이다. 감정분출을 권하는 교실에서.

일찍이 가스통 바슐라르는 "상상력의 영역에서 볼 때 흙, 물,

불, 공기 중 어느 원소에 결부되느냐에 따라 다양한 물질적 상상력이 생긴다."라고 했다. 인간의 감정은 4원소로 분류된다. 아담하고 앙증스럽고 기초적인 감정들은 초원에 피는 야생화와 같다. 기쁨喜. 변덕스럽고 격정적인 감정은 지형 따라 흐름이 달라지는 계곡물이다. 노여움怒. 화려하지만 쉬 사라지는 감정은 불의 발화와 연소에 가깝다. 사랑愛. 허허롭고 노여운 감정들은 보이지 않는 한랭 전선 바람과 같다. 미움惡. 기뻐하고 슬퍼하고 사랑하고 미워하고. 이게 인생이다.

수많은 소설가가 그 감정의 4원소로 소설을 지었다. 나보코프의 《롤리타》, 피츠제럴드의 《위대한 개츠비》, 하디의 《테스》, 호손의 《주홍글자》, 톨스토이의 《악마》, 모파상의 《여자의 일생》, 엘리네크의 《피아노 치는 여자》, 모리에의 《레베카》, 파울즈의 《프랑스 중위의 여자》, 유진 오닐의 《밤으로의 긴 여로》, 도스토옙스키의 《죄와 벌》, 미우라 아야코의 《빙점》 등은 감정을 재연한 견본 주택이다.

감정은 '순간적'이라고 여기는 사람들은 아직 도덕이라는 기둥에 묶여있다. 비감정적으로 행동하는 그들의 수칙은 '선악'이다. 반면에 감정에 충실한 자들의 준칙은 '좋음과 나쁨'이다. 니체는 "선과 악(Good and Evil)을 넘는다고 해서 이것이 '좋음과 나쁨(good and bad)'을 넘어선다는 것을 의미하지는 않는다."고 말했다. 니체는 Good과 Evil에 대문자를 붙여 절대적 규범을, good과 bad에는 소문자를 붙여 자유로운 감정과 감정의 자유로움을 옹호했다. 내 삶을 이루려면 감정을 억제하는 율법을 멀리하고 감정을 존중하는 자세를 따라야 한다. 소설에서 숱한 등장인물들이 이미 그랬다.

감정은 오늘도 대숲 뿌리처럼 사람의 핏줄로, 살로 퍼져간다. 변덕스러우나 한순간도 삶의 꼬리를 놓치지 않는다. 감정의 심장박동을 들어보라. "벌렁벌렁, 쿵닥쿵닥, 조마조마, 찌릿찌릿." 지금도 감정은 우리의 몸속에서 "내가 여기 있다. 내 목소리를 믿어라. 나의 존재를 존중하라!"고 외친다.

오랜 세월이 지나 비로소 알았다. 신은 아무것도 금禁하지 않는다는 사실을. 그리고 배웠다. 감정이 감성을 안내하는 등대임을. 삶을 살리는 불꽃임을. 생명을 키워주는 광 렌즈임을. 그것을 믿게 되었다. 감정 교실에서, 소설에서.

06. 맥혈기脈穴氣

글은 생물이다. 글을 생물로 부르는 이유는 죽은 글이 있고 식물인간 같은 글이 있고, 살아있는 글이 있기 때문이다. 가뜩이나 글쓰기가 고되고 힘들고 어려운데 자신이 쓴 글이 죽은 것인지 산 것인지를 모른다면 헛수고만 하게 된다. "될 성싶은 나무는 떡잎으로 안다."는 말이 있고 새끼를 절벽 아래로 떨어뜨려 제 힘으로 기어오르는 자식만을 기른다는 호랑이의 양육법도 있다. 글로써 삶을 넘치게 하고 작가라는 목숨을 부지하고 싶으면 살아있는 글을 써야 한다.

글을 배우기 전에는 힘들지 않게 글을 쓴다. 내키는 대로 쓰는 것을 잘 풀려나간다고 여긴다. 글줄에 막힘이 없고, 갖가지 표현이 떠오르고 머리에서 이런저런 생각이 연이어 떠오른다. 적절한 언어와 치밀한 구조보다 솔직한 감정이 중요하다고 믿는다. 수필은 붓 가는 대로 쓴다는 개념 때문에 더더욱 그렇게 믿는다. 나중에야 막된 버릇이라고 후회하지만 이미 내가 탄 '글 배文舟'는 하류로 미끄러져 버렸다. 그때쯤 수준 높은 작품을 대하고 본격적으로 창작법을 배우면서 자신의 글이 허점투성이라는 사실을 깨닫는다. 하지만 늦다 여기지 말고 제대로 수영법을 익히면 난파선에서 빠져나와 구원의 둑에 다다른다.

이때 정법定法의 단계를 시작한다. 정법은 문장 규칙을 따르는 능동적인 모방으로서 글의 모뎀을 익히는 단계이다. 그것은 인즉문人卽文. "글이 사람이다."라는 글은 사람의 몸과 같고, 사람의 몸은 땅과 같다. 글과 몸과 땅은 모두 맥과 혈과 기를 가진다. 맥혈기를 가져야 땅도 산 땅이 되고, 사람도 산 사람이 되며, 글도 산 글이 된다는 의미다.

산의 형세는 산줄기가 흐르는 모양으로 살필 수 있다. 지리학에서 그것을 산맥이라 부르지만 풍수에서는 혈은 땅의 정기가 모인 자리이고 맥과 혈이 모여 산의 기운을 이루어낸다고 설명한다. 인간의 생사와 산세 간의 관계를 살피는 풍수학은 "인간과 자연이 조화를 이루는 인식 체계"라 불린다. 명당이란 맥혈기가 어울린 터를 말하듯이 글에도 풍수학과 비슷한 작법이 있다. 명당처럼 명작도 그렇게 풀어낼 수 있다.

대부분의 세계 신화는 사람은 흙으로 만들어졌다고 말한다. 흙으로 만든 만큼 몸에도 맥혈기가 존재한다. 몸은 기능에 따라 신경계, 호흡계, 심혈관계, 비뇨기계, 골, 근육계, 그리고 피부계로 구분하지만, 동양의학은 기능보다는 상호반응의 상태를 중요시한다. 인체의 혈은 신체의 기가 고인 부분이며 맥은 머리부터 발끝까지 신체를 곧게 세우는 척추이다. 기는 신체에 고르게 퍼져 생리나 병리 현상을 조정한다. 인체 원리를 이용한 침구나

안마나 지압은 혈의 기능을 조절하여 몸의 기운을 돋우어 준다.

골격이 단단하고 곧을지라도 혈과 기가 제 기능을 수행하지 못하면 직립 기계에 불과하다. 신체를 곧게 세우는 골격이 온전하더라도 혈과 기가 제구실을 못 하면 식물상태가 된다. 혈과 기가 활력이 넘쳐도 골격이 곧지 못하면 신체는 기형이 된다. 모든 그것이 제구실하지 못하면 시신이 된다. 보통 사람들은 육체미에 호기심을 보이지만 인체연구가들은 가시에 손가락이 찔려도 온몸이 반응한다는 인체조직에 관심을 둔다.

몸과 마음이 살아있도록 사람은 각자 자신에게 알맞은 운동을 한다. 달리기나 등산을 하고, 헬스나 에어로빅을 한다. 또는 명상도 한다. 살아있는 글을 쓰는 방법도 다양하지만 목표는 같다. "좋게 살아있는 글"을 쓰는 것이다. 좋게 살아있는 글, 그것을 목표로 삼아야 한다. 이때 자신에게 맞는 활법活法을 얻게 된다. 이런 글을 쓰겠다는 사람은 세상의 명예나 명리가 아니라 진정한 문도文道를 일러주는 선생을 찾게 된다.

수필을 대할 때마다 인체의 오묘한 조화를 생각한다. "글은 사람이다."라는 말은 "글은 살아야 한다."는 말과 같다. 몸이 살아있으려면 유기체여야 하고 좋은 수필이 되려면 살아있는 글이어야 한다. 사람이 글을 지어내므로 글은 그 작가를 닮고 그의 기와 분위기도 본받는다. 문장을 분석할수록, 글을 쓸수록 인체와 같은 구조로 되어 있다는 사실을 인정하게 된다.

글의 맥은 서두와 전개와 결미로서 사람의 머리와 몸통과 다리에 해당한다. 서두는 주제를 암시한다는 점에서 생각하는 머리이다. 오장육부가 있는 몸통이 음식을 소화하고 숨을 내쉬고 배설하는 역할을 담당한다면 글의 전개부는 작가의 사상과 감정과 체험을 펼치는 곳이다. 다리가 꼿꼿하게 서야 몸을 제대로 받치듯이 결미가 탄탄하여야 전개부 전체가 균형미와 안정감을 느낀다.

허방 글이 있다. 멋있게 읽히지만 무슨 내용인지 작가 자신도 모르는 글이 있다. 그런 감동과 공감의 진앙이 없는 글은 혈이 없고 다른 내용으로 빠져버린 글은 맥이 끊어진 글이다. 유식하게 화소를 열거하고 있지만 독자를 현혹할 뿐, 감동이 없는 경우는 기가 없는 탓이다. 글을 부지런히 쓰는데도 한 편의 좋은 글도 건지지 못함은 혈을 제자리에 놓지 못함이고, 눈에 띄는 발전이 없음은 맥을 잡지 못함이고, 잘 쓴 듯한데 누구에게도 감흥을 주지 못함은 기를 살리지 못함이다. 죽어버린 글은 아무리 멋진 수사법으로 꾸민다 해도 여전히 죽은 글이다.

맥혈기를 갖추면 글은 살아난다. 어려운 내용인데도 쉽게 읽히는 것은 맥이 반듯하게 서 있음이요, 글을 읽다가 무릎을 '탁' 치거나, 가슴이 두근거리거나 머리가 띵해지거나 헉하고 침이 마르면 혈이 제 위치에 자리해 있음이다. 글을 읽어나갈수록 빨려 들어가는 것은 글의 기에 감응하기 때문이다. 정말로 좋은 글은 쉬운 문장으로 깊게 쓴 글이다. 그러므로 문장이 아니라 내용을 따지고, 인기가 아니라 공감을 생각하고, 멋진 기교가 아니라 감수성을 중시해야 한다. 그런 글을 쓰고 싶다고 다짐하여야 한다.

글을 쓰기 전에는 "사람이 글"이지만 글을 쓰고 난 후에는 "글이 사람"이 된다. 감동의 진폭과 인식의 두께도 정해진다. 머리 굴리기(brain-storming)와 마음 굴리기(heart-storming)로 단련하면 문학창작에 도움이 될 것이다. 글의 기능적 전수보다 글의 유기적 생명을 의식하고 "오직 살기 위하여 글을 쓴다."라는 결의를 품을 때 글의 신이 도와줄 것이고 단테를 안내한 베르길리우스처럼 안내해줄 것이다. 단 한 편의 글일지라도 "이것은 살아있다"는 글이 필요하다.

"나는 쓴다. 고로 산다."

07. 나는 너를 그린다

지도에서 도시나 마을을 가리키는 검은 점을 보면 꿈
을 꾸게 되는 것처럼, 별이 반짝이는 밤하늘은 늘 나를
꿈꾸게 한다. 지도 위에 표시된 검은 점에 가듯 창공에
서 반짝이는 저 별에 갈 수 없는 걸까?

                              – 반 고흐, 〈영혼의 편지〉에서

고흐의 〈별이 빛나는 밤에〉를 떠올려주는 편지 구절로서 작가
가 하는 말이다. 작가인 내가 일상 속의 나를 향하여 건네는 말
이기도 하다. 일상의 내가 지도상의 검은 점을 마을로 본다면 작
가로서의 나는 다다르고 싶은 별자리로 본다. 작가인 그는 나를
읽고 쓰고 그린다. 글은 달팽이의 느린 걸음, 잠자리가 갈대 끝
에 앉는 순간의 진동을 포착하는 것인데 하물며 자신을 대면할
라치면 신경이 곤두서기 마련이다.

무엇이든 드러내는 것은 생각만큼 쉽지 않다. 언어로 물리적
실체를 있는 그대로 담는 것은 애당초 불가능하다. 문학은 과학
이 보여주는 정밀성과 견줄 수 없고 관념의 깊이에서는 철학의

벽을 넘어서지 못하고, 세밀함에서는 그림을 앞지르기가 힘들다. 문학은 나와 숨은 나 사이의 미묘한 관계를 다룰 때만 과학과 철학과 회화를 앞지를 수 있다. 이게 글이 하는 일이다.

글쓰기란 사람(Man)과 작가(Writer)를 분리하는 작업이다. 작가인 내가 사람인 너를 살피기 위해 말을 건네고 시선을 요리조리 주지만 정작 대면하는 '너'는 언제나 낯설다. 글이라는 형식이 두려울 뿐더러 자전성이 강한 글일수록 '너'라는 또 다른 나에게 다가서기가 힘들다. 글을 쓰는 내내 밀고 당기는 눈치 싸움이 계속되어 마치 한쪽은 심문하고 다른 쪽은 교묘하게 범죄를 숨기려는 피고와 같다.

"나는 너를 그린다."

만일 네가 변하지 않는 대리석 두상이라면 점과 선, 빛과 그늘만으로 묘사할 수 있다. 하지만 네가 누구인지 분명하지 않다. 작가라는 나의 신원도 구체적이지 않고 항시 존재하지 않는데, 너를 본다고 하여도 너 아닌 다른 것을 보거나 너 아닌 다른 너를 보고 싶어 하는지도 모른다. 〈오감도〉에서 숱하게 아해들을 불러냈던 이상李箱처럼 '네가 아니야, 너도 아니야.'를 되풀이하다가 지쳐버릴지도 모른다. 아니면 '나'가 바로 너의 진실한 모습이 아닐까? 나라는 이름으로 네가 내세운 너가 아닐까? 너가 지키려 하는 단 하나. 그것이 바로 '나', 작가이니까.

예술가들은 적어도 한두 번은 자신을 표현하려 한다. 반 고흐, 세잔, 렘브란트, 프리다 칼로 등은 자화상을 많이 그린 화가들이다. 괴테, 루소, 톨스토이, 모파상, 다자이 오사무太宰 治 등 작가들은 자서전이나 참회록을 남겼다. 베토벤, 쇼팽, 슈트라우스 등의 음악가들도 한때의 자신을 악보에 옮겼다.

예술은 정신은 물론 신념까지 사물로 구체화한다. 화가들은 그들의 마음을 얼굴로 표현하였지만 새, 별, 사슴, 뱀, 꽃 등으로 화폭에 담기도 하였다. 고흐는 별과 해바라기로, 천경자는 뱀과 꽃으로 열정과 격정과 증오심을, 윤이상은 "첼로는 나를 대변하는 자전적 악기다."라 하였고 뭉크는 〈절규(The Scream)〉로 자화상을 그렸다. 예술가는 어디 가나 창작의 자유를 염원하므로 항상 자신의 초상과 함께 있다. 그는 늘 홀로 자신의 반쪽인 '너'를 지켜보면서 윽박지르기도 하고 달래기도 한다.

문학은 언어로 자아를 표현하는 작업이다. 말을 하고 글을 쓴다는 것은 내 안의 타자를 만나고 싶다는 발진과 비슷하다. 사력을 다하여 시를 쓰고 수필을 쓰고 소설을 쓰면 조금이라도 '타자와의 대면 거리'가 가까워진다고 믿고 글 나부랭이라고 남들이 말할수록 오기를 부린다. 삶의 전부를 작가라는 나에게 투자하지 못하는 것이 아쉬울 따름이다.

문학은 타자가 있어야 진실로 존재한다. 너 안에 타자가 갇혀 있으면, 존재함이 아니다. '나'답게 하는 타자가 어디에 있는가를 찾아 밝힐 수 있어야 작가로서의 정체성이 살아남을 수 있다.

수필은 자아 통찰에서 시작한다. 수필은 작가라는 '나'와 일상적 자아라는 너가 얼굴을 맞대고 나의 세계를 돌아보는 것이므로 서사의 주인공이 누구냐가 아니라, 너라는 타자를 어떤 방식으로 불러내는가가 중요하다. 작가 자신이 자신을 바라보는 시선과 시각과 관점과 인식 지점이 글의 방향을 결정한다는 말이다.

"나는 너를 그린다."

문학이라는 공간은 나와 네가, 자아와 타자가 함께 사는 곳이다. 서로를 바라보는 창을 사이에 두고 '나'와 '너'가 두 뺨을 서로 비빌 때, 글이 불꽃처럼 피어오른다. 사람인 너인가. 작가인 나인가. 자아와 타자 간의 접촉. 그것은 빤히 보이지만 결코 접촉할 수 없는 차가운 유리창을 가운데 두고 마주한 두 얼굴과 같다. 그래서 버리고 떠나고 싶지만 차마 버릴 수 없는 차가운 외로움으로 글은 언제나 시작한다. 지도상의 점을 하늘의 별로 바라보는 너이기를 기대하면서, 그리고 너는 그렇게 바라보고 나는 그렇게 쓸 수 있다는 느낌으로 기다린다.

창작하는 사람이라면 마땅히 왕따 됨을 자랑스럽게 여겨야 한다. 생각해 보라. 홀로 되지 아니하고, 무리에게서 떨어지지 아니하고, 시류와 유행으로부터 멀리하지 아니하고, 이해타산으로부터 자유롭지 아니하고, 명예에 물들지 아니하고서야 어찌 진정한 창작이 가능한가. 진정한 창작은 오로지 진정한 자신과의 대면으로 이루어진다. 진정한 자기와 대면은 오직 너라는 타자를 만나는 고독 속에서만 가능하다.

작가는 항상 사색하고, 틈만 나면 글을 쓴다. 언젠가는 믿을 만한 독자들의 사랑을 받고 정직한 비평가들의 평가를 받고 같은 부류의 문인들로부터 인정을 받으리라 기대한다. 설혹 그것이 생전에 찾아오지 않더라도 믿는 바에 매진하는 것이 문학에 대한 예의다. 우리는 그런 작가를 사랑할 수밖에 없다.

08. 인지학과 수필

　인간의 삶은 무지에서 앎으로 나아가는 긴 여정이다. 인식으로의 여정은 자신과 물질세계 간의 관련성을 찾으려는 인간의 의지로 이루어진다. 소크라테스의 "너 자신을 알라."는 부탁에 호응이라도 하듯, 베이컨은 "아는 것이 힘이다."라고 설파했다. 앎에 대한 선지자들의 주장에 의하여 사람들은 생리적인 의식주에서 벗어나 지정의知情意를 중시하게 되었다. 하지만 언제 어느 곳에서나 앎과 깨침은 힘겨운 과정이었다.

　앎과 삶 사이에는 갖가지 방정식이 존재한다. 태초에는 눈에 보이는 세계와 눈에 보이지 않는 세계 사이에 교량이 없었다. 생각하는 것과 사는 것을 상관 지으려는 인간의 노력은 단지 이상에 불과했다. 합리주의가 등장하면서 비로소 오감을 자각의 끝이 아니라 다른 인식의 차원으로 나아가는 출발선으로 보기 시작했다. 언어, 문자, 그림이라는 매개체를 통해 사람과 주변 세계를 연계시키려는 노력도 계속되었다. 만약 인식에 도달할 방법이 있다면, 감각의 경계를 뛰어넘을 능력을 지닌다면, 지금껏 보지 못한 정신세계를 볼 수 있으리라는 기대도 하게 되었다. 지금껏 대면하지 못했던 새로운 정신세계가 있긴 있는가라고 묻기도 하였다. 답은 '그렇다'였다.

새로운 정신세계로 들어가려는 노력 중의 하나가 인지認知이다. 어떤 대상을 인정하여 아는 것으로서 '인지학(Anthroposophy)'은 사람(Anthropos)과 지혜(sophia)를 합친 합성어로서 '인간에 관한 지혜', 즉 '인간에 관한 참된 앎'을 연구하는 학문으로 정의된다. 인지학의 창시자 루돌프 슈타이너(Rudolf Steiner)는 다음과 같이 설명한다. "인지학은 정신세계에 관한 과학적 탐구이다. 이 탐구는 자연에 대한 인식이면서 물질과학이 일깨우지 못한 신비를 꿰뚫어 보고, 잠재된 힘을 계발시키려는 사람을 더욱 높은 신세계로 이끈다." 요약하면 '인간에 내재하는 고도의 지식'을 끌어내는 방법이다.

수필도 앎을 추구한다. 자연을 대상으로 하든, 인간의 삶을 소재로 삼든, 수필은 종국적으로 인간으로서의 '나'를 이야기한다. 나에 의한 나의 발견을 기록한다. 모든 자연물과 대상을 나를 중심으로 인지한다. 그런데 글을 써나갈수록 나 속에는 온통 타자들만 가득 차 있다는 사실을 알게 된다. 가족, 친구, 애인, 집, 밥, 책, 빵, 신발, 가방, 자동차, 스마트폰, 컴퓨터……. 이런 주변 사람과 주변 사물이 밤낮 나를 즐겁게 하고 못살게 굴기도 한다. 개인에게 미치는 영향을 알려는 공부가 인지학이라면 개인과 그것 간의 관계를 기록하는 것이 인지적 수필이라 할 수 있다. 자아를 깊게 성찰할수록 인지 수준은 높아진다. 동서양 철학자들이 탐구해온 "나에 대한 앎"이 이것이라 하겠다.

인지학을 과학적으로 해석한 사람 중 대표적인 인물이 오스트리아 철학자 슈타이너이고 그의 이론을 적용하여 인간의 발달 과정에 맞추어 사고를 함양시키는 교육 방법이 발도르프(Waldorf) 교육이다. 이론과 실천에서 보면 종교적 감화에 의지하지 않고 사람 안에 있는 정신을 살펴보려는 노력이기도 하다. 예술과 문학이 추구하는 세계도 감각을 뛰어넘는 인지 영역이다. 자연과학이 물질적이고 육체적인 인간을 연구한다면 인지학은 내면적인 인간의 정신을 분석해낸다.

작가라는 사람은 물질을 인식 안으로 끌어들인다. 물질적이고 육체적인 인간을 정신적이고 영적인 인간으로 변화시키려 한다. 수필의 출발과 종점은 인간의 생활일 수밖에 없으므로 그것을 소홀히 한 수필은 설명에 그칠 수밖에 없다.

인지는 3단계로 이루어진다. 첫 번째 단계는 인간의 성장과 소멸을 관찰하여 물질적인 자연환경과의 관계를 살핀다. 두 번째 단계는 영혼(spirit)의 영역 안으로 들어가서 내면과 육체와의 상호관계를 인식하고 무의식이 의식에 미치는 영향을 살핀다. 세 번째 단계는 자아와 인간계를 살펴 개성적인 자아를 파악하는 것이다. 인지작용은 인간을 변환시키기 위한 성찰을 활성화한다.

인지적 성찰과 사유는 수필을 쓸 때 거치는 심적 영역이다. 사물을 보면서 육체적 생멸을 의식하고, 물질과 정신과의 관계를 논하고, 마지막으로 인간의 영혼이 초인간계의 스피릿과 접촉하면서 구성을 짤 때 인지적 수필의 모습을 갖추어진다. 이로써 수필 구조는 일상의 탈일상화, 개인의 탈개체화, 육화의 탈육화가 이루어진다.

작품이 되려면 어떻게 삶을 재구성해야 하는가. 허구가 아니라 인지체계를 통하여 생의 철리를 규명할 때 관조와 성찰로 이루어진 문학이 이루어진다. 교육이 인지를 중요시하는 것도 교육현장에 적용하면 생각하고 행하는 능력의 활성화를 극대화할 수 있기 때문이다. 그 점에서 글쓰기는 삶에 대한 인지학습이라고 말할 수 있다.

인지는 인간의 내면적인 변화, "알면 변한다."를 구현하는 능력이다. 신체적 정신적으로 온전한가를 떠나 생명이 귀중하다는 사실을 인지하는 것, 직장의 안식년, 중간휴식, 농작물의 해거리, 심지어 운동선수의 슬럼프도 미래를 준비하는 숨고르기로 인정하는 것, 칼과 도마의 관계에서 투쟁과 갈등이 아니라 협업과 공존의 언어를 찾아내는 것, 명절날 종부가 '제삿밥 전문 대형식당' 주인이 되고 그렇게 가족이 존중해주는 것, 밥에서 발우공양의 공덕을 깨닫는 것, 가을 풀벌레 소리에서 시간의 소리를 듣는 것…. 이처럼 자연과 자아와 인간계 간의 상관성을 자각하여 자아를 고양하려는 것이 인지의 구체적인 과정이라 하겠다.

인지학은 자연과학과 반대개념이 아니다. 역동적인 동력으로 자연과학이 성취할 수 없는 부분을 보완해준다. 문학이든 예술이든 과학이든 종교든 모두 인간이 누구이며 무엇인가를 연구하는 인지과학의 일부이다. 일상을 생활의 발견으로 이끌고, 다시 발견의 생활로 끌고 가는 동력이 인지적 문학이다. 인지학의 영역은 사람의 내부에 있다.

2부

01. 작가는 나를 찾는 여행자

인생은 여행이다. 천상병이 세상을 떠날 때를 "귀천"으로 반겼듯이 삶이란 여행이다. 작가가 행하는 떠남은 갖가지 방식으로 이루어진다. 주어진 환경에서 도망하거나 낯선 곳을 유랑하거나 무엇인가를 탐색하거나 영적 순례를 한다. 하다못해 해거름이면 산책을 나선다. 그에게 인생 여행은 '패키지 투어' 방식이 아니다. 옷과 기호품을 가득 넣는 캐리어를 끌고 이곳저곳 눈도장을 찍는 관광은 더더욱 아니다.

작가의 여행은 특별하다. 그의 몸에는 생득적인 유목민의 피가 흐르고 있어 돌아와도 다시 떠나려는 충동을 감추지 못한다. 귀환의 허무와 무익함을 겪으므로 떠나는 심리적 시점이 매우 중요하다. 새로운 환경을 원할 때, 좌절하고 실연당하여 자신이 사라졌음을 직감할 때, 무심코 흘린 말이 절박한 고백이었음을 깨달을 때 짐을 꾸린다. 최초의 여행 작가 호메로스는 시각장애인이었지만 평생을 유랑하면서 《오디세이》라는 지중해 모험록을 썼다. 오디세이가 왜 싸우러 가고 왜 바다를 10년간 표류한 끝에 고향으로 돌아왔는지를 보여줌으로써 모든 여행 작가의 아바타가 되었다. 세계의 모든 작가도 집필이 끝나면 떠나고 여행에서 돌아오면 다시 글을 쓸 수 있다는 희망으로 자신을 호메로스의 후예로 간주하기 시작하였다. 그 점에서 《오디세이》는 트로이 목마의 전설을 만든 전쟁문학이 아니라 여행자를 주인공으로 한 문학의 원형이라 할 수 있다.

여행이 사람을 반쯤의 작가로 만든다. 몸이 자유롭지 않으면 정신이 지혜로울 수 없다. 정신이 지혜롭지 않으면 사람은 불안해진다. 안일한 가정, 독선적인 사회, 폭주하는 시류에 묶인 작가의 몸도 바위에 눌린 시시포스와 다름없다. 영국의 소설가 제임스 조이스는 《젊은 예술가의 초상》에서 "나는 가정 교회 국가로부터 자유로워지고 싶다."라고 고백하였다. 푸른 지중해를 내려다보는 스파 호텔이 사업가에게 여유로운 휴식처가 될지 모르나 작가에게는 바람직한 숙소가 아니다. 구부러진 황토 시골길, 무너진 성벽 위에 뜬 달, 바람이 부는 외진 갈대밭, 모자이크 성화가 그려진 시골 성당, 사막여우가 홀로 헤매는 황량한 고원, 올리브 나무 아래 찰랑거리는 이슬람 연못을 만날 때 비로소 제대로 왔구나, 하며 감사의 눈물을 흘리는 사람이 작가다. 이런 곳이 영감을 준다. 먼 곳으로 갈수록 깊숙이 숨어 있던 나의 모습이 조금씩 드러난다. 그런 곳에서 작가는 사느라 당했던 멍과 상처가 아물 수 있으리라는 안도의 한숨을 쉴 수 있다.

작가가 되려면 늘 '홀로됨'을 찾아야 한다. 홀로 쉬고 머물 수 있는 곳, 홀로 볼 수 있고 책을 읽을 쓸 수 있는 곳, 즉 영혼의 독신자가 되는 여행은 교향곡의 서곡과 유화의 첫 붓자국과 같다. 죽음의 관으로 들어가야 저 너머로 갈 기회라고 여기는 작가는 얼마나 불운한가. 하지만 여행은 어제의 나를 죽여 불사조처럼 새롭게 태어나게 한다. 다시 살아나는 것, 그것이 창작의 첫 요건이다.

작가적 신원은 어디서 발아發芽할까. 필자는 2009년 발간한 《길을 줍다》에 실은 〈그곳에 문도文徒의 땅이 있다〉에서 작가적 신원은 밀림과 사막 가운데 마련된 화원花園에서 자란다고 하였다. "일상을 탈주하여 참된 생활을 마련하려는 의지"가 영혼의 꽃이 피는 보금자리를 마련할 수 있다. 그곳으로 찾아가는 기회의 길은 좁다. 하느님이 천국의 문은 좁다 하셨지만 문학의 문은 더욱 좁다. 천국은 죽으면 갈 수 있지만 문학 여행은 살아있으면서 일상의 나를 죽이는 길이기 때문이다.

여행 작가의 몸은 언제나 살아있어야 한다. 비 내리는 들판이 촉촉하고 바닷가 모래가 부드럽다고 여기는 것만으로는 부족하다. 직접 어깨 위로 빗줄기를 맞이하고 모래 무덤으로 들어가고 설원과 자갈밭에 누어야 한다. 그런 행위는 자연과 만나는 성스러운 의식이다. 폭력과 기만으로 상처 난 영혼을 고치기 위해 왔다고 말할 필요가 없다. 그냥 몸으로 여행하는 것이다. 그렇지 못한 발품과 눈 품은 감동을 낳지 않는다.

일상에서 멀어질수록 진상眞常을 찾기 쉽다. 보통 사람들은 대부분 가고 싶은 곳을 정하고 스케줄에 맞추어 가지만, 작가에게는 목적지가 없다. 갖가지 좌절에서 도망치기 위해서가 아니라 그것마저 안으려는 멀리 있는 길을 행하므로 오직 왜 지금까지 여기에 있었겠느냐는 의문을 떨치기 위해 떠나고 또 떠난다. 보들레르는 "예술가는 산책하며 사람과 세상을 관찰하는 방관자"라고 하였듯이 작가는 어디를 가든, 어디에 머무르든 다시 떠나는 나그네이다.

동시에 여행 작가는 '무조건 쓰자'라는 부름에 충실할 것이다, 사과와 귤을 상자로 사면 한두 개는 덜 익거나 너무 익은 채 밑바닥에 깔려 있다. 좋은 장소만이 좋은 글을 낳는 게 아니라는 뜻이다. '나는 작가다.'라는 의식을 지키면 어디를 가든 영감이 떠오른다. 펜과 노트를 들고 가면 탁한 개천조차 말하여야 할 강으로 바뀐다. 생활오수가 넘쳐나는 곳에서도 서민들의 땀냄새를 느낄 수 있다. 만일 글쓰기를 잃어버리면 어디에 가더라도 "내가 여기에 왜 왔지?"라는 당혹감에 빠진다. 진실의 여행자가 아니기 때문이다.

작가로 살아남으려면 풍경을 인상으로 바꾸려는 노력이 필요하다. 문학에서 "풍경과 인상"의 상관성은 매우 중요하다. 풍경이 객관적이고 고정된 것이라면 인상은 주관적이고 가변적이다. 주변의 사물과 경치가 한순간에 기억과 인상으로 바뀌는 것을 제임스 조이스는 현현懸懸이라 하였다. 그렇게 된다면 정원경 작가가 《문득文得여행》에서 소개한 마크 트웨인, 카잔차키스, 하이네, 존 스타인벡 등과 같은 작가들의 모습에 일치한다고 말할 수 있다.

작가로서 떠나려면 불편한 것이 한둘이 아니다. 혼자 짐을 꾸려야 하고 여행 중에도 혼자서 일정과 짐을 책임져야 한다. 그중에서도 어색한 것 중의 하나가 '혼밥'이다. 다른 여행자들과 한 식탁에 앉아 식사할 때도 있겠지만 언제라도 "나 혼자서도 편안하게 밥을 먹을 수 있어."라고 자신할 필요가 있다. 투덜대기보다 버티는 인내가 필요하다. 카페가 아니라 골목이나 공원을 어슬렁거리고 때로는 노숙도 마다하지 않아야 한다. "집 떠나면 고생"이라거나 "어디 그렇게 싸돌아다니냐."는 핀잔에 멈칫해서는 안 된다. 그런 말은 그대를 현실에 얽어매려는 거짓말이며 궤변에 불과하다.

인도에서는 개든 소든 염소조차 명상한다고 한다. 낯선 도시를 찾아갔을 때 그곳의 우물에 자신의 얼굴을 비추어 보지 않았다면 관광일 뿐 순례가 아니다. 순간순간 사소한 곳에서 성찰의 여유를 가져야 한다. 글의 길과 글에서 발버둥치는 몸부림. 난장판 세상에서도 영혼을 지키고 싶다는 순수. 희디흰 명주천 같은 한 줄기 맑은 사유, 무엇보다 무례한 충동에서 벗어난 완숙한 여행이 글 꽃을 피운다.

작가는 화려한 비석과 공명이라는 높은 아치를 멀리한다. 그것들은 상인들과 정치가들이 가지려는 싸구려 이름에 불과하다. 작가로서 원하는 게 있다면 차라리 후세 사람들이 찾아오고 싶어 하는 조그만 묘비를 택할 것이다. 그곳이 작가가 가야 할 마지막 여행지다. 작가의 무덤은 독자와 마주하는 밀회의 장소이며 비석은 함께 읽을 대화의 요약본이라는 것이다.

필자는 사십 대에 미국의 문화도시인 콩코드 인근에 있는 슬리피 홀로우 공동묘지(Sleepy Hollow Cemetery)에 갔었다. 문인 구역에서 찾아낸 호손의 묘비는 높이가 20센티미터를 겨우 넘는 조그만 돌비석에 불과했지만, 절대 마모되지 않을 불멸의 책이었다. 진정한 작가란 살아서는 아무도 가지 못한 곳의 지도를 만들고 죽어서는 언젠가 자신을 흠모하는 독자가 찾아올 무덤에 묻히는 자이다.

그곳은 어떤 곳인가. 답은 하나다. 또 다른 '나를 부르는 숲'이다. 나를 부르는 숲은 각자의 마음속에 있다. 그러므로 지금 여기를 떠나 각자의 숲으로 들어가 보자.

02. 문학의 광기, 그 순결성

미친 사람은 행복하다/ … / 두려워 마라/ 미치는 것을
- 김순이/미친 사랑의 노래 7(일부)

　문학은 무슨 힘을 숭배하는가. 문학은 오직 순결하고 순수하고 헌신적인 집념만을 가지라고 말하는가. 아니면 광기와 광란의 몸 놀이를 선동하는가. 문학은 현실적으로 보든 이상적으로 보든, 설교대에 있는 성경도 야시장의 삼류 소설도 아니다. 문학은 육체와 영혼, 물질과 정신, 현실적인 것과 초월적인 것, 사색과 행동 등 영원히 모순되는 개념을 조화시키라는 행동을 가르친다. "행동하라, 그러므로 존재한다."는 노선을 권유한다. 그래서 문학은 사람들에게 정신과 육체가 합일된 행동을 가르치는 인문학이라고 말하여도 지나치지 않다.

　문학적 소명은 고전소설부터 현대시에 이르기까지 변하지 않고 있다. 단테의 《신곡神曲》은 권선징악의 엄중함을 말하고 교황체제의 엄격함을 지적하면서도 신이 말씀하시는 진실을 찾도록 권유하였다. 그 결과 그의 '인간 비판'은 르네상스 행동주의자들

에게 빛을 던졌다. 1차 세계대전 후 1930년대에 싹튼 행동주의 문학은 다다이즘과 니힐리즘을 비판하면서 인간의 자유를 존중하였다. 앙드레 말로는 《인간의 조건》에서 우울·불안·회의·절망의 원인을 연구한 끝에 개인과 사회가 당면한 문제를 본질에 대한 자기 물음으로 해결할 수 있다고 하였다. 생텍쥐페리는 《야간비행》에서 위험을 무릅쓰고 행동하는 인간의 아름다움과 고귀함을, 헤밍웨이는 《노인과 바다》에서 광막한 바다에 굴복하지 않는 극기주의를 찬양하였다. 이들 소설가가 설정한 주인공들은 파블로프식 조건 반응이 아니라 인식을 거친 행동을 보여준다. 작품 속의 주인공들은 개인을 속박하고 있는 사회, 심지어 과거의 자신에게서 벗어나기 위한 행동을 서슴지 않는다.

어떻게 살아왔는가를 잠시 생각해보자. "그냥 그렇게 살았어요." 그 말은 "나는 이래야만 해."라는 관습이라는 틀에 박혀있다는 우회적 고백이다. 아버지로서의 틀, 아내로서의 틀, 직업인으로서의 틀…, 박제된 인간의 틀에 묶여있다. 행동이 억압당한 것이다. 그 결과 자신에 대하여 내적으로는 열등감을, 외적으로는 모멸감을 느낀다.

문학은 7가지의 모멸감이 무엇인가를. 보여준다. 그것들은 비하, 차별, 조롱, 무시, 침해, 동정, 오해로서 문학은 그 실체를 "우리 모두가 모멸감의 희생자"라는 말로 밝힌다. 그렇다면 어떻게 모멸감을 죽이고 행동 의지를 살릴 수 있는가.

《그리스인 조르바》라는 소설이 있다. 카잔차키스가 쓴 이 자전적 작품을 읽을 때 일반 독자들은 조르바를 자유인의 모델로 경배한다. 나이 60세의 조르바가 보여주는 것은 추상적인 자유가 아니라 구체적인 행동이다. 잠을 잘 때도, 춤을 출 때도 물론이거니와 버찌를 먹을 때도 먹는 욕망으로 토할 때까지 먹는다. 조르바가 버찌를 먹고 토하는 행동을 보면서, 작가라면 미치도록 책을 읽고 토하도록 글을 써야 한다는 각오를 새롭게 가질 수 있다. "일을 어정쩡하게 하면 끝장난다."는 그의 말은 행위가 도중에 단절되었을 때의 통절한 비극을 예고해준다. 조르바를 대한 후 갖는 기분이란, 내가 이 꼴이 된 건 세상 때문이 아니라 어정쩡한 태도 때문이라고 화끈하게 반성한다는 말일 것이다. 하나에 꽂히면 끝장 보는 것. 즉, 광기의 행동에 감복할 수밖에 없다.

당신은 이렇게 말할 겁니다. '이건 옳고 저건 그르다, 이건 진실이고 저건 아니다, 그 사람은 옳고 딴 놈은 틀렸…….' 그래서 어떻게 된다는 겁니까? 당신이 그런 말을 할 때마다 나는 당신 팔과 가슴을 봅니다. 팔과 가슴이 무슨 짓을 하고 있는지 아십니까? 침묵한다 이겁니다. 한마디도 하지 않아요. 흡사 피 한 방울 흐르지 않는 것 같다 이겁니다. 그래, 무엇으로 이해한다는 건가요? 머리로? 웃기지 맙시다!"

— 카잔차키스, 《그리스인 조르바》에서

조르바에게 인생은 열정 자체이다. 심지어 죽을 때에도 한 치의 망설임이 없다. 현대인은 이런 광기 때문에 조르바를 본받고 싶을 뿐 아니라, 조르바가 두려움 없는 행동으로 우리를 경악하게 한다는 사실조차 개의하지 않는다.

조르바의 행동에서 놓치지 않아야 할 두 가지가 있다. 첫째는 그는 순간순간 외부와 싸운다는 사실이다. 총칼 같은 무기가 아니라 자유라는 힘으로 대적한다. 두 번째는 그의 육체와 영혼은 분리되지 않았다는 사실이다. 손과 발과 머리가 끝없이 행동하려면 몸에 물과 음식과 햇빛을 충분히 주어야 한다. 달빛도 바닷물도 술도 넘쳐야 한다. 버찌 하나까지 다 먹어야 한다. 그렇게 하지 않으면 몸은 영혼이라는 동반자를 내동댕이친다.

작가로서의 행동은 어떤 때 이루어지는가. 심장이 미칠 듯이 뛰고, 그것이 멈추면 죽을지 모른다고 느낄 때이다. 호메로스가 등장시킨 전사들의 팔은 적의 심장을 향하는 창을 던지려고 뻗는다. 이렇게 생각과 행동에 틈이 없는 사람들이 조르바적, 호메로스적 인간이다. 김수영도 〈시여, 침을 뱉어라〉에서 "시작詩作은 머리와 심장으로 하는 것이 아니고 '온몸'으로 밀고 나가는 것이다."라고 말하였다. 작가의 몸은 펜을 잡기를 원하고 펜은 글을 쓰기를 원한다. 육체의 충만함은 영혼의 격정으로 연결되고, 영혼의 열정이 몸에 전율을 일으킨다.

감정은 마음에 기거하지 않고 몸안에 기숙한다. 슬프고 분노하고 우울하고 두려운 감정 에너지가 우리 몸 어딘가에 저장되어 있다. 마음의 호소를 무조건 억압할 게 아니라 올바른 방법으로 몸 밖으로 배출해야 한다. 글을 쓴다는 것은 감정의 응어리를 종이 위에 해방시키는 일이다. 글은 어느 누구가 아닌, 나 자신이 살고 건강하기 위한 것이므로 미친 듯이 써야 한다. 힘들다고, 아프다고, 두렵다고, 외롭다고, 용서해달라고, 당신이 필요하다고, 사랑한다고 미치도록 적어라. 그러면 격한 마음이 잠잠해지고 몸도 부드러워진다.

작가들은 "나는 쓴다. 고로 존재한다."고 말할 필요가 있다. 언제나 밖에다 대고 "내겐 아직 많은 자유가 없다."고 외쳐야 한다.

"내 안의 잠든 행동을 깨워라."

03. 잊히고 묻힌 수필들

문학은 역사적 변동기에 흥왕한다. 한국의 경우, 일제강점과 좌우익 대립 시기는 민족사에서는 암흑기였지만 문화사에서는 다채로운 자산이 형성된 과도기이다. 좁은 한반도는 봉건주의와 근대주의, 자유주의와 공산주의, 보수주의자와 개화 엘리트가 공존하는 혼성 공간이었다. 유럽의 이미지즘, 초현실주의, 다다이즘, 아방가르드가 한반도로 유입되고 러시아의 프롤레타리아 문학, 일본의 중역重譯 문학, 미국의 모더니즘이 밀려들어 왔다. 가히 수도 경성은 근대 사조의 도가니였다.

당대의 문인들은 시 소설 외에 수필과 평론을 함께 썼다. 이름 그대로 수필에 참여한 올코트 작가였다. 정지용·김소월 등의 시인, 이상·임화 등 카프(KAPF) 계열의 소설가, 김소운·박태원·이태준 등의 산문가, 그리고 춘원·정인택 등의 친일문인들은 한글 억압이라는 악조건 아래에서도 서정과 서사, 경수필과 중수필, 전통산문과 실험산문의 르네상스를 이끌었다.

한국 산문은 6·25전쟁 전후에 남북으로 나누어졌다. 다수의 문인 외에 평론가, 언론인, 잡지 발행인들이 북으로 떠나면서 대륙문학과 해양문학을 이어주던 지정학적 교량이 끊어진 것이다. 이후 북쪽에서는 이념 산문이, 남쪽에서는 개인 신변기가 정착하면서 사회수필, 철학수필, 계몽수필이 쇠락하였다.

당시 작가들은 대부분 동경유학파로서 서구사상에 익숙했다. 카프 계열의 작가들이 탈봉건 사회를 이야기하는 동안 전통적 순수문학을 계승하려는 작가도 적지 않았다. 문학평론가 이원조는 "오늘날 휴머니즘과 모랄론이 성행하면서 수필의 홍수시대가 되어버렸다. 그것을 벗어나기 위해서… 더 광활하고 좀더 자유스러운 문학을 위해 우리 몸뚱이를 내던져야 한다."라고 〈상식문학론〉(《문장》 제4호 1939. 5)에서 정리하였다.

하지만 문학의 역할에 대한 이론 투쟁은 불가피하였다. 좌익계 문인들은 자의 반 타의 반 월북을 택했다. 제1차 월북자들은 카프 구성원으로 이기영, 한설야, 안막 등이다. 제2차 월북자들은 미소공동위원회의 결렬을 시점으로 임화, 이태준, 지하련, 김남천, 이원조, 안회남 등이다. 제3차 납북월북은 6·25동란 이후의 정지용, 김기림, 박태원, 이광수, 김진섭 등이다. 하지만 이들 대부분은 김일성 사상에 대한 회의, 북조선 문단의 권력 투쟁, 6·25전쟁의 패배에 따른 남로당의 몰락 등으로 간첩 및 수정주의자라는 죄명으로 처형당하였다. 이것은 프롤레타리아 사회주의와 낭만적 코뮤니스트의 간격에서 예견된 파국이었다.

그렇더라도 문학사는 문학적 사실을 기록해야 한다. 납월북작가의 수필이 한국 문학사의 일부를 차지하는 만큼 간과되어서는 안 된다. 유형별로 살펴보면 세 그룹으로 나누어진다. 첫째는 민족의 비애를 개인의 서정성으로 소화한 그룹, 두 번째는 문학을 프롤레타리아 혁명의 선전 수단으로 삼아 민중 산문을 발표한 그룹, 세 번째는 지식인과 지식인으로서의 개인적 갈등을 표출한 그룹이다.

제1그룹은 일제 강점기의 고통을 서정적으로 풀어내었다. 김기림은 모더니티한 형식으로 식민 통치하의 도시 생활과 농촌경제의 파탄을 고발하였다. 백석은 빼어난 향토어로써 민중의 소박한 삶과 조선의 개화를 주창했다. 이원조는 수필은 역사를 바탕으로 한 모랄이라는 포즈를 가져야 한다고 했다. 김동석은 "조선은 아직 어둠"이므로 "가야 된다 가야 된다."고 거듭 토로하여 당대 제1그룹에 속한 작가의식을 대변한다. 프롤레타리아 비평을 주도하였던 이원조는 친일반역자의 처단이 없으면 해방 정부에 참여할 수 없다고 거절하고 월북하였다. 이들의 사상은 김동석이 말한 "나는 그때(조선통일)가 올 것을 믿어 의심치 않고 앞으로 또 몇 핸지 몰라도 밤길을 묵묵히 걸어가련다.(《길》을 내놓으며 서문)"에서 살필 수 있다.

제2그룹은 민중계몽과 계급타파를 주도한 사회주의 계열 산문가들이다. '예술의 대가가 되기보다는 정치의 병졸"(김남천, 〈몽상의 순결성〉)이 되려 하였다. 열혈 문사 김남천은 정론 에세이와 비정론적 풍속수필을 함께 발전시켰다. 박태원은 해방 전에는 모던보이였지만 월북 후에는 민중 역사소설의 주체성을 확립하였다. 안회남은 사회모순에 저항하는 평론으로 좌우익 문단의 주목을 받았고, 오장환은 "정열과 투지로 싸우는 젊은이"이면서 "섬세한 감정과 거짓이 없는 표현력을 갖춘 시인"이라는 다른 평가를 받았다. 임화는 누구도 따를 수 없는 혁명 이론으로 반봉건, 반부르주아, 반식민주의 이념을 선도하였다. 홍명희는 양반 가문 출신이지만 "침통하고 사색적인 러시아 문학이 체질에 맞는다."고 말하면서 식솔을 데리고 월북한 후 프롤레타리아 혁명 의식에 몰입하였다. 제2그룹에 속하는 카프 문학관은 〈문단의 파괴와 참다운 신문학〉이라는 제목으로 오장환이 쓴 "문학을 위한 문학이 아니라 인간을 위한 문학의 길"에 잘 나타나 있다.

　제3그룹은 좌우익 노선에서 벗어나 문학의 둥지에서 지식인과 작가 신분을 유지하려 하였다. 그들의 철학적 사유, 문사의 자존심, 딜레탕티즘(Dilettantisme), 향수 등은 해방 후 남한 작가들의 모형이 되었다. 이광수는 '조선 3대 천재'였지만 친일문학가로 전락하였다. 이태준은 "조선의 모파상"이라는 찬사를 받으며 《문장강화》를 저술하면서 순수문학의 맥을 지켰다. 김진섭은 서구철학과 고전을 용접한 철학수필가로 해학과 고전미를 구사하였다. 정인택은 평생 이상李箱 콤플렉스와 친일 굴레에서 벗어나지 못하였다. 제3그룹 작가들은 개인의 문학적 취향으로 도피하였는데 그들의 심경은 "인생의 깊은 가을을 농익은 능금처럼 한번 흠뻑 익어 보고 싶은 것이다.(이태준, 〈早熱〉 일부)에 반영되어 있다.)

납월북작가들은 "교양과 사상과 도덕성과 산문정신을 중시하는 정론"을 지키면서 "참 좋은 수필"을 생산하려고 노력하였다. 민족적 열정과 작가로서의 신념을 지키며 리얼리즘과 낭만주의적 조화를 추구하였다. 이들의 수필론은 "일상사가 모두 작가가 가진 높은 사상, 순량純良한 모럴리티의 충만한 표현으로서의 가치를 품어야 한다."는 임화의 〈수필론〉이 대변해준다.

일제 강점기와 분단기의 수필과 산문은 여전히 어둠에 묻혀있다. 다행스럽게 1988년 7월 납월북작가들에 대한 해금 조치가 내려졌지만, 산문에 관한 연구는 미흡하다. 그런 가운데 필자는 《잊힌 수필, 묻힌 산문−납월북수필가들의 삶과 문학》이라는 작가 열전을 저술하였지만 납월북산문가에 관한 연구는 갈 길이 멀다. 언젠가는 이들에 대한 종합적이고 서지적인 연구가 있기를 기대한다.

04. 시를 아는 한, 우리는 젊은 예술가이다

"한 인간이 다른 인간을 사랑한다는 것, 그것은 아마
도 우리에게 주어진 가장 어렵고 궁극적인 과제이고,
최종적인 시험이자 증거이며, 다른 모든 일은 그것을
위한 준비 과정입니다. 그런 까닭에 모든 것을 막 시작
하는 젊은이들은 아직 사랑을 모릅니다. 배워야 하는
것입니다."

– 릴케, 《젊은 시인에게 보내는 편지》에서

릴케가 시인 지망생 프란츠 카푸스에게 5년간 보낸 편지글의
일부 구절이다. 릴케는 그에게 시와 삶에 대하여 따뜻하고 애정
어린 답을 썼다. 고독과 사랑, 예술과 죽음에 대한 릴케의 답은
깊고 다감했지만 정작 릴케는 자신의 사랑에 서툴고 삶에는 어
눌했다. 심지어 예술은 기를 소진하는 죽음의 사자로 여겼다. 그
리하여, 릴케에게 예술과 행복과 사랑은 공존할 수 없었다. 그에
게는 오직 예술, 그 하나뿐이었다.

그는 예술가이고 작가이며 시인이었지만 체질적으로든 후천적

으로든 미성숙한 칠삭둥이였다. 그는 두 남녀의 결합에, 사회와의 흥정에, 신과의 타협에서도 실패했다. 역사 속의 많은 예술가와 사상가들과 철학자들도 그처럼 그랬다. 실패한 자와. 시인은 남달리 외로우므로 다른 사람의 실연과 고독을 지켜봐 주는 사람이 될 수 있다. 시로詩路라는 인생에서는 그렇게 된다.

시작詩作은 어디서 시작할까. 순수와 열정이겠지만 사실은 상처에서 시작한다. 시가 생의 보석인 이유도 고뇌의 인두질이기 때문이다. 시인은 고독에 빠진 사람을 구해주지만 자신은 점점 고독과 고갈의 늪에 빠져들면서 사라진다. 그 인종忍從의 노예이자, 자아 멸종의 인간이 시인이다.

시는 더이상 말로 표현할 수 없을 때 나타난다. 그게 우리의 삶에서 시행詩行이 끊임없이 생성되는 이유이다. 시인 한 명, 시 한 편, 시인 한 명, 시 한 편……. 그러므로 시인이라면 시를 읽고 쓰도록 부추기는 감정의 근거를 캐내야 한다. 자신이 쓴 시의 뿌리가 심장 깊은 곳까지 내려가 있는가. 시의 근원이 그렇지 않다면 시가 아니라는 질문을 별이 빛나는 조용한 밤에 물어 "나는 써야만 해."라는 답이 온몸을 쇠북처럼 때리면 그대는 시를 쓸 수 있다. 그 필연성에 그대의 영육을 꽉 묶도록 한다. 더이상 묻지 말고, 그대로 받아들인다. 시인다운 시인들이 모두 그랬다.

사인은 바깥 세계로부터 어떤 대가도 바라지 않는다. 상을 타고 신춘문예 공모에 당선되겠다는 명예나 물질에 매달리는 순간 예술의 신, 뮤즈는 그대를 냉정하게 차버릴 것이다. 오직 시적 내공을 쌓다가 쓰러진 명패를 그대의 호패로 삼는다. 오늘 그들을 만나도록 한다. 그런데 왜 그들 대부분이 여름에 죽었지?

시간을 헤아리는 일도 하지 않는다. 예술가는 숫자를 멀리한다. 1년도, 10년도 예술과 시에서는 '나싱(Nothing)'이다. 나무를 보자. 나무는 수액樹液을 재촉하지 않는다. 겨울 폭풍 가운데서도 봄이 올 것을 의심하지 않는다. 조용히, 묵묵히, 기다리면 어느덧 봄이 찾아오듯 그대에게 시적 영감이 수액처럼 스며든다.

시작詩作을 앞에 두면 마음이 조급해진다. 가슴속에 긴급한 과제를 품으니 인내심이 딸린다. 당장 해답을 찾으려니 답답하다. 아직 그 해답을 대면하지 못했기 때문이다. 무엇보다 몸으로 체험하는 것이 중요하다. 젊을수록 인내하고 인내해야 한다. 그러면 먼 어느 날, 빛나는 해답의 광채 속에 서 있는 자신을 발견하게 된다.

시라는 문학 경험에서는 언어에 대한 음미가 필요하다. 사사로운 경험일지라도, 세속적인 자기 노출일지라도, 시어라는 비세속적인 것에 마음을 기울이는 만큼 깊고 섬세한 몰입이 필요하다. 시적 감성으로 거친 사회적 논쟁을 극복하려는 사람이므로 사람을 사랑하는 것이 마지막 시제詩題임을 깨치도록 한다. 이러한 과정을 위해 박동치는 심장으로 사랑하는 방법을 배워야 한다. 릴케가 그렇게 말했다.

무언가를 배우려면 언제나 몰입과 집중이 필요하다. 사실 사랑하면 가장 오래, 가장 깊게, 가장 외롭게 인생을 살 수밖에 없다. 시를 사랑하려면 강도 높고 고통스러운 사랑도 마다하지 않아야 한다.

누구에게나 인생의 고통이 뒤따른다. 당신을 위로해 주는 사람이 있다면 그가 어려움 없이 살고 있어도 부러워하지 말라. 그역시 많은 어려움과 슬픔을 남모르게 견디고 있으며 잘난 듯 보이지만 당신의 인생보다 못한 경우가 많다. '상처 입은 치유자(Wounded Healer)'란 그런 사람을 말한다. 그렇지 않다면 어떻게 그대의 고독을 느낄 수 있고 그대를 위로하는 말을 찾을 수 있겠는가.

진주조개 속의 진주를 응시해 보자. 그것이 누구인가. 성공한 것 같지만 그렇지 않은 사람들, 예술가, 작가, 시인, 그대들이다. 단테는 크나큰 의문의 무게에 짓눌렸고, 밀턴은 단 한 번도 조용한 성찬식을 갖지 못했고, 중국 시인 부청은 아내를 도끼로 찍어 죽였고, 바람둥이 바이런은 진지한 사랑의 손을 단 한 번도 잡지 못했다. 여류시인 브라우닝의 사랑은 겨울 눈보라 속에 스러졌고, 에밀리 디킨즈는 사랑 없는 잿빛 세월을 평생 보냈고, 하이쿠 시인 고바야시 이사小林一茶는 매미처럼 "쓰라려 쓰라려"하며 죽었다. 이토록 시인들에게 삶은 고통 그 자체이다. 뜨거운 입으로는 낼 수 없는 기도 같은 것이 시임을 알자.

《젊은 시인에게 보내는 편지》의 숙독을 마치면 시인이자 스님인 한용운의 〈군말〉에 닿는다.

님만 님이 아니라 기룬 것은 다 님이다. 중생이 석가
의 님이라면 철학은 칸트의 님이다. 장미화薔薇花의 님
이 봄비 라면 마치니의 님은 이태리伊太利다. 님은 내가
사랑할 뿐 아니라 나를 사랑하나니라. 연애가 자유라면
님도 자유일 것이다. 그러나 너희는 이름 좋은 자유에
알뜰한 구속을 받지 않느냐. 너에게도 님이 있느냐. 있
다면 님이 아니라 너의 그림자니라. 나는 해 저문 벌판
에서 돌아가는 길을 잃고 헤매는 어린 양羊이 기루어서
이 시詩를 쓴다.

— 한용운, 《님의 침묵》 서문

〈군말〉은 설악의 오세암에서 《님의 침묵》을 집필 탈고하면서
쓴 스님의 서문이다. '군말'이라는 겸양의 말로써 시는 조용하면
서도 끈질긴 존재가 이루어 낸 보석임을 말하고 있다. 예술은 가
장 겸손한 봉사이며, 완전한 법칙에 따라 운영되는 것이라는 점
에서 릴케와 한용운의 예술 정신이 일치한다. 예술 창조는 사람
이 아니라 사물을 위한 일이므로 고민과 고독, 고뇌와 고통의 삶
을 스스로 버티려는 자에게 주어지는 신의 선물이다. 나를 알고
싶을 때 내가 누구인가를 알려주는 짧고 긴장된 목소리. 진실은
오래 품은 질문에서 나온다. 그게 시詩의 눈眼이다.

05. 스마트폰 없는 시대의 두 스승

약 2500년 전, 중국을 떠돌다 고향에 돌아와 쓸쓸히 죽은 인물이 있다. 그가 '공자'이다. 약 100년 뒤, 그리스에서는 아테네 청년들을 현혹했다는 이유로 사형선고를 받아 독배를 마신 인물이 있다. 그가 '소크라테스'다.

두 사람의 삶에는 비슷한 점이 매우 많다. 그들은 군주제도에 대항하여 인간을 존중하는 문화를 꽃피운 '인간 혁명가'들이다. 공자가 기원전 551년, 소크라테스는 기원전 469년에 태어났으니 겨우 80년의 간격이 있을 뿐이다. 드물게 두 사람 모두 일흔이 넘도록 장수하였고 자기 관리와 건강 유지에 철저하였다. 무엇보다 스마트폰이 없는 시대에 중국과 그리스를 휩쓴 당당한 스승들이었다.

그들의 삶은 순탄하지 않았다. 공자는 3세에 아버지를, 17세에 어머니를 여의었다. 남다른 향학열을 불태워 15세에 뜻을 세웠고 19세 때 혼인하여 아들 이鯉를 낳았으나 멸망한 송나라 가문의 후손이었다. 직업은 노나라 귀족의 창고지기와 목장 관리라는 천직賤職에 불과했다. 55세에 대륙을 주유하였으나 냉대만 받고 고국으로 돌아왔지만 말년에 이르도록 가난한 백수였다.

소크라테스는 조각가와 산파를 부모 삼아 서민 가정에서 태어났다. 중장보병에 편입되어 세 번의 전투에 참여했다. 처음에는 조각 공부를 하였고, 40세 이후에는 청년들을 가르쳤으나, 보수 귀족과 소피스트의 위세에 눌린 변방 강사에 그쳤다. 설상가상, 튀어나온 눈과 찌부러진 코를 가진 추남으로 아내 크산티페와 평생토록 불화 속에 지냈다.

그들은 결손가정과 문제가정에서 살았지만, 천하라는 집과 청년 제자들이 있어 행복했다. 광장과 거리로 나온 두 철인은 '대화'로써 인간교육이라는 씨앗을 뿌리느라 바빴다. 그들에 의하여 '말과 철학' 즉, '필로로고스(Philologos)'라는 최초의 인문학적 갤럭시가 만들어졌다. 아테네 광장과 주나라 시장터에서 펼친 내용은 자연과 신에 대한 찬양이 아니라 인간에 대한 지극한 관심이었다. 인문철학의 시조라 할 정도로 민주 시민들과 나눈 '대화' 교육이 거의 동시대에 이루어졌다는 게 여간 신기하지 않다.

공자와 소크라테스의 강론 주제는 '인仁'이며 교수법은 '대화'였다. 공자와 제자가 나눈 대화집인 《논어》는 공자가 질문하고 제자와 토론하는 '논論'과 물려준 가르침을 뜻하는 '어語'로 이루어진 학문서이다. 그러면서 공자는 "내가 아는 것이 있는가? 나는 아는 것이 없다."고 했다.

"너 자신을 알라."라는 아고라 철학도 대화로 이루어진다. 소크라테스는 산파의 관점에서 제자들이 알고 있다고 생각하지만,

실제 모르는 지식을 끌어내는 산파법産婆法을 사용했다. 많은 사상가가 자연과 물질에 관심을 두었던 반면에 두 사람은 사람은 어떻게 살아야 하는가, 사람이란 도대체 무엇인가라는 본질을 가르쳤다.

안다는 것은 무지함을 아는 것이다. 무엇에 무지한가. 자신과 자신의 말을 모른다. 상대를 설득하려면 지피지기知彼知己와 변론 능력을 갖춰야 한다. 《논어》는 "배우고 때때로 익히면 또한 기쁘지 아니한가學而時習之 不亦說乎."로 시작하여 "말을 알지 못하면 사람을 알 수 없다不知言 無以知人也."로 마무리한다. 학學으로 시작하고 언言으로 마무리한 공자의 속뜻이 《논어》에 담겨있다.

공부를 하려면 언어를 사용해야 한다. 답은 손이나 몸짓으로도 할 수 있지만 질문은 말로 해야 한다. 질문을 던진다는 것은 '사람답게' 행동하고 있음을 보여준다. '왜'라는 질문을 할 만한 생각과 표현 수단이 없으면 살아도 살아있다고 말하기 힘들다.

소크라테스도 《변호》에서 "나는 내가 모르는 것을 분명히 알고 있으므로 그 사람보다 더 지혜로운 것이 아닐까?"라고 묻고 "당신이 하는 일의 이유와 목적을 안다면 인생은 살 만한 가치가 있다!"고 아테네 사람들을 가르쳤다. 그의 질문을 통한 깨우침 덕분에 델포이 신전은 소크라테스가 가장 지혜로운 사람이라는 신탁을 내렸다.

현대는 디지털시대이다. 0과 1이라는 두 부호가 천지만물과 세상만사를 해석한다. 정보시스템이 세상을 움직이는 오늘날 스마트 갤럭시 시리즈는 현대판 선생이다. 고도의 유동성도 개의 하지 않는 최첨단 강의다. 그것이 기존의 표상과 규범을 무익하게 만들어버림으로써 "공자가 죽어야 나라가 산다."는 냉소주의마저 생겨났다. 인류학적으로 말하면 인간은 최상의 유순한 노예가 되었다.

그리스 로마 시대의 사람들은 자유인이었다. 공자와 소크라테스, 장자와 디오게네스는 모두 자유인이 되라고 가르친 자유인이었다. 자유가 가장 고귀한 가치임을 자각했기 때문에 위대한 멘토들은 정규 직업을 가지지 않았고, 무직자나 백수의 자리에 머물렀다.

성현들은 "말로 먹고사는 지식인"이다. 공자와 소크라테스는 평생 동안 집 밖 거리와 야외에서 몸에 땀냄새가 나도록 제자를 가르쳤다. 오늘날의 테크놀로지는 그러한 스승들의 희생적인 대아大我를 무시한다. 온라인 시스템을 넓혀 대화 교육의 본질을 손상하고 선임 선생들의 자리를 지우고 있다.

공자와 소크라테스는 문자가 지적 영혼을 방해한다고 믿었다. 교언巧言이 아닌 지언知言으로 배덕자背德者와 유덕자有德者를 구별한 그들은 자기 생각을 글로 적기를 거절했다. 예수와 무하마드의 가르침도 구전으로 전해진다. 다행스럽게도 제자들이 스승의 말을 기록함으로써 후세 사람들은 그들의 지혜를 배우게 되었다.

중요한 것은 공자와 소크라테스의 말은 영원하다는 사실이다.

문자가 발명된 격동기에도, 자동차가 달리는 스피드 시대에도 컴퓨터 시대에도 여전히 우러러보아야 할 말을 남겼다. 나는 소크라테스와 공자가 없는 갤럭시 제국보다는 갤럭시 없는 공자와 소크라테스의 나라에서 살기를 더 원한다.

플라톤이 스승 소크라테스의 생애와 인격을 밝히기 위해 쓴 《소크라테스의 변명》의 마지막 문장은 이렇게 끝난다. "나는 사형장으로 죽으러 가고 여러분은 살기 위해 갈 것입니다. 그러나 어느 쪽에 더 좋은 것이 기다리고 있는지는 신 이외에는 아무도 모를 것입니다."

소크라테스는 "결코 나의 행동을 바꾸지 않을 것이다. 설사 몇 번이나 죽음의 운명에 위협을 받는다 해도."라고 하여 애지愛知에 대한 각오를 밝혔다. 공자도 "배우기만 하고 생각하지 않으면 남는 것이 없고, 생각하기만 하고 배우지 않으면 위태롭다."고 하였다. 그분들만큼은 아니라도 '인仁과 지知'를 위한 학언學言의 대화를 그치지 않아야 할 것이다.

06. 두뇌에서 가슴으로 내려오는 독서

'두뇌는 혁명적으로 변한다.'는 말이 있다. 책을 읽으면 밥 먹고 잠자고 일하고 노는 두뇌에서 책 읽는 두뇌로 바뀐다. 뇌 기능도 급격하게 활성화된다. 책을 읽어 나가노라면 사색에 젖고 깊은 침묵에 빠진다. 무아지경에 다다른 두뇌에서 역동적인 현상이 일어난다.

독서를 한다면 현대문보다 인문고전을 읽은 것이 낫다. 인문고전이 시대를 거쳐 오면서 갖가지 질문을 발아시켜 더욱 익은 열매가 열리기 때문이다. 플라톤의《공화국》, 소크라테스의《향연》, 동양의《사서오경》이 이런 조건과 장점을 갖추어 두뇌의 능력을 크게 확장하므로 고전 중의 고전으로 인정받는다.

인문고전과 씨름하는 동안 우리는 여러 가지를 생각한다. 과연 이 책을 읽어야 하는가, 읽더라도 얼마나 이해할 수 있겠냐는 의문이 계속 이어진다. 그러나 숙독하고 정독하고 통독하면 이해하지 못했던 부분을 알게 되면서 기대하지 않았던 감성적인 풍요까지 거둔다.

세상은 언제나 계급사회이다. 예전의 계급은 신분, 권력, 영지의 규모로 나누어졌고 지금은 돈으로 사회 계층을 구분한다. 앞으로의 '사회계급'은 물질보다는 지식이 결정한다. 책을 읽는 사람과 책을 읽지 않는 사람으로 '사회 계층'이 이루어진다. 독서를 하느냐 안 하느냐에 따라 정보력과 품격도 달라진다.

독서는 세 가지 힘을 길러준다. 집중력과 균형감각과 품격이다. 어떤 분야에서든 탁월한 성과를 거두려면 전문 지식이 필요하지만, 이것은 그 분야의 사람이라면 누구나 가지고 있다. 차이는 남다른 집중력과 교양을 갖춘 품격이다. 성공한 사람들에게서 발견되는 공통점도 집중력이다. 약육강식의 살벌한 도박세계를 그려낸 영화 〈타짜〉는 집중력과 균형감각이 얼마나 중요한가를 보여주지만, 그들에게서는 품격이 보이지 않는다. 따라서 그들은 진정한 두뇌가 혁명적으로 변한 전문인들이 아니다.

집중력을 가지면 제한된 시간 안에 통합적인 지식과 지혜로써 복잡다단한 문제를 풀어낸다. 경쟁이 치열해질수록 시간이 빠듯한 현실에서 읽는 시간이 오래 걸리는 고전에서 집중력을 배운다니 쉽게 이해가 안 된다. 그러나 실천해 보면 달라진다.

균형감각은 자신과 사물, 자신과 가족, 자신과 사회, 자신과 세상 사이에 적절한 거리감을 유지하는 능력이다. 적절한 거리감을 느끼지 못하면 자신과 상대방을 파괴하는 극단적인 행동을 취하기 쉽다. 출세 가도를 달리던 사람이 일순간에 전락하는 배경에는 대부분 균형감각의 상실이 자리한다.

인문 서적이 책 중에서 집중력과 균형감각을 동시에 키워준다는 점에 많은 독자가 동의한다. 이런 주장을 받아들인다면 책을 대할 때 스펀지가 되지 말고 필터가 되어야 한다. 스펀지란 생각이나 비판 없이 책의 내용을 흡입하는 것이고, 필터는 책에 담긴 진리와 비진리를 선별하여 수용하는 것을 말한다. 그때 '인문독서가 만능이구나.'라는 생각보다 '인문학 서적을 읽고 성공한 사람들도 있구나.'라는 여유와 "책에서도 중요한 것을 찾을 '수' 있구나."라는 여지를 갖는 것이 필요하다. "~도 있구나." "~수도 있구나."라는 여유가 인문학적인 사고의 일부이므로 그렇다.

인문고전은 긍정적이다. 고전이라면 냄새가 퀴퀴하고 표지는 너덜너덜하고 속지는 얼룩이 묻은 종이뭉치를 연상한다. 사실은 고전은 깊은 숲과 같다. 우거진 숲에는 수백 년 고목이 널브러져 있고 여린 이끼가 자라고 어린 사슴과 맹수가 함께 산다. 유서 깊은 고전 속에서는 선현의 지혜가 유장하게 흐른다. 인문고전은 심오한 지혜의 창고이므로 시대를 불문하고 인문고전은 모두 좋다.

시사성이 없는 고전이 현대를 살아가는 우리에게 무슨 득이 될까? 믿기 어렵지만 고전에 대한 '독후감'을 찾아보면 '무엇이 좋지 않다.' 보다는 '무엇이 좋다.'는 감상이 더 많다. '이런 도움이 되었다.'는 후기에도 미처 생각하지 못했던 독서 지침이 적혀 있다. 그래도 '인문고전 독서가 우리에게 이롭다.'는 뒷받침이 필요하다면 역사에 기록된 위인들은 삶이 어려웠을 때 무슨 책을 읽었는가를 살펴보면 된다.

고전 읽기는 과거의 지성인과 대화를 나누는 것이다. 고전 독서는 상상의 물결이 머리에서 가슴으로 내려오게 한다. 사람의 인생을 바꾸고 어떠한 위기에도 좌절하거나 실패하지 않게 하는 힘을 준다. 나폴레옹은 고전을 읽음으로써 뛰어난 분석력과 집중력, 치밀한 논리와 결단력을 얻었다. 김대중 선생은 4년간의 교도소 생활 동안 고전을 읽으면서 정신적 충만과 기쁨을 얻었다. 정치계든 경제계든, 심지어 패션계와 스포츠계에서도 독서와 사색과 토론에 매진한 사람들이 각 분야에서 두각을 나타낸다. 그들 아래에는 사색 없이 필사하는 사람들, 그 아래는 독서만 하는 사람들, 마지막 계단에는 책을 읽지 않는 사람들이 있다.

여전히 고전을 읽어야 하는 이유가 불충분한가. 안 읽어도 잘 살아간다. 고전 읽을 시간이 별로 없다. 아무리 읽어도 출세하기 힘들다. 우리의 머리와 위인들의 두뇌가 다르다. 그런 이유를 받아들여도 읽을 만한 고전은 여전히 15만 권도 넘는다. 옛날 대상들은 낙타 수십 마리에 책들을 목록별로 싣고 다니면서 책을 읽었다. 역사적으로 유명한 독서광을 언급하면 끝이 없다. 키케로, 몽테뉴, 괴테, 카사노바, 빌 게이츠, 이덕무, 김득신…… 지금도 서치書癡가 되어 읽고 생각하고 토론하며 경륜을 키우려는 사람들이 곳곳에서 밤을 새운다.

독서를 제대로 하는가 아닌가는 열정과 집념의 차이에 있다. 현대문과 달리 고문 독서에는 하나의 조건이 달린다. 인내하는 것이다. 고전은 현대문보다 영감과 상상력을 더 높게 육성하여 삶의 위기에 직면했을 때 좌절하지 않을 근성을 키워준다. 인생에서 실패해도 다시 일어서게 하는 복원력. 이것이 고전이 베풀어주는 최고의 은혜이다. 다만 책을 읽으려는 의지와 목표를 정립하기 힘들어서 읽지 아니할 따름이다.

후일 지나간 세월을 돌아보면 인생을 바꾸게 해준 사람을 한 명쯤 찾을 수 있다. '내 인생을 바꾼 한 권의 책'도 마찬가지다. 경쟁 사회의 막다른 골목에 내몰렸을 때 다시 일어서도록 용기를 준 책, 어디로 가야 할지 몰라 방황할 때 목적지를 알려준 책, 삶이 컴컴할 때 희망의 빛으로 밝혀준 책, 가슴이 아프다 못해 몸이 외로워질 때 위안을 준 책, 인생이 무료하여 그냥 죽고 싶을 때 꽃이 된 책……. 이처럼 책은 헤아릴 수 없는 많은 고통을 진정시켜 준다. 그 힘은 다름 아닌 사랑이다.

세종대왕은 집현전 학자들을 모아놓고 이렇게 말했다. "우리 모두 목숨을 버릴 각오로 책을 읽고 공부하자. 조상을 위해, 부모를 위해, 후손을 위해 여기서 일하다가 같이 죽자."라고 했다. 또 "정치를 하려면 반드시 책을 널리 읽어 이치를 깨닫고 마음을 바로잡아야 치국과 평천하의 효과를 낼 수 있다."고 가르쳤다. 그러면서 오직 책의 내용에만 집착한 당시 사대부들의 이기심을 꾸짖었다.

세종대왕이 가르치려 한 것은 책이 지닌 지식이 아니라 백성을 위한 자비와 배려심이다. 인문고전이 가르치는 인간 사랑을 배워야 한다는 것이다. 책을 사랑하는 마음으로, 나를 사랑하는 마음으로, 우리를 사랑하는 마음으로, 주변을 사랑하는 마음으로, 나라를 사랑하는 마음으로 고전을 대하라는 것이다. 가슴 없는 머리에서 어찌 진정한 독서 사랑이 이루어지겠는가.

07. 무의식, '몸을 숨긴 어둠의 아이'

"우리 인간은 모두 불행히도 죄인의 후예"다. 인류사를 거슬러 올라가면 인간은 아벨을 죽인 카인의 후손이고 한 아버지 밑에서 태어나 근친상간을 한 아담과 이브의 자식들이다. 그 결과 인간의 내면에는 참으로 끔찍한 무엇이 자리 잡게 되었다.

나는 누구인가? 이것은 세상에서 제일 단순하지만 가장 대답하기 어려운 질문 중의 하나다. 누구나 이것의 답을 찾길 원하지만, 여전히 오리무중이다. 질문의 방식을 바꾸어 물어본다. '지금의 나는 어떤 역사를 갖고 있으며 왜 지금 이런 모습일까?'

인간은 언제나 무언가와 관계를 맺고 사는 존재이다. 싸우고 사랑하고 미워할 때마다 '그런 행동을 하게끔 만든 근본 동기'를 생각한다. 칸트가 나타나 '인간은 이성에 지배되는 존재'라는 프레임을 주었다. 이전의 데카르트와 칸트 이후의 니체를 포함한 여러 철학자 덕분에 "나는 나다."라는 진실을 이성적으로 믿었다. 그런데??? 그게 아니었다. 사람의 마음 아래에 알 수 없는 무엇이 살고 있음을 알게 되었다.

'나도 모르게.'

우리는 얼마나 '나도 모르게'에 화들짝 놀라는가. "너 왜 그러냐?" "몰라. 나도 잘 몰라." 이전에는 이 다섯 글자가 행동을 결정짓는 '몸을 숨긴 신'임을 아무도 몰랐다. 어디에 있는지도 몰랐다. 신이 천국에 있는 줄 알았는데 알고 보니 마음속에 숨어 우리를 조종하고 있다.

사실은 더 오래전부터 그랬다. 그리스 로마의 수사들도 "나도 모르게"라고 말했고, 중세 기사들도 검을 뽑은 행동을 설명하다 못해 그렇게 중얼거렸다. 낭만주의 시인들은 그 정체를 읊었고 오늘날 현대인도 그것을 대중가요로 노래한다. '운명, 섭리, 팔자, 신의 뜻'이라는 난해한 단어가 수천 년 동안 인간의 일생을 휘감았다. 할 수 없이 사람들은 형태 없는 형체와 함께 살았다. 마침내 그것이 '무의식'임이 밝혀졌다.

20세기 초에 무의식을 과학적으로 입증한 두 심리학 거인이 등장했다. 지그문트 프로이트와 카를 융이다.

프로이트 이후 정치, 경제, 문학, 사회학, 정신과 치료전문가들이 그 길을 넓혀 심층심리학이라는 거룩한 성전이 세워졌다. 그래서 20세기를 "프로이트의 세기"라고 부른다.

프로이트는 무의식이라는 "몸을 숨긴 검은 신"이 자신의 행동을 결정한다는 것을 알았다. 이 점을 프로이트는 일찍이 자신의 두 끈에서 발견하였다. 하나는 여자이고 다른 하나는 성애(libido)이다. 그 여인은 20세기 유럽 지성을 파멸시킨 팜므파탈이고 뮤즈이자 프리마 돈나였던 하인베르크의 마녀 루 살로메(Lou

Andreas-Salomé)다. 그래서 그는 니체의 저서가 정신분석학과 너무나 일치한 데 대하여 니체를 질투했고 루 살로메로부터 영감을 얻은 릴케의 시도 시기했다. 루 살로메가 릴케에게 예술적 감성이 학술 논리로 변질하므로 프로이트 이론을 멀리하라 했다는 말을 들었을 때는 그답지 않게 좌절했다.

"그는 본다. 그리고 생각한다. 그의 삶에는 불안과 두려움이 가득하다. 질병과 죽음이 따라다니지만 그는 쓴다."라고 말한 릴케의 산문집, 《말테의 수기》만큼 프로이트의 무의식을 뒷받침해 준 글을 찾기 어렵다. 그래서 살로메도 "말테는 초상이기보다는 그로부터 당신 자신을 구분하기 위한 용도로 사용되는 자화상에 가까워요."라고 부연했다. 루 살로메를 지극히 아꼈던 프로이트도 이 말에 동의할 수밖에 없을 정도로 무의식의 충실한 집사였다.

프로이트와 융의 관계는 남녀 사이보다 더 극적이었다. 1907년 두 사람은 첫 만남에서 13시간 동안 대화할 정도로 서로에게 끌렸지만 융이 '리비도 이론'에 반기를 들자 1913년 프로이트는 융을 정신분석학회에서 축출하였다. 프로이트와 헤어진 융은 외부 활동을 접고 칩거하면서 인간 심리 연구에 몰두했다. 융은 프로이트에게 복수하듯 그의 무의식 이론을 '집단 무의식'으로 진일보시켰다. 그 결과가 《레드북(The Red Book)》이다.

우리가 이 시대의 정신에 빠져서 세상에 악마 같은

것은 없다고 말하는 것은 도움이 되지 않는다. 나에겐 악마가 하나 있었다. 이것은 나의 내면에서 일어났다. 나는 그 악마를 최대한 잘 다루었다. 악마를 진지하게 대한다는 것이 그의 편에 선다거나 당신 자신이 악마가 된다는 뜻은 아니다. 그보다는 어떤 이해에 이른다는 것을 의미한다. 그 이해를 통해 당신은 자신의 다른 관점을 받아들인다.

— 융, 《레드북》에서

심층심리 문학은 인간의 행동을 이드, 에고, 슈퍼에고의 상호작용으로 설명하지만 융은 무의식을 개인적 무의식과 집단적 무의식으로 나누면서 개인적 무의식은 자아와 대조되는 열등하고 어둡고 자신을 싫어하는 성격을 지니고 있다고 하였다. 융이 말한 '악마'가 '검은 신'이자 '어둠의 아이'이다. 누구라도 이 무의식을 조심스럽게 보살피고 잘 다루어야 한다. 융도 자신의 무의식을 달래듯 직접 삽화를 그려 넣고 빨간 카버를 씌우고 달필로 다음과 같은 머리말을 붙였다.

1913년 10월에 홍수 환상을 보았을 때, 나는 한 사람의 인간으로서 의미 있는 시기를 맞고 있었다.

"내가 당신에게 이야기를 들려주었던 그 시절이,

그러니까 나 자신의 내면의 이미지들을 추구했던

그 시절이 내 인생에서 가장 중요한 시기였다.

그 밖의 모든 것은 여기서 비롯된다.

그것은 그 시기에 시작되었고,

그 후의 세부적인 사항들은 결코 그 이상으로 더 중
요하지 않다.

나의 평생은, 무의식에서 폭발하듯 터져 나와서 불가
사의의 강물처럼 덮치며 나를 산산조각낼 듯 위협했던
것들을 해석하는 일에 바쳐졌다.

그것은 한 사람의 평생 그 이상을 위한 중요한 자료
들이었다.

－ 융, 《레드북》 '머리말'에서

주목할 구절은 "그 밖의 모든 것은 여기서 비롯된다."이다. 융
이 말하는 '여기'는 어디인가. 무엇이 다른 모든 것을 살고 죽게
만드는가. 짐작건대 그것은 프로이트와의 결별이다. 그럼, 우리
에게 그것은 무엇이며 어디에 숨어 있는가. 화산재처럼 질식시
키고 쓰나미처럼 모든 것을 덮어버리는 무의식. 그것을 융은 난
해하면서도 우아한 필체로 풀어내었다.

사후에 무삭제·무교정으로 발간된 《레드북》은 영혼 깊숙
한 곳에 자리한 무의식 바닥을 영성에 가까운 적극적 상상(Active
Imagination)으로 훑어내려 아우구스티누스의 《참회록》, 톨스토이

의 《고백록》, 루소의 《고백록》과 더불어 영혼의 고백서라 불린다.

수필이 말하는 '어둠의 나'는 숨겨온 무의식을 의식화하는 서술자이다. 그런데 무의식을 이야기할 때 직설적으로 화술을 전개해서는 곤란하다. 단편소설을 많이 쓴 미국의 작가 그레이스 페일리(Grace Paley)는 "모든 좋은 이야기는 두 개의 이야기다."라고 했다. 소설이 욕망 과잉이 빚어낸 죄악을 다루고 수필이 잃어버릴 것에 대한 결핍이라는 무의식을 이야기할지라도 보이는 것 뒤에 더 큰 것을 말하는 점에서는 같다. 심층심리학에서 인간을 욕망과 결핍의 덩어리로 간주하듯 시커먼 바닷물에 하얗다 못해 푸르게 잠긴 빙하가 문학이 다루어야 하는 정체가 아닌가.

세상에 픽션이란 없다. 시와 소설이 말하는 언어와 행동도 모두 무의식이라는 지하실을 가진 구조물이다. 글의 세상에는 "그런 척, 그런 체, 그런 양"하는 것이 없다. 죽음에 대한 무의식을 담은 《자살의 전설》을 출간한 데이비드 밴(David Vann)은 "보이는 표면적인 이야기 아래에 다른 이야기가 있는데 독자들은 그 다른 이야기를 발견한다."라고 말했다. 자전적 작품일수록 열등하고 어두워 싫은 나를 담을 수밖에 없다.

문학은 욕망이 죄악이 아니라고 말하면서 치사한 생각까지 의식의 수면 위로 끌어올려야 한다고 말한다. 예술인은 사소한 실수에도 죄책감에 시달리고 정신적 외상을 받기 때문에 한 편의 글이 태어나면 숨어 있던 자아가 감은 망토를 벗고 태양 빛 아래 제 모습을 드러낸다. 부처님도 "삶에 대한 진지한 고민 그 자체가 해탈"이라고 하셨다. 일상이 아니라 무의식을 일광욕시키는 글이 번뇌를 새털처럼 가볍게 한다. 머리를 가슴에 묻고 웅크리고 있는 무의식, 작을수록 무겁기 이를 데 없는 무의식, 그 어둠의 아이가 아직도 울고 있다.

08. 공간과 공간 시학

인간의 삶은 시간과 공간 내에서 이루어진다. 고정된 공간과 유동적인 시간은 사람이 사는 한, 피할 수 없는 프레임이다. 공간에서 일어나는 경험이 축적되면 개인의 삶이 형성되고 형성된 삶이 시간에 문진처럼 찍혀 일생이 만들어진다. 문학은 시간과 공간을 통해 인간의 행동을 설명해 준다. 글은 마치 배가 하루 동안 항해한 항적을 경도와 위도로 해도에 표기하는 것과 같다. 작가는 그만큼 시공과 삶과의 관계를 의식할 수밖에 없다.

공간은 자연 환경, 사회 환경, 심리적 환경으로 나누어진다. 인간의 의식주가 이루어지는 일상이 자연 환경이라면 사람과 관계를 주고받는 것이 사회 환경이고, 생각이 작동하는 공간은 심리적 환경이다. 행동이 물질적 공간을 사회 환경으로 바꾼다면 글쓰기는 사회 환경을 심리적 환경으로 바꾼다.

시간은 누구에게나 균등한 24시간을 배정한다. 반면에 공간은 개인의 노력에 따라 확장되고, 같은 면적을 소유하더라도 심리적 반응에 차이를 보여준다. 작가가 경험한 공간은 창작에 일정 분의 영향을 미치는데, 수필의 경우 삶을 기반으로 하므로 공간과 공간의식은 더욱 중요한 요소로 작용한다. "그때 누구와 있었는가, 그곳에서 무엇을 했는가."라는 질문도 주변 환경과 장소를 생각하도록 유도한다. 이런 인식이 공간 시학이다.

연극에서 주인공이 무대에 등장하는 곳을 배경이라고 말한다. 무대 배경은 주인공의 행동을 뚜렷이 드러나게 해주지만, 주인공의 행동에 직접적인 영향을 미치지 않는다. 무용, 연극, 건축, 조각 등을 공간예술 혹은 설치예술이고 하는 이유는 공연하거나 전시할 장소가 필요하기 때문이다. 반면에 문학에서는 장소가 주인공의 행위와 심리를 좌우한다. 그러므로 문학에서 주인공이 등장하는 장소는 배경보다는 공간이라는 말이 더 적절하다.

공간과 장소를 구분하기도 한다. 장소는 물리적인 곳을, 공간은 심리적인 곳을 포함한다고 여기면 쉽게 구분된다. 인문지리학자와 도시계획설계자들은 특정 장소가 특정 사람들에게 특별한 의미가 있는 이유를 연구하였다. 그 결과 사람들은 특정 장소에 대하여 공간 감각이 있음을 발견하였다. 출생지, 성장지, 교회, 첫 경험이 있었던 장소는 개인에게 남다른 의미와 가치를 지녀 문학, 음악, 미술을 통해 빈번하게 등장한다. 이것이 중국계 미국 인문학자가 말한 토포필리아(topophilia)다.

공간애의 반대개념은 공간무감각(placelessness)이다. 쇼핑몰, 주유소, 편의점, 패스트푸드 체인점, 백화점 등은 인간의 정서와 화합하지 못하므로 리얼리즘 문학이 아니면 묘사의 대상이 되기 어렵다. 상업화된 도시나 주택지역도 장소애를 상실한 장소로서 거트루드 스타인(Gertrude Stein)은 "그곳에는 그곳이 없다."(There is no there there)라고 하였다.

공간에는 구체적인 장소 외에 문화적 배경(milieu)과 창작심리 공간도 포함된다. 작가는 자신이 처한 공간을 자신의 감정을 통하여 해석한다. 인간은 감정을 시간 속에서 느낄 수 있지만, 반드시 공간을 통해 표현한다. 어떤 시대에 살았다는 의미는 어떤 공간과 상황 속에 있었다는 것을 말한다. 인간의 출생과 죽음도 컴컴하지만 따뜻하고 아늑한 자궁에서 태어나고 아늑하지만 차갑고 컴컴한 무덤에서 죽는다. 그동안에 수많은 장소를 전전하면서 "내 영혼이 쉴 곳(shelter)"을 찾으려 하지만 어느 장소도 만족스러운 휴식처가 되지 못한다. 공간이 인간을 포용하지 않는 것이 아니라, 인간이 공간을 배신하는 것이다.

예로부터 조선의 문인과 선비는 정자를 자신의 몸과 영혼이 기거하는 장소로 삼았다. 산이 높으면 정자를 짓고, 땅이 깊으면 연못을 만들었다. 자연을 거스르지 않으려 하였다. 이상세계와 자연을 합쳐 연못에 섬을 만들었는데 이를 봉래선산蓬萊仙山이라 한다. 봉래산 정자는 바람이 불 때마다 자기의 그림자를 물결에 드리우고, 먼 산의 구름이 그려내는 산수화를 시화로 담아내었다. 그래서 정자는 안에서 밖을 내다보는 풍경이 더 흥취롭다.

문학도 정자처럼 세상을 내려 깔보지도 않고 위로 쳐다보면서 섬기지도 않는다. 문학이란 치열한 현실 세계에서 한걸음 비켜난 사색의 공간으로 단순히 풍류를 즐기는 장소가 아니다. 그곳은 문필로 세상을 치료하고 인간의 풍경을 살피는 곳이다. 그러니 작가는 정자 같은 책 외에 달리 어디로 도망갈 수 있는가.

글을 쓰는 고통과 글의 혜택을 받는 사람은 다르다. 전자는 작가이고, 후자는 독자이다. 글을 비유하면 아궁이와 같다. 언어를 불쏘시개로 삼아 따스한 아랫목을 만들고 창작의 수고를 굴뚝 연기로 뿜어낸다. 아랫목에서 몸을 덥히는 사람은 독자이며 작가는 밖에서 매캐한 연기를 마셔야 한다.

누구든 자신의 운명을 보여주는 한 편의 글을 위한 공간을 간직하고 있다. 일본 소설가 무라카미 하루키村上春樹도 나이 서른에 문득 자신을 위해 잘 쓰든 못 쓰든, 무엇인가를 써야겠다는 생각으로 첫 소설 《바람의 노래를 들어라》를 완성하였다. 우리가 사는 사회는 역마살이 낀 장돌뱅이 같은 인간들이 모인 장터이다. 여기서 자신을 팔아야 하는 사람들은 자신의 선택이 아니라 운명적으로 주어진 값으로 매겨진다. 시장 바닥의 싸구려 인생을 피하는 방법은 머물 만한 장소를 찾아가는 것이다. 일단 떠나야 한다.

나는 오래전에 홀로 광야의 대륙인 호주에서 1년을 살았다. 미국과 유럽과 캐나다와 호주와 뉴질랜드를 여행하는 기회를 얻었다. 순례자들이 가고 싶어 하는 스페인의 산티아고에도 갔고 한 달간 '고전古典의 도서관' 같은 남미도 두루 여행하였다. 그때마다 그런 곳은 홀로 가야 한다는 것을 절감했다. 홀로 가야 몸에 맞는 보폭으로 걸을 수 있다. 일상에서 한곳에 살더라도 단 한나

절 동안만이라도 주어진 장소를 홀로 소유하는 것이 필요하다. 그때는 여행하고 있지 않아도 세상을 여행하는 것과 다름없다.

글은 감정을 기억하는 공간이므로 기억 용량을 꾸준히 넓혀야 한다. 작가의 기억은 벌이 육각형 집을 무수히 짓듯이 글 집을 꾸미는 것이다. 도시와 시골을, 섬과 바다를, 산과 들판을 찾을 때마다 그 공간성을 기억한다. 네거리에서 만난 주민들의 옷차림, 확실치 않은 열차의 좌석 번호, 기대하지 않았던 연못의 오리 떼, 들창을 열어 놓고 잠이 든 밤에 내리던 빗소리, 곁에서 죽은 사람의 마지막 숨소리……. 기억만으로는 충분하지 않다. 그 기억을 장소와 연결해야 한다. 그런 다음에 뒤엉킨 기억투성이에서 기억하고 싶은 것을 뽑으며 공간 시학이 형성될 때까지 기다리고 기다려야 한다.

창조주 신을 생각한다. 신은 6일 동안 만물을 창조했다. 바다를 만들고 그곳에서 헤엄칠 많은 물고기를 창조했다. 하늘을 만들고 그곳을 날아다닐 온갖 뭍새들을 창조했다. 땅을 만들고 그곳에서 살 모든 짐승과 자신을 닮은 인간을 창조했다. 그리고 자신의 손길을 닿은 곳을 찬찬히 둘러보았다. "하나님이 지으신 그 모든 것을 보시니 보시기에 심히 좋았더라. 저녁이 되고 아침이 되니 이는 여섯째 날이니라." (창세기 1장 31절)
우주가 신이 창조한 공간이라면 '좋았더라'는 신의 공간 시학이다. 작가는 자신이 창조한 공간의 공간 시학도 '좋았더라'이기를 원한다. 작가에게 주어진 공간은 몸이 태어난 자궁과 자신을 살게 하는 문학과 죽을 때 갈 무덤뿐이다. 그곳이 문학이 기거할 공간이다. 작가는 떠돌이일 수밖에 없지만 자신의 영혼이 거처할 방을 가져야 한다. 작품이라는 방을 완성한 날의 기분은 신의 여섯째 날과 비슷할 것이다.

되돌아보니 지구상에 있는 지리적 공간은 거의 가보았다. 이국의 대도시, 사막, 산, 고원, 강, 호수, 바다, 무인도, 해변, 설원, 빙하……. 그때마다 여행자가 되어, 가고 멈추고, 멈추고 가곤 했다. 장소란 떠나고 머물고 돌아오고 다시 떠나는 1차원 점. 장소는 육신이 필요로 하지만 영혼이 원하는 곳은 아니다. 진정 영혼이 원하는 공간은 사랑과 고독조차 아픔과 순종으로 한껏 안을 수 있는 곳이다. 그곳은 아직 가보지 못했으므로 가장 순수하고 아름답고 반짝이는 공간으로 남아있다. 그래도 다다라야 할 공간 시학이 절망이 아니라 희망봉처럼 보인다.

3부

01. 영혼의 무게

영혼의 무게는 '21그램'. 1907년 미국 매사추세츠 병원 의사 던 컨 맥두걸이 발표한 논문에 실린 영혼의 질량 수치다. 고대 이 집트인들은 사람이 죽으면 천칭 왼편에 죽은 자의 심장을, 오른 편에 마아트의 깃털을 놓아 저울이 수평을 이루면 사후에 행복 을 누린다고 믿었다. 그들은 영혼의 무게를 '마아트의 깃털(the Feather of Ma'at)'이라 불리는 타조 깃털 한 개로 계산했다.

참을 수 없는 영혼의 가벼움, 그런데도 사람은 영혼의 무게에 짓눌려 평생 고통을 겪는다. '죄와 벌'이라는 세 글자는 육체와 영혼으로 나누어진 인간의 굴곡진 운명을 단적으로 설명해 준 다. "인간은 죄를 짓고 신은 벌한다."는 역할 분담은 기독교 교 리에도 나타난다. 육체의 심판이 사망이라면 영혼의 심판은 십 자가를 믿느냐 안 믿느냐에 달려있다. 성경은 "예수를 믿는 믿음 이 영혼을 구원한다."를 바탕으로 한다고 하여도 무방하다 싶다.

죄와 벌의 유래는 아담과 이브 이전부터 시작한다. 인류 최 초의 서사시로서 고대 메소포타미아 수메르족의 《길가메시 (Gilgameš)》 설화도 '노아의 홍수'라는 인류에 대한 첫 집단판결을 이야기한다. 중세 문학의 주인공은 인간이 저지른 죄의 덩어리에 진노하는 하나님이다. 반면에 낭만주의, 자연주의, 사실주의 문학은 하나님의 생명책을 건너뛰고 곧바로 인간의 인간에 의한 운명 지도를 담아낸다.

예술의 주제도 사랑과 자유와 죽음에 모인다. 미켈란젤로의 〈최후의 심판〉에 그려진 인간들은 구원이 없는 죽음에 절망한 모습을 보여준다. 무덤에서 일어난 순간 천국의 문이 열리지 않는 상황은 상상만 하여도 끔찍스럽다. 영국 소설가 그라함 그린(Graham Greene)의 《권력과 영광》은 신부라는 이유 하나만으로 체포되어 처형된다. 구원을 바라든 바라지 않든 심판대 앞에 설 수밖에 없는 인간의 일생은 절망적이다. 아름다운 육체를 예술을 통해 찬양하던 인간도 늙으면 노쇠의 수레바퀴에 깔리고, 죽음 앞에서는 목숨을 구걸하는 본성을 '숨김없이' 드러낸다. 구원을 이야기하는 문학도 알고 보면 구원을 약속하지 않는다.

사랑을 말하는 문학도 사랑의 순수와 행복을 노래하지 않는다. 순애보 같은 사랑은 철부지 '놀이'라 여기는 가운데 모든 것을 건 '노름' 같은 사랑을 선호한다. 사랑은 열정, 질투, 불행, 고통, 상처, 불륜, 죽음의 동의어가 되어버렸다. 이브의 남편 사랑은 신의 분노를 일으켰고, 토머스 하디의 《테스》의 순정은 교수형으로 끝났고, 마릴린 먼로의 치정은 약물 암살로 끝났고, 다이애나비의 불륜은 비명횡사로 끝났다. 살로메나 어우동은 공공연하게 남자와 로맨스를 뿌렸다. 성경도 다윗 왕과 밧세바의 불륜 같은 갖가지 남녀 관계를 곳곳에 적었다.

가장 치열한 사랑의 빛과 그림자는 어디에 있는가. 두말할 필요 없이 불륜에 있다. 문학과 예술은 인간이 죽은 후가 아니라 죽기 전까지의 과정을 글과 그림으로 남긴다. "하나님께서 남자와 여자를 만드시니 그 지으신 것을 보시고 심히 좋았더라.(창 1:31)"하였듯이 어쩌면 신조차 남녀가 함께 붙잡은 사랑은 어찌하지 못하셨나 보다. "내 누이 내 신부야, 네 입술에서는 꿀방울이 떨어지고 네 혀 밑에는 꿀과 젖이 있고 네 의복의 향기는 레바논의 향기 같구나.(아가서 4:11)"라고 했다. 미국의 역사학자 찰스 비어드(Charles. A. Beard)가 "하나님의 맷돌은 천천히 돌아가지만 갈지 않는 것이 없다."라고 겁주었지만, "하나님은 인간의 심판을 죽은 뒤로 미루었다." 최후의 판결을 유예하여 인간이 죽으면 시행한다는 뜻이다. 그런 까닭인지 성적 무질서는 불가피하고 '하늘을 배반하는 자는 망한다逆天者亡.'는 이율배반이 그침이 없다.

세속의 법은 인간이 인간을 심판한다. 불완전한 인간이 과연 법은 제대로 만들 것이며, 다른 인간을 제대로 심판할 수 있을까. 불가不可. 인간은 인간이 지닌 가벼움과 괴로움과 사악함을 알기 때문이다.

여기에서 문학은 시작한다. 문학이 속죄의 서書인 이유이다. 문학의 대부분은 황홀한 치정과 고통스러운 속죄와 두려운 죽음과 감격스러운 구원을 순간순간 기록한다. 선현들의 참회록, 고백론, 명상록, 옥중기도 알고 보면 어두운 영혼의 자필 판결문이다.

신은 자비롭지 않다. 심판을 보류하지만 대차대조표에 따라 냉정하게 판결한다. 구원을 베풀 때도 죽음을 요구한다. 이게 신의 계산법이다. 자신의 영혼에 진실해지려는 자는 삶의 가벼움과 진실의 무거움을 알아야 한다. 만년 빙벽처럼 차갑지만 열석보다 뜨겁게, 지는 꽃처럼 애달프지만 붉은 노을처럼 결별하는 것이 죽음을 앞둔 마음임을 알아야 한다.

인도 성자 라마 크리슈나(Rama krishna)의 가르침과 우화에 이런 이야기가 있다. 밤낮으로 남자와 매춘을 한 여자는 죽어 천당에 갔지만 그 여자를 따라다니며 훈계하고 설교했던 수도사는 지옥에 갔다. 수도사는 자신은 평생 금욕 속에서 신을 경배하며 살았는데 왜 지옥이냐고 불만을 터뜨렸다. 그때 신은 저 여인은 몸으로는 비록 죄를 지었지만, 마음으로는 크게 뉘우치는 기도를 했다. 자만심과 명예만을 누리며 살았던 너는 남의 죄만 가릴 줄 알았지 사랑을 베풀 줄 몰랐다고 대답했다. 알아 두어라. 하늘의 대접은 지상의 대접과 다르다는 것을.

인간은 갖가지 욕구를 가진다. 식욕, 수면욕, 성욕, 소유욕, 등. 그러나 더 무서운 욕구가 있다. '자기 정당화'와 '타자 심판욕'이다. 왜 서로에게 '주홍글자'를 새겨주려고 야단법석인가. "네가 죄인이다." "나는 당당하다."는 주장이 비열한 줄 알면서도 그렇게 우긴다. 각종 종교의 교리는 이것을 가장 심하게 단죄한다.

미국 소설가 호손의 소설 《주홍글자(The Scarlet Letter)》는 이 진실을 통렬하게 일깨워준다. 헤스터가 7년 동안 가슴에 달고 있었고 딤즈데일 목사가 7년 만에 옷을 찢어 보여준 주홍글자는 사실은 양심이라는 죄의 그림자라는 것, 그것을 억지로 외면하려는 '동물적 본능'을 지닌 자가 또한 인간이다.

그런데 영혼의 심판대 위에 스스로 오르는 사람이 있다. 그는 육신의 주검을 신에게 바치면서 영혼의 구원을 갈구한다. "신이여, 저를 죽여 구원하여 주옵소서." 그와 같은 간절한 호소로 죄를 자복할 때 신은 최후의 심판일에 너그럽게 살피신다.

톨스토이가 말했다. "신은 진실을 지켜보되, 기다리신다(God sees the truth, but waits)."

02. 작가는 가을 저녁에 더 깊어진다

가을엔 시보다 산문이 더 잘 어울린다. 가을은 말간 햇살과 더 말간 글 한 편을 만나고 싶은 계절이다. 햇살이 꽤 힘을 잃어버린 가을 저녁도 문학적이다. 나무 이파리들이 제 몸을 떨어뜨려 배후의 풍경이 훤히 드러나면 책을 읽고 싶어진다.

가을에는 귀를 열고 입을 다물자. "말하는 입"은 갈색 나뭇잎이 갈색 흙 밑에 묻히듯 하고 귀는 여시아문如是我聞으로 연다. "나는 이와 같이 들었노라." 들어서 사실로 확증하는 것이 "내가 들었노라."이다. 가을의 자연은 눈으로 보는 것이 아니라 귀로 들어라 한다.

작가란 젊은 시절에는 마구 쓴다. 세월이 흐른 후 그것을 읽어 보면 글답지 않다. 코피를 쏟으며 썼는데 내용이 빈약하고 논리가 어설프다. 얄궂은 열정이 식은 가을 인생에 쓴 글이 돌아볼수록 마음이 쏠린다. 부끄럽고 창피한 내용도 젊은 시절에 쓴 글보다 더 많지만 무성한 나뭇잎을 떨어뜨려 몸피가 가벼워진 나무 같아 애착이 더 간다고 작가들이 말한다.

가을에는 가을 나무 같은 이야기를 들으러 책 여행을 떠나자.

여름철 무성했던 잎이 왜 떨어지는가. 그 이유를 조금씩 알 수 있게 가을 산문 열차를 타자. 나무도 손가락 같은 잎이 연신 떨어져야 참모습이 드러난다. 그런 나무 같은 글은 읽는 게 아니라 듣기에 좋다. 그 첫 번째 작가가 "인생답게 인생을 살아라."고 권한 프랑스 귀족 몽테뉴다.

> 나의 영혼이 삶의 주인이다.
> 나는 모든 애정을 내 영혼과 나 자신에게 쏟는다. 나는 내면으로 시선을 돌려 자신을 평가한다. 나를 끊임없이 시험하고 분석하고 음미한다. 자신의 존재를 충실하게 누릴 줄 아는 것은 숭고한 일이다. 남아있는 인생만큼은 자신을 위해 살자. 오직 자신과 혼인하는 것. 세상에서 위대한 일은 자기 자신을 아는 일이다.
>
> – 몽테뉴, 《수상록》에서

나무는 가을이 되면 겸손해진다. 여름내 익힌 과일을 사람들에게 내어주어야 겨울을 벗은 몸으로 견뎌낼 수 있다. 그 경이로운 자연의 법칙 앞에서 가을 나무는 고결한 심성과 절제를 지닌 견인주의자가 된다. 인간은 그렇지 못하다. 몽테뉴는 "늙은 영혼은 어리석다. 무익하고 오만방자하고 인색하며, 말이 많고 괴팍하고 탐욕스럽고 교활하며 비사교적"이라고 질책한다. 그는 늙는다는 것은 위험하므로 책을 사색적으로 읽어 "정신의 노화는 피할 수 있는 한 피하라."고 권한다.

몽테뉴와 동시대의 문학 파트너로서 탁월한 유신론 사상가 중한 사람이 파스칼이다. 수학, 물리학, 철학, 신학에 정통한 르네상스 사상가였던 그는 프랑스어를 우아하게 구사하면서 귀태 나는 《팡세》를 집필했다. 파스칼은 이 책에서 인간에게는 선악이 공존한다고 설파한다. "인간은 착하여 유일신의 은총을 받을 수 있다. 다른 하나는 인간의 본성에 부패가 있어 신의 은총을 받을 자격이 없도록 만든다."고 하여 비참을 모른 채 신을 아는 것이나 구세주를 모른 채 자기의 비루함을 아는 것 모두 위험하다고 보았다. 구원받는 자와 용서받지 못하는 자로 나누지 말고 가능성이 함께하므로 힘써 자신을 수련하라고 하였다. 그것을 보여 주기라도 하듯 파스칼은 31세에 마차 사고를 당한 이후 39세로 죽기 직전까지 하나님과 깊은 만남으로 인생행로가 달라진 체험을 '불'이라는 제목으로 기록하고 여생 동안 자신의 모든 옷에 그 글자를 새겨 넣었다.

《인간 불평등 기원론》과 《사회계약론》 등을 발간한 장 자크 루소는 사회계약론자이자 공화주의자, 계몽주의 철학자이다. 어린이 교육과 공공복지를 주창한 그는 이성보다 감성을 중요시하는 낭만주의 산문을 썼다. 문명사회의 타락을 비판하였지만, 자식을 보육원에 맡기면서 당한 혹독한 비난과 질책을 견디다 못하여 비엔 호수의 피터 섬에 들어가 동양적 무애를 죽도록 사랑하였다.

이제 나는 나 자신 이외에는 형제도, 이웃도, 친구도, 어울리는 사람도 없이 이 지상에서 외톨이다. 누구보다 사교적이고 다정다감한 사람인데도 불구하고 사람들로부터 만장일치로 추방당하고 말았다. …… 그런데 그들로부터, 모든 것한테서 멀어지고만 나 자신은 대체 무엇이란 말인가? 바로 이것이 내가 탐구해야 할 남은 과제이다…….

내가 긴 인생의 부침을 겪으면서 알게 된 것은, 나를 강하게 끌어당기고 감동을 줬던 시기는 가장 달콤한 즐거움과 강렬한 기쁨이 있던 시기가 아니라는 것이다. 흥분과 열정의 순간들은, 비록 강렬했을지 모르지만 그 강렬함 때문에 인생이라는 선線 가운데에서 듬성듬성한 점點들에 불과했을 뿐이다.

― 루소, 《고독한 산책자의 몽상》에서

루소의 인생론은 "자연으로 돌아가라."이다. 고독을 통해 인생의 행복을 발견한 그의 말년은 황홀한 석양보다는 저물어가는 흐린 날의 일몰이었다. "고독과 명상의 시간이야말로 하루 중에 내 마음이 흐트러지거나 방해받는 일 없이 온전히 나 자신이 되고 나 자신에게 집중하는 유일한 시간"이라고 고백했을 정도로 그는 고독 속에서 만년의 안식을 발견했다. 그를 성장시켜 준 자연의 계절은 어느 때일까. 강렬하지는 않지만 하루하루가 지날수록 매력이 증가하고 비할 바 없는 지복을 주는 늦가을일 것이다.

장미꽃의 시인 릴케의 퍼소나인 허무적인 사색가 말테를 만나는 계절도 가을이 좋다. 산에는 나체 같은 능선 윤곽이 고스란히 드러나고 시골 감밭에 떨어진 시엽지가 서리에 녹기 시작하는 늦가을이면 말테가 낡은 책 한 권을 옆구리에 끼고 우리에게 다가올 것이다. 말테의 주인 릴케는 비록 살로메에게 퇴짜 맞고 5월의 장미에 찔려죽었을지라도 파리의 화려한 문명의 이면을 지배하는 고독과 죽음과 공포를 사랑했다. 파리의 실상을 "여기서 모두 죽어가지 싶다."라고 절규한 자전 소설 《말테의 수기》는 사랑과 고독이 무엇임을 녹여낸 명산문집이다. 그는 사랑이란 능동적인 행위이므로 "사랑받는 사람의 삶은 나쁘고 위험하다."고 말하면서 "사랑하기"로 태도를 바꿔야 한다고 주장하였다. 이러한 모습은 고독할수록 꾸준히 지켜온 독서습관에서 찾을 수 있다.

나는 그저 방 한 칸, 밝은 다락방이면 충분할 것이다. 그 안에서 낡은 내 물건들, 가족사진과 책들을 끼고 살 것이다. 그리고 등받이의자 하나와 꽃, 개 몇 마리, 돌길을 걸을 때 필요한 단단한 지팡이가 하나 있으면 좋겠다. 그밖에는 아무것도 필요 없다. 누런 상아색 가죽으로 묶고 면지에 낡은 꽃무늬를 넣은 책 한 권만 있으면 된다. 난 그 책 안에 많은 것을 써넣고 많은 것을 쓸 것이다. 내게는 생각도 많을 테고, 많은 사람에 대한 추억도 있을 테니까.

– 릴케, 《말테의 수기》에서

이 부분을 읽으면 서가 사이에 놓인 책상에 앉은 사람들이 보이는 듯하다. 책을 읽는 것도 좋지만 책 읽는 사람들 틈에 있는 것이 참으로 즐겁다. 도서관에 들어가 책 읽는 사람에게 다가가 슬쩍 건드려보아도 미동도 하지 않는 그 곁에 서는 날, 나도 고집스럽게 책에서 책으로 줄달음칠 것이다. 그때가 또한 가을이다.

페르난도 페소아가 있다. 그는 포르투갈 리스본에서 태어나 의붓아버지를 따라 짧은 기간 동안 더반에서 살았고 아프리카에서도 몇 년 살았던 것을 제외하면 대부분 리스본에서 살면서 130여 편의 산문과 300여 편의 시를 쓰고 1935년 47세에 죽었다. 사후 엄청난 원고가 담긴 트렁크가 발견되었는데 원고의 일부를 정리하여 발표한 책이 20세기 유럽 문학의 영혼을 일깨운 《불안의 책》이다.

인생은 깊이를 알 수 없는 심연으로 가는 마차를 기다리며 머물러야 하는 여인숙이라고 생각한다. 나를 어디로 데려갈지는 알 수 없다. 나는 아무것도 모르니까. 이 여인숙에 머물며 기다려야만 하니 감옥으로 여길 수도 있겠고, 여기서 다른 사람들을 만날 수도 있으니 사교장으로 여길 수도 있겠다. 하지만 나는 참을성 없는 사람도 평범한 사람도 아니다. 그러므로 이 여인숙을 감옥으로 여기는 건 잠들지 못하고 무기력하게 방안에 누워있는 이들의 몫으로 남겨 둔다. 사교장으로 여기는 건 음악 소리와 말소리가 편안하게 들려오는 저쪽 거실에서 대화를 나누는 이들에게 넘긴다. 나는 문가에 앉아 바깥 풍경의 색채와 소리로 눈과 귀를 적시며 마차를 기다리는 동안, 내가 만든 유랑의 노래를 천천히 부른다.

— 페르난도 페소아, 《불안의 책》의 '머리말'에서

페소아는 하루도 편한 적이 없었다. 일터에서 돌아오면 작은 방에 박혀 밤새도록 글을 썼다. 하루 동안 있었던 모든 사건과 감정을 종이 이면지, 신문지, 메모지 등 아무 종이 위에나 옮겼다. 그는 불안한 게 아니라 불안해지려고 노력하였다. 그에게 불안은 의식을 깨어나게 하는 힘이었다.

가을이 풍요롭게 여겨지는가. 그러면 사색도 고독도 책도 멀어진다. 달랑거리는 나뭇잎이 언제 떨어질까. 광고판에 붙은 '월세 구함'이라는 종이가 언제 떨어질까. 낡은 양말에 언제 구멍이 날까. 손에 쥔 볼펜이 언제 수명을 다할까. 기다리는 2호선 지하철이 언제 도착할까. 내가 지나가면 풀벌레 소리가 이어질까 멈출까. 이런 불안이 엉뚱하게도 다른 인생 여행객들을 즐겁게 한다. 그것으로 충분하다. 그들은 읽을 테니까 누군가 읽는다고 생각하면 혼자라는 불안이 사라질 것이다. 가을에, 모든 것이 사라지기 시작하는 불안한 가을에 페소아의 불안 시리즈를 즐기면서 나의 불안을 죽여보자. 단 그 책을 읽는 시간만이라도.

가을 하늘과 땅 사이에는 무엇으로 채워져 있을까. 가을에 만나고 싶은 책을 읽으면 저절로 알 수 있다. 공기의 빛은 더없이 맑은 데 체취는 허무의 맛이다. 헝가리의 문호 산도르 마라이는 소설 《열정》을 출간하여 '위대한 유럽 작가의 재발견'이라는 칭송을 들었지만 89세에 스스로 생을 마감했다. 토마스 만, 프란츠 카프카에 비교할 정도로 음울하게 삶을 성찰하고 터번이 풀렸을 때 드러나는 맨머리 같은 회한과 분노와 울분을 겨울 분수 같은 문장으로 기록하였다.

어느 주간 신문에 내 책에 대한 파렴치한 논평이 실렸을 때는 자살을 생각했다. 세상만사를 이해하고 슬기롭게 마음의 평정을 유지할 때는 공자의 형제지만, 신문에 오른 참석 인사의 명단에 내 이름이 빠져있으면 울분을 참지 못한다. 나는 숲가에 서서 가을 단풍에 감탄하면서도 자연에 의혹의 눈으로 꼭 조건을 붙인다. 이성이라는 고귀한 힘을 믿으면서도 공허한 잡담을 늘어놓는 아둔한 모임에 휩쓸려 내 인생의 저녁 시간 대부분을 보냈다. 그리고 사랑을 믿지만 돈으로 살 수 있

는 여인들과 함께 지낸다. 나는 하늘과 땅 사이의 인간
인 탓에 하늘을 믿고 땅을 믿는다. 아멘.

－산도르 마라이, 《하늘과 땅》에서

그는 하늘과 땅 사이에 산다는 데 좌절하였다. 불멸의 이상을
가슴 가득 품고 있지만 혼자 있으면 무료하게 코를 후빈다. 영혼
안에는 온갖 지혜가 자리하지만, 술집에서는 취객과 주먹질하며
싸운다. 하늘과 땅 사이에서 견뎌야 하는 존재이기 때문에 그럴
수밖에 없다. 가을이면 더욱 그런 충동을 받는다. 훌훌 모든 것
을 떨치고 어디론가 떠나고 싶지만 기껏 하늘을 나는 새들을 두
눈으로 뒤쫓을 따름이다. 그런 생각이 들 때면 북쪽 지방에 첫눈
이 내렸다는 소식이 듣고 싶다. 눈은 모든 것을 덮어준다지. 산
도 들판도, 집도 자동차도, 그리고 모든 감정도.

삶이란 해석 나름이다. 누구는 고苦라 하고 누구는 연緣이라 하
고 누구는 필必이라 여긴다. 덫이라 한 사람이 미국의 시인이며
작가인 찰스 부코스키(Henry Charles Bukowski)다. 그의 말처럼 인생
은 덫이고 늪이고 막幕이고 벽이다. 한번 걸리면 찢기고 붙들린
채 말라 죽는다. 아무도 그 덫을 피하지 못한다. 숨겨진 덫을 피
하며 사는 게 사람이다. 덫에 걸렸으면서도 알아차리지 못했다
간 끝장이다. 역설적으로 세상에 책만 한 덫도 없다. 사람과 달
리 질투심 없으니까 언제나 곁에 있다.

난 내 덫을 대개는 알아봤다고 생각하고, 그것들에 관해 글도 써왔다. 어떤 작가들은 지난날 자기 독자들의 마음에 들었던 걸 또 쓰는 경향이 있다. 그랬다간 끝장이다. 그들은 찬사를 들으면 그걸 믿어버린다. 글쓰기의 최종 심판관은 딱 한 명, 작가 자신밖에 없다. 작가가 평론가, 편집자, 출판업자, 독자에게 휘둘리는 날엔 끝장이다. 작가가 명성과 행운에 휘둘리는 날엔 강물에 처넣어야 할 똥덩어리가 되어버린다.

– 찰스 부코스키, 《죽음을 주머니에 넣고》에서

그는 산다는 건 더 많이 보고 더 많이 얻고 더 많이 잃고 더 가까이 죽음에 다가가는 것이다, 그중에서 제일 신나는 건 죽음에 가까이 다가서는 것이다. 제목이 주는 작가의 모습은 다가오는 죽음 앞에 의연하게 선 노인이다. 40여 년 써 온 글이 이제야 좀 쓸 만하다면 "여보게, 죽음. 자네를 기다리고 있다." 할 만할 것이다.

이들 작가들의 산문집을 저녁의 고요를 받아들이며 읽자. 삶 자체가 늦고 글쓰기가 덫일지라도 어느 페이지에서는 마음을 다독여주는 나지막한 목소리가 들린다. 그럴 때면 쓰라린 기억도 호수의 석양처럼 아늑한 어둠에 묻힐 것이다. 모진 사랑의 미련도 저녁에 덮은 책처럼 안식을 취할 것이다. 그땐, 조금은 두꺼운 옷을 입고 낙엽 지는 거리로 나서서 인생이란 가을 어스름

거리를 닮았구나 하고 느껴볼 일이다. 그런데 아직 무엇인가 더 남아있다는 것을 안다. 갑자기 치솟은 분수 같은 산문을 읽은 후에는.

03. 수필이라는 이름에 대하여

　문학과 인문학은 당대의 정치 경제의 변화에 따라 좌우되므로 주류와 비주류의 구분이 불가피하다. 유물론의 창시자인 카를 마르크스는 이것을 상부구조와 하부구조로 설명한다. 그는 인간 세상에서 일어나는 모든 사조(trend)나 유행(mode)은 "물질적 요인에 좌우된다."고 하였다. 물질이 의식을 규정한다는 말이니 중심, 주류, 본류라는 말이 문학에도 붙기 마련이다.

　역사를 통시적 관점에서 살펴보면 세기마다 예술과 문학은 형식과 내용을 달리해 왔다. 인류 역사는 신화시대, 종교 시대, 르네상스 시대, 산업혁명 시대, 제국주의 시대, 민주주의 시대를 거쳐 오늘날 지구촌 시대에 다다랐다. 이런 변화에 맞추어 신화, 종교설화, 드라마, 소설, 에세이, 판타지, 전자문학이 각 시대를 대표하는 장르가 되었다. 그것을 제외한 다른 장르는 새로운 장르에 흡수되거나 나름의 쇠퇴를 겪었다.

　오늘날 21세기 문학은 무엇일까. 형식과 내용을 살펴보아도 딱히 무엇이 주류문학이라고 말하기 힘들다. 그래도 중심 장르가 무엇인가 하고 묻는다면 산문문학이라고 답할 수 있다. 운문도 산문도 아닌 혼성의 시대이지만 산문적 양식이 더 강하다.

산문은 서사를 중심으로 한다. 인류 역사를 살펴보면 혁명적 격동기에는 항상 새로운 산문문학이 등장하였다. 그리스 로마의 번영, 십자군 원정, 기독교의 번창, 계몽주의와 산업혁명, 제2차 세계대전, 그리고 4차 혁명의 시기마다 그랬다. 호머의 항해 서사, 십자군 원정의 역사서, 중세 고전, 르네상스 시대의 에세이, 중산층을 위한 소설, 2차 세계대전 후 칼럼, 전자정보 시대의 지식 산문이 그 예가 될 것이다. 한국에서는 수필이 21세기의 중심 문학이라고 말하는 분들이 있지만 수필에 대한 기대치일 뿐, 한국형 수필이 21세기 문학의 중심이 될 자질이 있다는 의미는 단연코 아니다. 세계문학에서 에세이 유의 산문이 세력을 얻어가고 있지만 왜 한국수필은 그렇지 못할까.

문학은 운문과 산문으로 양분된다. 운문이 로맨티시즘을 바탕으로 한다면 산문은 지식과 교양이라는 리얼리즘을 바탕으로 한다. 고대의 헬레니즘과 헤브라이즘에 원류를 둔 두 사조는 교차적으로 다른 사조를 지배하거나 영향을 미쳐왔다. 그 점에서 오늘날 제4차 산업 혁명기는 신화적 낭만주의보다는 삶의 조건에 부응하는 신지식을 지닌 문학이 요청된다. 실용적이고 과학적인 산문이 정서적이고 낭만적인 운문보다 인간이 살아가는 데 필요한 각종 정보와 지식을 더 다양하게 제공하기 때문이다.

여기서 지적할 점은 한국형 수필과 서구형 에세이와 칼럼과 신지식 산문과의 차이이다. 이들은 산문체 문장으로 엮어지지만 같은 장르가 아니다. 간략하게 설명한다면 한국형 수필이 일상사에 대한 정서적 반추라면 서구형 에세이는 사회 현상에 대한 공분모적 담론이다. 칼럼이 사회 제반에 대한 저널리즘적 비평이라면, 신지식 산문은 과학 현상에 대한 교양적 해설이다. 이런 차이점에 비추어 보면 한국수필이 지닌 장단점과 잠재력과 취약점이 자연스럽게 수면 위로 떠오른다.

21세기 한국형 수필을 논의하려면 수필과 에세이의 차이를 먼저 밝히는 것이 필요하다. 문학과 학문은 '무엇이 무엇인가.'라는 개념에 따라 내용을 결정하듯이 길게 풀어쓴 글 형식에 수필과 에세이가 포함된다고 하더라도 수필의 기본조건과 에세이의 기본조건은 다르다. 오늘날 한국수필계가 간과하고 있는 문제점 중의 하나는 수필과 에세이의 차이를 외면하고 구분 없이 사용하는 것을 주저하지 않는다는 사실이다.

이 모순은 "~대로"라는 하찮지만 의미심장한 언어에서 빚어진다. 동양 수필의 원형이라는 《용재수필》을 쓴 홍매洪邁 선생은 수필을 "생각나는 대로 자유롭게 쓴 글"이라고 하였지만 그의 글은 역사, 문화, 철학 등 다방면의 지식을 바탕으로 현실을 통찰한 식견과 논리로 짜여 있다. 서구 에세이의 창시자인 몽테뉴 씨도 "있는 그대로의 나 자신의 모습을 자연스럽고 평범하고 꾸밈 없이 쓴다."고 하였지만 내용은 '우리가 우리 자신을 알 수 없다면 무엇을 알 수 있겠는가?'라는 인문학적 탁견을 펼치고 있다. 그는 신을 경배하던 중세 문체에서 벗어나 일상어로 인간 실존에 관한 자신의 지식을 적었다. 그 점에서 홍매 선생의 수필과 몽테뉴 씨의 에세이는 내용과 형식에서 일치한다.

한국 문단에 수필이라는 용어가 수입되면서 혼선이 빚어졌다. 한국수필 1세대인 김광섭과 피천득은 한자어 수필隨筆이라는 단어를 직해하여 "붓 가는 대로 쓴 글"이라고 하면서 홍매 선생과 몽테뉴 씨의 "생각나는 대로"와 "있는 그대로 나 자신"에서 "～대로"라는 의존명사를 수필개념에 접목함으로써 한국형 수필에 맞지 않는 명패를 달았다. 오늘날 한국에서 발표되고 있는 대부분 수필은 용재형 수필이나 몽테뉴식 에세이가 아니라 생활수필 내지는 생활문으로 부르는 것이 더 적절할지 모른다. 에세이, 문예 에세이, 에세이스트 등으로 표시하는 것은 파는 상품과 다른 간판을 붙인 것이라고 볼 수 있다.

해방 후 전문 문인이 빈약한 시절에 수필의 진정성을 제대로 알지 못한 일부 학자와 사회 저명인사들이 여담餘談으로 쓴 글에 수필이라는 이름을 붙였다. 수필 범주에 적합하지 않음에도 에세이라는 명칭을 대담하게 붙이기도 하였다. 명색이 저명인사라 하여 그들의 글이 한국수필의 전범인 듯 교과서에 장기간 게재됨으로써 진정한 수필, 에세이, 산문에 대한 개념이 흐려졌다. 그들이 쓴 글이 아니면 생활잡문이라고 비하한 것은 진정 유감이 아닐 수 없다.

하루빨리 제거해야 할 문제는 수필은 질적으로 낮고 에세이는 질적으로 높다는 자가당착식의 논리이다. 한국형 수필이면 어떻고, 서구형 에세이면 어떤가. 칼럼이면 어떻고, 신지식 산문이면 어떤가. 생활수필이 아니라 에세이나 칼럼이라는 라벨을 붙여야 문예 수필이 되는가. 중요한 사실은 "~대로"답게 써야 한다는 것이다. 작가 자신부터 작품에 걸맞은 장르명을 붙여야 한다.

산문문학은 예전부터 언제나 '있고 있었던 본질과 존재의 중요성'을 다루어 왔다. '그가 죽었다.'는 팩트는 허구일지라도 소설이 다루지만 '그의 죽음이 무엇을 남긴다.'는 진리는 시나 소설이 다룰 수 없는 수필만의 고유 영역으로서 수필답게 살려주는 명분이다. 팩트를 사회적, 철학적 기중기에 올리는 역량이 작품 하나하나를 수필답게 만든다. 홍매 선생과 몽테뉴 씨의 개념을 합치면 산문은 "역사와 현실을 통찰하면서 있는 그대로 내 생각과 사유를 시대에 맞는 문체로 적는 것"이다. 21세기 수필은 다른 산문과의 차이점과 공통점을 함께 자각할 때 독자적인 길을 개척할 수 있을 것이다.

한국형 수필의 역사는 유구하다. 신라 향가, 고려 가사, 조선조 산문, 일제 강점기의 근대수필, 현대의 미셀러니의 흐름으로 이어온다. 한국수필은 예전에는 좁은 반도 안에 기거할 수 있었지만 지금은 지구 위에서 물결치는 거대한 파도 위에 떠 있는 방주와 같다. 노아의 방주 안에는 세상의 모든 동물이 들어가서 살았다. 21세기의 시대상이 산문과 수필에게 요청하는 것을 여기서 찾아야 한다.

앞으로의 한국수필은 어떤 몸짓을 취하여야 할 것인가. 무엇보다 정체성을 정情이나 별리別離라는 감성적 울타리에 한정시키면 안 된다. 그것보다는 거시적인 관점에서 한국과 한국인이 당면한 현실을 직시하는 가운데 개개인의 처지를 살피는 복합적인 시각을 갖추어야 한다. 세계촌에서의 분단성, 아이티 산업사회에서의 포노 사피엔스(Phono Sapiens), 세계인으로서 한국인, 봉건제도 속의 서구화된 인간, SNS, 코로나바이러스와 같은 각종 세계화…. 개인 삶의 안팎에서 요동치고 있는 이러한 문명 현상 속에 있는 자아를 재인식할 필요가 있다.

문학의 개선은 문제점을 인식하는 데에서 시작한다. 한국수필도 개인 취향, 수필의 여성화와 노령화, 아날로그와 디지털 간의 간격, 전자매체와 영상 이미지의 확산에 대처하는 방식에 따라 그 명운이 좌우된다. 해결책은 작품에 무슨 이름을 붙이느냐가 아니라 어떤 수필을 쓰는 수필가 본인에게 있다. 이것이 21세기 한국수필이 새롭게 정리해야 할 논제이다.

04. 배려를 일깨운 철학자들

우리가 가장 잘 안다고 생각하는 우리 자신에 대해서 말해보자. 내 정신은 깨어있는가. 잠자고 있는가. 야만적인 게 남아있는가, 아니면 개화했는가, 무엇을 보아도 무엇인지 아직 모르는가. 나를 모른다는 무지가 나의 자존심에 상처를 주는가. 아니면 어찌 내가 나를 모른다고 하겠는가라고 말하는가. 나를 안다는 것은 곧 나의 약점과 못난 것을 알아 겸허하게 처신하는 것으로 나에 대한 배려와 같다. 그 배려가 종종 주위 사람을 불편하게 하는가. 자기 배려와 글쓰기는 무슨 관계가 있는가. 이런 여러 문제를 생각한 사람들이 있다. 동서고금의 철학자들이 이 문제에 대한 사상을 이미 정립해 놓았다.

삶의 방향이 여의치 않을 때 아테네인들은 신전을 찾아가 신탁을 받았다. 신탁은 신의 예언이지만 사람의 입을 빌려 전한다. 우리에게 잘 알려진 그리스의 신탁에 "너 자신을 알라!"(그노티 세아우톤 γνῶθι σεαυτόν)가 있다. 이 말은 소크라테스가 남긴 경구로 알려져 있지만 사실은 델포이(Delphoe)에 세워진 아폴론 신전에 적힌 말이라고 한다.

소크라테스는 '너 자신을 알라.'를 주문으로 배려에 대해 생각할 것을 가르쳤다. 그는 삶을 온당하게 아는 것이 지식이라고 여기고 아테네 청년들에게 자기 인식과 자기 배려의 문제를 제시하였다. 그렇다면 우리는 무엇으로 아는가?

알기 위해서 주로 의존하는 기관은 눈이다. 눈에 대한 신뢰는 '백문불여일견百聞不如一見'에서 드러나듯이 눈으로 봐서 안다. '일단 만나 보아야…'라며 시작한다. 눈에 보이면 존재한다고 여긴다. 그런데 눈이 우리를 속이면 어떨까? 두 눈으로 본 것이 사실이 아님을 신화는 눈으로 설명한다. '눈'이 연계된 가장 무서운 예는 오이디푸스 신화이다. 스핑크스가 '네 발, 두 발, 세 발'의 수수께끼를 낸 질문에 '사람'이라는 정답을 찾았고 오이디푸스는 그 보답으로 테베의 왕이 되었다. 그런데도 아버지를 죽이고 어머니와 결혼한 자가 자신임을 눈을 뜨고도 알지 못했다. 마침내 숨겨진 진실을 알게 된 그는 자신의 두 눈을 찌르고 광야로 떠났다. 이후, 우리는 끊임없이 "나는 누구인가?"라는 질문을 하게 되었다.

약 1,900년이 지나서 데카르트가 태어났다. 근대철학의 아버지라 불리는 그는 천성적으로 신체가 허약하여 사람들과 만나는 기회를 줄였다. 방문객을 피하고자 20년 동안 13번이나 집을 옮겼으며, 아주 친한 친구가 아니면 주소조차 가르쳐주지 않았다. 하루에 10시간씩 자면서 평온한 분위기 속에서 글 쓰는 데 열중했다. 그는 인간의 눈이 완전하다고 믿지 않았다.

데카르트는 모든 인식을 뒤엎고 최종적으로 의문을 중시하는 일점一點에 다다랐다. 그것은 다른 사물을 의심하는 나의 존재는 의심할 수 없다는 사실이다. 다시 말해서 사유함으로 내가 존재한다는 것이다. 이런 철학은 소크라테스에게로 거슬러 올라간다. 남에게 묻지 말고 자신을 관찰하라는 요청은 자신이 자신을 알지 못하면 살아갈 명분을 갖지 못한다는 뜻이다. 소크라테스가 말한 진심은 "너 자신을 알고 지켜라. 그렇지 않다면 살아갈 가치가 없다."가 아닐까.

소크라테스가 말한 배경을 주목하여야 한다. 당시 아테네 정치가인 알키비아데스가 자신의 무지에 대해 수치스럽다고 토로하자 소크라테스는 "걱정하지 말게. 무지 속에 있다는 것과, 무지가 수치스럽다는 사실을 50세에 깨달았다면 그것을 고치는 건 매우 어려울 것일세. 자기 배려를 한다는 것이 쉽지 않아. 하지만 자네는 지금 그것을 깨달을 적정한 나이(30세)에 있네."라고 격려했다. 알키비아데스에게 권한 자기 배려는 훌륭한 정치인으로 성장하려면 무엇보다도 자신의 존재를 내거는 수련 과정이라 하였다.

다시 약 350년이 지나 프랑스 철학자 푸코는 《주체의 해석학》을 발간하였다. 당시 프랑스는 자유, 평등, 우애라는 프랑스 혁명의 명분이 몰락하면서 개인의 실존주의 철학이 본격화한 시점이다. 푸코가 주장하는 요지는 '너 자신을 돌보라(self-consideration).'는 것으로 소크라테스의 말을 재해석한 것이다. 그에 의하면 앎은 삶의 방식과 무관하지 않다. 데카르트가 앎의 문제를 참과 거짓을 구별하는 데만 집중함으로써 소멸할 뻔했던 소크라테스의 가르침이 푸코의 자기 배려 사상 덕분에 부활했다고 할 수 있다.

'자기 배려'는 앎에서 출발한다. 푸코에 따르면 "자기 배려는 자신을 돌보는 행위이며, 자신에 몰두하는 행위"이다. 요컨대 자신을 잊지 않고 돌보고 지키는 것은 자신을 아는 실천 항목이다. 푸코는 자신에 접근하려면 "정화, 자기 수련, 과잉 포기, 시선의 변환, 생활의 변화 같은 실천이 필요하다."고 《주체의 해석학》에서 제시한다. 유창선 시사평론가는 이 책의 리뷰에서 세 종류의 자기 배려를 제시하였다.

첫째, 자신과 타인과 세계에 대한 태도다. 이것은 사물을 고려하는 방식, 세상에서 처신하는 방식, 행동하는 방식, 타인과의 관계를 설정하는 방식 등을 포함한다. 이것은 자기 외부에 있는 세상과의 관계맺기다.

둘째, 시선의 이동이다. 시선을 외부로부터 '내부'로 이동시켜 자신에게 시선을 돌리는 것이다. 나의 눈이 외부로 향하면 타인에 대한 미움과 욕망, 경쟁심과 질투에 지배되어 나에게 집중하기 어렵다. 분산된 시선을 나에게 집중하는 것이다.

셋째, 자신을 위한 여러 가지 성숙한 행위로서 이 행동들은 내면을 정화하고 변화시킨다. 푸코는 배려의 실천 요강으로서 독서, 글쓰기, 자연 탐구를 제안하였다. 책을 읽고 글을 쓰고 자연으로 들어가면 주변 사람에게 빼앗긴 시선을 되찾아 올 수 있다는 것이다.

푸코는 1~2세기의 스토아주의와 에피쿠로스주의에서 주체화의 여러 양태를 발견하고 여기서 전향(conversion)을 찾아냈다. 전향이란 '자기 자신에게로 시선을 돌리기'를 뜻하는데 푸코는 생애 마지막 3년 동안 주체와 진실과의 관계에 집중하였다. 어찌보면 동서양 철학과 문학은 자기 배려의 역사라 하여도 지나치지 않다. 소크라테스 이래로 스토아학파인 에피쿠로스나 마르쿠스 아우렐리우스나 세네카, 그리고 그리스·헬레니즘 문화, 로마 시대의 철학, 사르트르의 휴머니즘, 동양의 도교적 실천도 자기 배려를 중시했다. 문학도 낭만주의든, 사실주의든, 자연주의든, 실존주의든 주체와 배려의 문제를 다루었다.

괴테가 《파우스트》에서 행한 영적 지식에 대한 마지막 향수와 인식은 스러지는 능동적 주체화에 대한 푸코 자신의 것이기도 하리라. 그는 《파우스트》에서 사라지는 영적 지식에 대한 향수와 인식의 탄생을 이렇게 노래하였다.

"은빛의 별, 조용한 달이 처음으로 내 고통에 빛을 던지는구나! […] 나는 가끔 이 책상 곁에서 밤을 지새우곤 했지! 바로 그때 너는 책과 종이 더미 위로 나타나곤 했지. 나의 우울한 친구여! 너의 부드러운 빛에서 높은 산을 기어오르고 정신들과 더불어 동굴을 방황하며 초원의 부드러운 잔디 위에서 춤추며 과학의 모든 비참을

잊고 너의 신선한 이슬 속에서 생기 있게 목욕할 수는
없을까!"

– 괴테,《파우스트》에서

능동적 주체화는 문학과 철학의 일부라고 말할 수 있다. 현대
에 이르러 푸코가 제안한 명상, 독서, 글쓰기, 영적 서신 교환,
자기 성찰 등을 주체를 어떻게 다루어야 하는가를 말한다. 그중
에서 푸코와 유창선과 괴테가 함께 강조하는 점은 독서와 글쓰
기는 자신을 위하는 배려 행위의 일부라는 점이다. 독서는 책을
읽는 것이 아니라 '명상'을 통해 진실에 접근하는 행동이다. "자
신의 사유를 간직하기 위해서는 그것을 기록하고 읽어야 한다."
는 그리스로마 시대의 노예철학자였던 에픽테토스의 독서론에
서 유래하는 명상은 '자신을 읽는 독서'이며 글쓰기는 '나와 너를
알려는 명상'이라는 것이다.

소크라테스 이후 철학이 일관되게 던지고 있는 질문은 "나는
나를 무엇으로 만들어야 하는가?"이다. 이 요청에 대한 해결방
법은 결국 인식이 아니라 행동이고 이기심이 아니라 배려심이
다. 문학이 추구하는 것도 자기 힐링과 타자에 대한 배려이다.
내가 채워져야 세상이 채워진다는 역설은 종교에서만 말하는 것
이 아니다.

'파르헤지아(parrhesia)'라는 말이 있다. '진실을 말하는 용기'를
뜻한다. 고대부터 종교가와 철학자들은 파르헤지아를 중요한 실

천적 덕목으로 가르쳤다. 사람은 누구나 진실을 말하고 행하고 싶어 있지만 자신에게 해가 될까 두려워 침묵하기 쉽다. 그러나 자신을 포함한 사회 모두가 성장하고 발전해야 한다고 깨달으면 계산에 앞서 진실을 향한 용기를 갖게 된다.

배려란 '자기 돌봄' 이상의 어떤 것이다. 이기적이 아니라 이타적이며 소승적이 아니라 대승적이다. 푸코는 "누군가의 도움을 받고 타자에 대한 의무를 지는 조건에서만 자기를 돌볼 수 있다"고 하였다. 이 조건은 자기만의 돌봄에서 벗어나는 것이 참으로 어렵다는 우려를 은연중에 알려준다.

소크라테스 이후 푸코에 이르기까지 모든 철학자는 참된 삶을 어떻게 이룰 것인가를 고민하였다. 그 점에서 푸코의 해석은 돌출적인 것이 아니라 면면히 이어지는 서양철학 일부를 이룬다. 철학을 하든, 학문하든, 종교에 귀의하든 결국 '나는 어떻게 살 것인가.'라는 문제로 되돌아간다. '어떻게'라는 질문을 거듭하다 보면 삶의 방향이 자신에게서 타인에게로 점점 옮겨가는 것도 알게 된다.

문학의 시작과 끝도 그러하다.

05. '허스토리'의 서사

여자 1: 하늘과 바다는 이렇게도 아름다운데 우리는
왜 이렇게 있어야만 할까요.
여자 2: 그게 말이지, 그냥 모르는 사이에, 그렇게 되
어버렸단다. 갈팡질팡하는 사이에 이 막다른 곳에 와버
렸구나.

한 남자가 전쟁터에서 죽으면 세 여자가 운다. 조모는 대가 끊
어졌다는 가문에 대한 불민함으로, 어미는 자식을 앞세웠다는
죄의식으로, 한 여자는 평생 혼자 지내야 한다는 두려움으로 운
다. 그들의 가슴에는 봄이 와도 꽃이 피지 않고 하늘이 푸르러도
눈물비가 내린다. 여인의 가슴에 박힌 전쟁의 탄환은 쉽게 뺄 수
없다.

소집 영장 한 장이 집으로 날아오는 그 날, 집안은 전쟁터가
된다. 남정네는 소처럼 끌려가서 운이 나쁘면 죽거나 불구가 되
어 집으로 돌아온다. 국가는 그 보답으로 전쟁기록관에 이름을
올려주지만, 여성의 삶은 대놓고 말할 수 없고 기록되지도 않는

다. 여성의 전쟁이 기록되는 곳은 눈물의 물망초만 무성히 피어나는 가슴뿐이다. 밤꽃 피는 계절에 일어난 6·25의 진실도 감자꽃 가슴속에만 남아있지 않느냐.

고대부터 전쟁은 남성들의 무대였다. 남성들은 육탄전으로, 칼과 창으로, 소총으로, 탱크로 가족과 나라를 위해 목숨을 걸었다. 싸우고 죽고 묻혔다. 인류 최초의 영웅담인 수메르족의 《길가메시》부터 제1차 세계대전의 전쟁소설 《지상에서 영원으로》를 거쳐 제2차 세계대전을 다룬 《제5도살장》에 이르기까지, 명예와 충성이라는 추상어는 남성의 전유물이었다. 여성도 큰 몫을 했지만 숨겨졌다. 현대전조차 남성의 몸으로 행해지고 그들의 말로 기록된다. 그래서 역사라는 히스토리는 '히즈(HIS)'와 '스토리(STORY)'를 합친 말이다.

여성이 등장한 첫 전쟁은 트로이 전쟁이다. 세상에서 가장 예쁜 여자로 낙점 받은 헬레네는 트로이 왕자 파리스를 따라 트로이로 갔다. 이렇게 시작된 10년 전쟁은 유럽과 아프리카 간의 첫 대륙전이 되었다. 남자 전사는 무수히 쓰러졌지만 여자 미녀는 흠모의 대상이었다. 그래서 트로이는 여성의 사랑을 둘러싼 멜로드라마의 무대일 뿐, 여성이 전사로 싸우는 전장은 아니었다.

남자가 전쟁터로 떠나면 여성은 집에서 전쟁을 시작한다. 전쟁 무기가 발달할수록 남자들은 야수로 변하지만 여자는 이전과 다른 여전사로 변한다. 생계를 꾸리고 아이 교육을 담당하고 늙은 부모를 수발한다. 물불을 가리지 않고 집안 가족을 돌보고 심지어 몸을 바쳐 가문을 지키기도 한다. 남자보다 더 대담하게 총구 앞으로 나서고 젖먹이를 안고 수십 리를 걷는다. 도망갈 곳이 없는 곳에서 출구를 기어이 찾아내는 자가 여성이다. 남자가 죽는다고 가족이 해체되지 않지만 여자가 쓰러지면 그 가정은 일순간에 무너진다. 그래서 전쟁의 희생자이자 회생자는 여성이다.

여성은 무엇을 빼앗기는가. 남편과 자식을 전쟁터에서 잃는다. 눈앞에서 죽기도 한다. 집, 가구, 가축, 땅을 빼앗긴다. 자신은 강간당하고 농락당한다. 강제 임신, 강제 불임, 성노예를 강요받는다. 전쟁터에 나간 남편을 죽일지 모르는 대포와 총알을 만드는 무기공장에서 일할 때도 같은 수치를 당한다. 죽음의 의지마저 무시당한다. 그래도 살아야 한다. 가족이라는 목숨 줄이 포승줄처럼 칭칭 감고 놓아주지 않기 때문이다.

이 모든 것을 표현하는 말이 '생이별'이다. 여성의 본질적인 고통은 '생사별'이 아니라 '생이별'에 있다. "생"이란 '살아서'라는 뜻보다는 "생살이 찢어지고 도려진다."는 의미로서 칼로 온몸을 난자당하는 고통을 뜻한다. 남자가 살았는지 죽었는지 알 수 없으면 어디엔가 살아있고 언젠가는 돌아오리라는 헛된 희망을 붙잡느라 그녀의 다른 모든 삶은 정지되었는데 남편의 전사 통지서를 받으면 한바탕 통곡을 한 후에 남은 가족을 위해 일어선다.

지금까지 우리는 전쟁을 '남자의 목소리'로만 들었다. '남자'가 저지른 전쟁, '남자'를 기억하는 전쟁, '남자'들의 언어로 쓰인 히스토리는 여자들을 더욱 침묵시킨다. 할머니의 이야기, 엄마의 이야기, 전쟁터에 나갔던 딸의 목소리가 없는 이야기는 폭력적인 전쟁사일 뿐, 삶과 죽음의 서사가 아니다. 살아남은 자들의 목소리로 들어야 한다. 전쟁을 경험하지 않은 세대에게 전해야 하는 것은 산 자들, 살아남은 여인들의 "허(HER)스토리"라야 한다.

'허스토리'는 인간의 절박한 진실을 들려준다. 잔인했던 과거를 생생하게 증언하는 여성들이 무력해 보이지만 시간이 흐를수록 그 한이 깊어져 모든 것을 고발한다. 그러기 위해 여성은 글을 쓴다. 잊기 위해 말하고, 기억하기 위해 쓴다. 견디기 위해, 살기 위해 비밀의 빗장도 벗긴다. 마침내 허스토리는 단순히 전후문학이 아니라 최악의 환경에서 살아남은 인간을 기리는 고귀한 '서바이벌 서사'로 매김 된다.

전쟁에서는 승자가 없다. 정의가 승리했다고 떠들수록 거들먹거리는 남자의 폭력성만 조장할 따름이다. 전쟁은 명분이 무엇이든 파괴 그 자체이다. 전쟁이 끝나도 생이별의 슬픔만이 아니라 일상생활에서 당한 사소한 아픔조차 여인에게는 고스란히 살아있다. 그래서 여성은 한번 깨어지면 '고칠 수 없는 유리그릇'이 된다고 셰익스피어와 미국 희곡작가 테네시 윌리엄즈(Tennessee Williams)가 말했지만, 전쟁 상황에서 일순간에 깨어지는 유리잔은 여성이 아니라 남성이라고 해야 할 것이다.

세월이 흐르면 전쟁에 대한 분노는 잊을 수 있다. 하지만 슬픔, 거대한 슬픔, 살아남은 자의 슬픔은 코팅하여 사라지지 않는 채 남겨진다. 전쟁의 상처를 감싸려면 남성의 전쟁 담론이 아니라 여인의 눈물로 가려져야 한다. 그러려면 진실과 마주하는 용기가 필요하다.

"전쟁은 남자들의 일이지, 여자들이 끼어들 일은 아니야."

미국 남북전쟁을 무대로 한 영화 〈바람과 함께 사라지다〉에 나오는 대사다. 국가가 지닌 모든 자원을 쏟아 붓는 현대전에서는 어떤 대사가 되어야 할까.

"전쟁을 시작하는 짓은 남자들이 하지만 전쟁을 끝내는 일은 여자들의 몫이다."

06. 문학적 인식의 6단계

문학은 나와 너 사이에 이루어진 관계를 설명하는 언어의 조합이다. 펜을 드는 순간 작가의 뇌리에 박혀있는 갖가지 형상과 이미지가 상호 영향을 주고받으며 밖으로 돌출하기 시작한다. 작가는 그것을 글이라는 그릇에 담아 배양한다. 이때 젤과 비슷한 상태로 있었던 지성, 감성, 이성, 오성, 감수성 등 갖가지 심적 능력이 작가의식이라는 존재망存在網을 만든다. 그러므로 글은 단순히 언어망이 아니라 작가 자신을 보여주는 존재망이라 하겠다. 그러므로 글이 소소한가, 나름대로 괜찮은가, 좋은가, 아니면 빼어났느냐는 수준은 어떤 심적 능력에서 이루어졌는가에 의해 좌우된다.

글은 작가가 어디에 있는가를 일러주는 지적도地籍圖라 할 수 있다. '어디'라 함은 지리적 장소나 사회적 지위가 아니라 작가 혼이 위치한 층위를 말한다. 그 위치와 글의 수준이 비례하는 것이다.

사람은 살면서 존재하고 존재하면서 산다. 의식주의 도움을 받아 생존하고 주변 환경에 적응하며 생활한다. 보통 사람들은 물리적 조건이 충족되면 행복하지만, 작가는 생각의 문을 열어 새로운 세계를 맞이할 때 더 행복해진다. 작가가 글을 대하는 생각의 관문은 한두 개가 아니다. 첫 문은 에고로 시작하며 마지막 문인 영성의 문으로 그 사이를 잇는 계단은 오를수록 좁고 가팔라진다. 단테가 거친 지옥문이 9개, 연옥 문이 7개, 천국 문이 9개이지만 작가의 문은 자아(ego) → 가족(family) → 인간(human beings) → 생태(echo) → 우주(universe) → 신(god)의 순서로 세워진다. 자아와 신으로 가는 문은 양극으로 떨어진 것이 아니라 뫼비우스의 띠처럼 연결되어 있다. 나선형으로 이어짐으로써 자아의 문과 신의 문이 다시 만나는 선형이라고 하겠다.

자아(ego)는 생각하고 느끼고 행하기 위한 동기와 행동력을 가진 주체이다. 행동과 사고의 주체로서 에고는 환경과 자아 간의 간격을 의식적으로 조절한다. 소크라테스의 "너 자신을 알라.", 데카르트의 "나는 생각한다.", 프로이트의 "나는 욕망한다.", 에크하르트 톨레(Eckhart Tolle)의 "지나친 나를 버린다." 등은 자아가 무엇인가를 설명해준다. 보통 사람들은 현재 생활과 미래에 안주하지만 글을 쓰는 사람은 현실을 바꾸어 진정한 자아를 향해 나아간다. 그 운행과정과 진로를 담은 글이 전傳이다.

다음 단계는 가족(family)이다. 가족은 DNA를 유산처럼 물려주고 물려받는 혈연집단이다. 가족이 개인을 생산하고 보호하고 양육하지만, 개인은 가족 일원에 대하여 호불호의 감정을 갖는다. 전통적 관점에서 가족의 최소 인원은 3인이며 작품에서는 3

대의 가족 서사가 펼쳐진다. 대표적인 가족은 예수와 마리아와 요셉이며 바르셀로나에 세워지고 있는 '대가족성당'은 가족애를 신앙적으로 승화시킨 대표적인 현대건축물이라 하겠다. 가문과 가족을 소재로 한 예술은 날카로운 직선을 피하고 부드러운 곡선을 모티브로 취하며 이중섭도 헤어진 가족들의 몸을 곡선으로 연결하여 가족 유토피아를 구현하였다. 작가들은 심리적으로 가정을 떠났다가 되돌아오고 다시 떠나는 일탈과 귀환을 보여주면 가족 서사는 연도와 시대에 따라 펼쳐지는 '록錄'을 만든다.

다음 단계는 인간(human beings)이다. 호모사피엔스에 대한 글은 천문天文과 지문地文과 달리 소사이어티와 커뮤니티를 배경으로 인간의 다양한 면모를 다룬다. 인간 본연의 "자유를 위한 기술記述"로서 존재성을 다루는 가운데 환경과 과학과 종교의 노예가 아니라 자신에 의한 자신을 위한 존재자임을 천명하는 인문 문학을 지향한다. 인문 문학은 투쟁과 승자를 기술하는 역사와 달리 의지와 자유와 사랑을 위해 희생하는 인간 생사를 사史로 서술한다.

생태(echo)는 개체와 환경과의 상호작용을 살피는 관점이다. 지구라는 둥지에 사는 모든 생명체는 공존, 공영, 공애의 대상이고 존재자로 표현된다. 생태학의 근본윤리는 생명존중과 공존이라는 이론을 바탕으로 인간은 하이데거가 말한 현존재자가 등장한다. 생태적 생명 사상이 범애가 기본이므로 "다르면 다를수록 아름답고 특별하다."는 인간 개성의 인문주의를 벗어나 상대 존재를 배려하는 시詩의 단계로 진입한다.

우주(universe)를 대상으로 한 연구가 천문天文이다. 우주를 인식의 대상이 아니라 바슐라르가 말한 몽상과 상상의 시선으로 물 불 공기 흙은 물론 일월성신日月星辰까지 풀이한 만다라 같은 글을 쓸 수 있다. 인간을 우주를 유영하는 영혼의 편주片舟로 간주함으로써 천지인天地人을 아우른 도道와 주역에 접근하는 산문정신을 구현하게 된다. 동서양의 철학 원리인 이데아와 지정의知情意라는 가치를 함께 녹인 문文을 이루어낸다.

마지막 단계는 신(god)의 세계로 들어가는 영성이다. 신의 신령스러운 세계는 인간의 두뇌로는 이해할 수 없다. 신령스러운 존재와 교감하는 힘은 상상과 몽상을 초월하는 영성으로써 인간 밖의 영과 인간 내부의 영이 교감하는 기도 같은 글의 경지를 추구한다. 기독교에서는 이 힘을 성령이라 부른다.

성령은 우리와 함께 거하시며(요 14:17), 가르치시고 기억나게 하시며(요 14:26), 증거하시며(요 15:26), 죄를 깨닫게 하시며(요 16:8), 인도하시며 말씀하시며 알리신다(요 16:13, 15). 그리고 성경을 깨닫게 하시며, 성령으로 말하게 하시며(행 1:16; 벤후 1:21), 사역자를 부르시며(행 13:2), 사역자들과 말씀하시며(행 8:29), 일꾼을 보내시며(행 13:4), 복음 사역의 방향을 정해주시며(행 16:6-7), 중재하신다(롬 8:26). 또한 성령은 의지(고전 12:11), 마음(롬 8:27), 생각, 지식, 말(고전 2:10-13), 사랑(롬 15:30) 등 인격적 속성을 가지고 계신다. 따라서 거짓말이나 시험하는 행위(행 5:3-4, 9), 거스리는 행동(행 7:51), 슬프게 하는 것(엡 4:30), 욕되게 하는 것(히 10:29), 훼방하는 것(마 12:31)은 모두 성령을 근심되게 하는 죄악에 해당한다.

– 《라이프성경사전》, 생명의 말씀

  신은 전지전능하지만, 인간은 미약하여 신의 음성을 듣고자 한다. 그 관계를 풀어내는 분야가 종교학이다. 종교학이 신의 존재를 학술적으로 해석한다면, 신앙은 신과 일체가 되려는 정신적 구원이며 성령 문학은 성령과 소통하려는 문학이다. 영성(Spirituality)은 명상, 기도, 묵상, 고해처럼 인간의 내적 존재를 충만하게 해주며 신이 아니더라도 더 큰 자아, 더 큰 사람, 더 큰 자연과 우주(cosmos)를 지향하는데 이 단계의 글은 경經에 다다랐다고 할 수 있다.

  작가는 "자의식에서 영성으로" 향하는 캡슐에 몸을 실은 우주인이다. 수만 년 전의 새의 화석을 보면서 익룡과 우주선과 천사의 날개를 동시에 상상하는 힘이 자의식에서 영성으로 옮겨간 작가의 정신이다. 이어령 교수는 글을 쓰는 이유에 대해 "빈 것을 견디지 못해 기를 쓰고 글을 쓴다."고 하였고, 《혼불》의 작가 최명희는 자신을 가둔 벽을 뚫기 위해 "맨 손톱으로 벽을 뚫듯 글을 쓴다."고 하였다. 이것은 영적 절대자와 소통하려는 작가의 치열한 자아 승화의 몸부림이 아닌가.

　작가가 먼저 변신하면 생각과 글이 달라진다. 마음속에 자리한 문학으로의 문을 차례차례 열 때마다 고통이 배가하지만, 우주의 별이 된 행복감도 증가한다. 그것을 얻기 위한 초연한 외로움은 불가피하다. 문장으로 자신의 빈 곳을 메꾸려 해서는 안 된다. 자아의 전傳을 쓰든, 가문의 '록錄'을 구성하든, 인간을 위한 사史를 기록하든, 자연생태를 사랑하는 시詩로 진입하든, 우주를 설파하는 문文을 이루든, 신을 위해 경經을 바치든, 그대 당신을 위한 곡曲을 집필한 필요가 있다. 그 목적지로 나아가려면 '홀로 존재함'이라는 절대 고독을 견뎌야 한다.

07. 감수성을 얻으려면

작가에게 감수성은 축복이다. 감수성을 가지면 외계 사물에 대한 느낌이 달라진다. 갖가지 물상을 예민하고 세밀하게 바라보고 포착하는 능력이 뛰어나다. 그는 양호한 수신 기능을 지닌 안테나를 장착한 듯 투시력과 판단력이 남다르다. 감성은 이성의 세계조차 풍성하게 해준다. 하지만 지나친 감성은 위험하다. 억제할 수 없는 고독과 방황에 휩쓸리면 이성적 판단이 흐려질 수 있다. 과유불급이라는 말이 감성의 과잉에도 적용된다.

작가는 감정을 잘 조정하여야 한다. 그렇게 하려면 감수성으로 감정을 조절할 필요가 있다. 감정(Emotion)과 감수성(Sensibility)은 다르다. 감정은 사물에 대하여 마음에서 일어나는 심정으로 쾌, 불쾌를 중심으로 하는 주관적 의식이라면 감수성은 일상에서 무엇인가를 감지해 내는 민감성이다. 사회적 현상보다 자연을 있는 그대로 음미할 즈음이 되면 감수성에 자부심을 가질 수 있다. 감수성은 항상 마음의 문을 열어 두라고 말한다. 감수성은 이론만으로 습득되지 않으므로 소통의 길을 유지하도록 한다. 문학 특유의 감수성과 삶에 대한 통찰력을 동시에 가진다면 낙엽 하나와도 소통할 길을 열 수 있다.

> 나뭇잎 하나가
> 아무 기척도 없이 어깨에
> 툭 내려앉는다
> 내 몸에 우주가 손을 얹었다
> 너무 가볍다
>
> — 이성선, 〈미시령 노을〉

위 시를 곰곰이 음미하면 물리적인 저울이 아니라 심미감으로 지구의 무게를 잰 시인을 만난다. 물리학과 수학은 기호를 사용하지만, 시는 언어와 이미지로 우주를 측량하고 사람과의 관계를 풀어낸다. 어떻게 이런 일이 가능한가. 어떻게 낙엽 한 장으로 우주의 무게를 지각할 수 있는가. 물질을 물질화하지 않는 힘은 감수성 덕분이다.

감수성은 자아와 외계 사이가 만나는 섬세하고 민감하며 감각적인 접속 능력이다. "외계의 자극을 직관적으로 받아들이는 능력", "오관을 통한 감각적 체험의 능력", "사물을 생생하게 체험하는 능력"으로 종합하면 "이성과 감성, 지성과 감각을 조화시키는 정신력"이라고 할 것이다. 스피노자는 "사물의 본질을 즉각적으로 통찰하고 직관하는 것"이라고 하여 지식보다는 감수성을 강조하였다.

만물은 나름의 고유한 파장을 내장하고 있다. 같은 감이라도 곶감, 홍시, 땡감, 단감이 발산하는 물질적 파장이 다르다. 에머슨이 땅벌을 "인간보다 지혜로운 노란 바지의 철학자"로 바라보고 미국의 여류시인 에밀리 디킨슨이 돌의 색깔을 "지나던 어느 우주가 입혀준 천연의 갈색 옷"으로 간파할 수 있었던 것은 대상과 자신이 영적 파장을 교환했기 때문이다. 요약하면 감수성은 "물질의 고유한 파장과 이미지를 포착할 수 있는 능력"이라 하겠다.

　감수성을 문학적 내공으로 소중히 여기는 장르 중의 하나가 수필이다. 수필의 지정의知情意는 감수성으로 조율한다고 말할 수 있다. 만일 주제에 적합한 소재를 발견하지 못하거나, 소재를 선택했다 하더라도 그것이 지닌 이미지를 포착하지 못하는 이유는 감수성의 결핍 때문이다. 글감을 제대로 찾지 못한 문제도 감수성이라는 파장의 결핍으로 풀이할 수 있다.

　감성과 이성을 결합하는 촉수를 키우려면 훈련이 필요하다. 그 출발은 우주에 대한 인식을 바꾸는 것이다. 우주는 무수한 별들이 모인 공간이 아니라 무량수의 의미와 이미지를 소장한 도서관이다. 들풀이라는 책, 산이라는 책, 곤충, 바위, 강, 새라는 책마다 우주의 비밀이 담겨있다. 모래 한 알도, 작은 풀잎도 예지와 지혜가 담긴 성스러운 텍스트이다. 우주라는 대도서관이 지닌 자연물의 단 한 페이지라도 제대로 읽으면 인간이 세운 도서관이 소장한 천 권을 읽은 것과 진배없다.

글을 쓰려면 자연을 먼저 읽어야 한다. 자연을 사랑하는 도반과 대화를 나누기 바란다. 자연이 지닌 진리를 찾기 위해 산으로 들어간 선지자들은 모두 감수성이 풍부한 사람들이었다. 감수성의 깊이와 강도에 따라 글 쓰는 능력이 달라진다. 흔히, 글을 쓰긴 썼는데 영감을 담지 못했다는 아쉬움은 감수성으로 소재를 소화하지 못한 데 있다.

감수성을 어떻게 배양할 수 있는가.

첫째는, 산문과 운문을 고르게 읽는다. 비유와 상징의 원리를 가장 풍성하게 지닌 시는 이미지를 받아들이는 훈련을 해준다. 시를 읽는다고 감수성이 확장되지 않는다. 소재에 내재한 의미를 작동시키는 노력이 따라야 한다. 반면에 산문은 논리적이어서 사고와 시야를 확장해준다. 그러므로 시와 수필을 번갈아 읽으면 심미적 감수성과 철학적 감수성을 균형 있게 발전시킬 수 있고 감성과 지성이 조화된 감수성을 얻을 수 있다.

두 번째는, 관심법觀心法을 배양한다. 관심이란 사물의 마음을 읽어내는 것이다. 모든 만물은 살아있다는 물활론을 인정하고 소재는 겉으로 드러난 표층이고 주제는 심층이라고 생각하는 것이다. 표층적 모습은 누구나 보면 알 수 있지만 심층은 고유한 해석력을 가진 작가만이 알 수 있다. 여러 가지 실천 방법으로 낯설게 보기, 삐딱하게 보기, 남다르게 보기, 뒤집어 보기 등이 있다. 이런 관심법은 같은 사물에서 독특한 이미지와 개성적인 언어를 찾아내는 연출 감각을 증대시키고 연출을 가능하게 한다.

셋째는, 다원적인 시각으로 살핀다. 사물의 미세한 차이를 살피는 현미경, 소재가 지니는 근원적 의미를 관측하는 망원경, 소재가 지닌 색깔, 냄새, 모양, 원소, 어원, 용도 등을 종합적으로 분석하는 프리즘, 소재의 역사적, 문화적 가치를 살피는 잠망경, 사물의 모순적 차이를 조화시키는 쌍안경과 같은 눈들을 동시에 작동시킨다. 달맞이꽃에 감정이입이 가능해지는 것은 다원적 관점을 발휘하기 때문이다.

수필가는 감수성을 창조적인 창작으로 전환해야 한다. 바쁘게 일상을 살아야 하는 독자를 대신하여 산, 들, 강, 바다, 노송과 대화를 나누고 그 이미지와 파장을 작품을 통해 소개한다. 그런 글이 "영감이 우러나는 영문靈文"이라 하겠다.

감수성은 바흐친의 대화주의에 대입할 수 있다. 대화주의는 사물에게 "왜"라는 물음을 던지고 "왜냐하면"이라는 답을 얻는 교감이다. 형이상학적이든 형이하학적이든 모든 존재를 대화의 대상으로 여기면 우주의 본질이 물질이 아니라 영육의 합이라는 사실을 직감한다. 눈을 감으면 눈이 열리고, 귀를 막으면 마음의 귀가 열려 우주가 전달하는 밀어를 이해한다. 기도는 감수성을 통해 신과 교감하는 것이다. 그 영적 신호를 수용하는 능력이 감수성이므로 기도하듯 사물과 대화를 하도록 한다. 그럴 때 사물은 자신의 반려를 찾았다고 여기고 오래도록 숨겨온 내밀한 사연을 그대에게만 전한다. 전언傳言.

08. 인간아, 지금은 어디에 있냐

　태초의 인간은 신이 다스리는 에덴동산에서 살았다. 진흙과 신의 숨결로 만들어진 아담은 신을 섬기며 다른 만물 위에 올라 섰지만 사탄과 이브의 유혹에 빠져 에덴에서 추방되었다. 맨몸 그대로 쫓겨난 아담은 에덴의 사람이지만 원죄의 당사자였다.

　휴머니즘은 지구에 사는 인간이 누군가를 설명하는 인문학 용어다. 기본 의미가 '인간답게'이듯이 성경 창세기에서 아담을 인간(man)으로 불렸을지라도 인문주의는 에덴동산에서 쫓겨난─신의 보호령에서 벗어나 이주한─때부터 시작한다. 그 후의 지구인은 절치부심하며 자신을 개량하는 노력을 중단하지 않았다. 처음에는 가죽옷 한 벌만 걸치고 맨발로 걷고 날고기를 먹고 풀과 과일을 생으로 따먹었다. 추위와 더위를 견디고 더 힘센 짐승을 만나면 도망치면서도 자식을 낳고 땅을 경작했다. 돌창을 들고 싸우다가 비행기와 탱크라는 철갑 안에서 싸우고 버튼과 드론을 이용하는 교활한 인공지능인으로 변하였다. 원시인은 동굴 벽화를 그렸지만, 현대는 피아노와 유화물감과 문자로 인간의 역사를 기록한다. 문명이 참으로 위대하지만, 인간을 오만하고 이기적인 종種으로 만들었다.

영어로 인간을 휴먼 빙(human being)이라고 부른다. 사람은 라틴어 흙(humus)으로 만든 인간이라는 뜻이다. 동물과 달리 사유, 노동, 소비, 도덕이라는 능력을 갖춘 인간들은 르네상스 시대부터 본격적으로 자신들을 인문적 인간, 휴머니타스(Humanitas)라고 부르기 시작하였다. 중세적 신중심주의에서 실존주의 휴머니즘을 거쳐 마침내 오늘날 포스트 휴머니즘 시대에 다다랐다. 포스트 휴머니즘은 '인간중심 · 인간 독점'에서 벗어나자는 일종의 반성적 휴머니즘이다.

신은 자신을 배신한 인간이 못내 서운했다. 노아의 홍수, 소돔과 고모라의 유황불, 바벨의 탑, 중세의 각종 질병, 1, 2차 대전으로 인간을 벌하였지만 그래도 자신이 만든 인간이라 "내가 지었은즉 안을 것이요, 품을 것이요, 구하여 내리라.(이사야 46:4)"라고 끊임없이 자신을 타일렀다. 너희가 회개하면 또 용서하노라 한 것이다. 오죽하면 예수를 보내어 대신 죽게 하였는가.

그렇지만 인간은 신이 생각한 만큼 참회하지 않았다. 말로만 '생각해볼게요.' 했다. 겨우 데카르트가 "나는 생각한다, 고로 존재한다."고 인간을 대신해 변명하였을 따름이다. 아무튼 데카르트부터 육체적 · 물질적 욕망에서 벗어나 자신을 돌이켜보고 성찰하기 시작한 것이다. 하지만 신이 생각한 '생각'의 기본 취지는 인간만을 생각하라는 것이 아니었다. 주어진 환경 속에서 잘 생존하면서 '죄와 벌'로 이루어진 신과 인간 사이의 관계도 생각하라는 의미였다. 심지어 데카르트의 말에는 "미생물의 삶도 생각하자."라는 뉘앙스가 포함되어 있음을 사람들은 알지 못한다.

1980년대 이르러서야 인간은 종種 우월론에서 벗어나 다른 존재와 더불어 살아야 한다는 생태주의와 포스트 휴머니즘을 전지구적으로 확산시키기 시작하였다. 동물애호가들은 "인간에게만 국한되었던 자유, 평등, 박애라는 권리를 동물에게도 확대해야 한다."는 '동물해방'을 외쳤다. 지구를 바라보는 관점도 변하여 17세기까지 인간들은 지구는 개발을 위한 '죽은 지구'라고 믿었지만 20세기 말에 제임스 러브록(James Lovelock)이 등장하여 '지구는 살아있다.'는 생태학을 제시하였다. 아담 이래 지구 자원을 소비만 했던 과학기술에 반성이 시작된 것이다.

이것은 마치 철학과 과학이 신과 인간과의 문제를 해결할 수 없는 것과 같다. 신과 인간 사이의 불신과 갈등을 해결하려면 종교와 문학을 통해 참회하고 용서를 하는 참회와 대화가 필요하다. 신이 아담에게 만물을 다스리라고 하였지만, 신도 인간도 인간은 지구상의 모든 생명체와 공존해야 한다는, '가이아 가설'의 필요성에 공감하였다.

그리스 신화에 나오는 대지의 여신 가이아(Gaia)의 이름에서 딴 이 가설에 의하면 인간은 지구에서 꼴찌로 태어났으면서도 횡포만 잔뜩 부린다는 것이다. 인간의 무분별한 횡포로 인하여 몇 백 년 안에 지구상의 생물종 가운데 70퍼센트가 없어진다고 예측한다.

그런데 다수의 인간은 그 말을 받아들이지 않았다. 인간이 몽니를 부릴 때마다 생태계는 경종을 울렸다. 페스트, 독감, 에이

즈…. 마침내 탁월한 전파력과 침투력과 자폭력과 변신력을 보유한 무적의 UDT(Unlimited Destructive Team)가 파견되었다. 코로나 19이다. 신이 포스트 휴머니즘을 인식시키기 위해 코로나19 바이러스를 파견시켰는지는 분명하지 않지만 인간은 이제 정상적인(?) 삶이 불가능해졌고 악수·포옹·키스 같은 '휴먼 터치'조차 불가능한 '언택트 시대'에 빠져버렸다. 인간은 지금껏 독점적 휴머니즘이란 덫에 갇혀 있었다.

이제 인간은 새롭게 사는 법을 배워야 한다. 이것이 포스트 휴머니즘이고 실천 방안은 '가이아 가설'로서 환경운동이고 녹색문학이다. 녹색 정신으로 인간은 "이성과 과학기술의 진보에 대해 겸손하고 인간과 동물, 인간과 환경, 인간과 인공지능 로봇이 서로 의존하며 산다."에 대하여 "나는 생각한다."라고 말해야 한다. "인문학은 무엇인가?"라는 질문은 "인간아, 지금 어디에 있는가."라는 질문을 일으킨다. 포스트 인문학이 추구해야 하는 진실은 아담 이래로 인간과 모든 피 창조물은 상호 공진화한다는 것이다. 인간이 과연 어떤 인간이기를 원하는가. 그 비전에 따라 인류의 미래 히스토리는 희극이 되거나 비극이 될 것이다. 천지창조 시기의 아담과 이브는 욕망에 눈이 멀어 배신의 죄를 짓고 부끄러워 나뭇잎으로 그곳을 가렸다. 지금의 지구인은 누적된 지적 오만과 이기심의 결과가 부끄러워 얼굴을 마스크로 가린다. 그래서 '호모 마스쿠스(Homo Maskus)'가 되었다. 그 변신을 오늘의 포스트 휴머니즘 시대의 문학과 예술은 직시하여야 한다.

아담과 이브가 몸을 가린 나뭇잎 한 장과 오늘의 휴먼 사피엔스가 얼굴의 반을 가린 마스크 한 장 간의 역설적 일치. 이 진실을 통찰하는 것이 포스트 휴머니즘 문학의 시작이다.

4부

01. 문학은 손의 지문

인류라는 포유류는 땅을 딛고 일어나 손을 사용함으로써 비로소 인간답게 되었다. 다른 동물에게 없는 '두 손' 덕분에 '도구를 사용하는 인간, 호모 파베르(Homo Faber)'가 되어 거친 자연을 자신에게 쓸모 있도록 만들었다. 손으로 만진 도구마다 이름을 붙이며 살아온 석기시대 인간은 오늘날 IT 문명을 잉태하였다.

인간의 신체는 여러 부분으로 이루어진다. 신체에는 하나만 있는 것이 있지만 쌍으로 이루어진 것도 많다. 겉으로 드러난 손, 발, 귀, 눈 등은 두 개이고 속에 있는 것으로는 심장이 있다. 두 개인 것은 할 일이 많고 기능상 소중하기 때문이다. 두 개인 신체 중에서 가장 바쁜 것이 손이다. 손은 일하고 사람을 맞이하고 몸을 씻고 자신을 보호한다. 그런데 하나의 손으로 살기 위한 노동을 한다면 다른 손으로는 정신적 창조를 하도록 조물주가 두 손을 주었다고 상상해 보자.

인간의 손은 우선 말 역할을 한다. 멀리서 손을 흔들어 사람을 부르고 가까이 오면 포옹하여 감정을 나누기도 한다. "손봤다", "손 털었다."처럼 손으로 어떤 일을 처리했음을 알려주고 "두 손

두 발 다 들었다."는 몸짓으로 절망과 좌절을 표현하기도 한다. 하지만 손의 진정한 역할은 예술에서 더욱 분명하다.

사람들은 손으로 창작한다, 글을 쓰고 조각을 다듬고 그림을 그리고 악기를 연주한다. 그런 작품 중에서 손의 의미를 가장 극적인 표현한 것은 미켈란젤로가 그린 시스티나 성당의 천장화 〈아담의 창조〉이다. 창조주와 맞닿은 최초 인간 아담의 손가락은 생명을 부여받는 환희의 순간을 포착하였다고 말한다. 하지만 두 손 사이에는 눈에 보이는 틈이 있어 완벽한 일체를 향하는 노역이 얼마나 험난한가를 보여준다. 로댕은 〈칼레의 시민들〉에서 생을 남겨 두고 떠나는 자의 돌아보는 손을 조각했고 스페인 명장 엘 그레코가 그린 기사의 손은 일명 '이야기하는 손'으로 우아한 감정이 넘쳐난다. 어찌 보면 예술가들은 입이 아니라 손과 손가락이 사람의 흉중을 전달하는 주된 신체라고 여겼는지도 모른다.

모든 인간은 손으로 함께 살고 생존한다. 자신의 손으로 도구를 쥘 수 있어야 밥벌이를 하고 양로원의 노인들은 제 손으로 숟가락을 쥘 수 있는 한 목숨을 부지한다. 손으로 만나고, 사랑하고, 헤어지고, 만난다. 아름다운 것은 멀리 두어야 한다는 서러운 기억까지 까칠한 손등에 주름으로 얹힌다. 손으로 움켜쥐었다가 놓친 빈손으로 돌아간다. 공수거일생空手去一生. 손은 분명한 인간의 전생全生이고 일생一生이다. 그만큼 인간의 손은 한 인간의 실존을 알려주는 답안지다. 인간 개개인의 여정이 아무리 비슷하여도 돋보기를 들이대면 손의 지문은 독특하고 개성적으로 된다. 뼛속까지 홀로 살아가는 생, 그 쓸쓸하고 힘겨운 한살이를 견딘 평생을 손의 지문이 증언한다.

천성적으로 새겨진 손 지문 외에 자신이 새기는 또 하나의 지문이 있다. 글 지문이다. 글 지문은 전생과 현생과 후생을 동시에 알려주는 생의 문양이다. 젊은 날의 열정과 회한을, 현재 지나가는 세월이 박인 옹이를, 내일에 대한 불안과 기대를 매일 한 올씩 새겨간다. 인생은 자신의 삶을 타투하는 시간. 그래서 음악도 글도 그림도 조각도 인생의 지문이라는 무늬의 결을 보여준다.

작가는 남달리 손을 아끼는 사람들이다. 당연히 남달리 손을 아끼고 가꾸어야 한다. 작가의 손은 일 외에도 자신을 표현하기 위해 움직이므로 두 손이 필요하다. 작가는 생각이 휘발되지 않도록 손가락으로 꼭꼭 연필심을 누르거나 또각또각 자판기를 두드린다. 이야기가 책이라는 몸을 가질 때까지 움직이는 신체 중에서 가장 바쁜 것이 손이다. 검지에 힘을 주어 꾹꾹 눌러 원고지에 쓰기도 하고 중지로 물 찬 제비가 날듯이 컴퓨터로 자판을 두드리고 엄지로 원고지를 넘긴다. 오랜 타자로 손가락 끝마디 지문이 흐려질지라도 마침내 우리는 글 쓰는 사람(Homo Scriptus)이 되고, 인생의 지문이 페이지마다 깊게 패 흐르는 책冊을 갖는다. 책의 한자 형상을 자세히 보면 지문의 계곡이자 강이 아닌가. 손의 운명이 그럴진대 어찌 작가로서 편안하기를 기대할 건가.

작가의 손은 인간 세상이라는 늪지대를 휘젓는다. 왜 사느냐에 대한 목마름을 해갈해주는 샘물을 길어 올린다. 단애의 토굴에 오래도록 묻혀있던 무의식을 꺼내기 위해 절벽으로 손을 위로 뻗친다. 기암절벽에 매달린 석청을 따고 검은 석탄층을 찾기 위해 괭이질도 한다. 가시가 박히고 뾰족한 바위 날에 찍히는 것도 손의 숙명이다. 몸을 지켜주고 지친 몸을 다시 일으켜주는 것도 손이다. 개인의 상처와 시대의 아픔도 손바닥으로 쓰다듬는 게 사람의 손이다.

그런데 많은 작가가 그 손의 책무와 소명을 감당하지 못하여 창작에 쉼표를 넣거나, 기약 없는 말줄임표를 붙이거나, 포기하는 마침표를 찍는다. 절필絶筆이란 함부로 쓰는 말이 아니라 절명絶命을 맞이하려 글을 쓸 수 없는 순간을 이르는 말이다. 분명한 점은 작가는 자신의 그 손을, 그 손가락을 그냥 쉽게 해서는 안 된다는 점이다.

'위드(WITH) 작가의 손'을 지켜야 한다.

문학은 손이다. 뜨거운 불 속이든, 깊은 물속이든, 따지지 않고 뛰어들어 구원해주는 생명의 손이다. 뜨거운 불 속이든, 차가운 물속이든 따지지 않고 사람을 구한다는 마음으로 글을 쓴다. 그게 생명의 밧줄이다. 그러므로 우리는 그 손을 보험에 들어야 한다. 독서라는 보험이다. 책 읽기라는 보험은 정신이 파산할 때 대비한 필수이다. 작가는 손을 지키기 위해 독자의 이야기를 듣고 자연의 속삭임도 귀를 기울여야 한다. 그때 더 알차게 쓸 수 있다.

종이 위에 연필이 구르고 자판 위에 손을 얹는 시간은 세상에서 '가장 고요한 시간(Die stillste Stunde)'이다. 마음의 무릎을 꿇는 기도이며 눈물로 세상을 걷는 수행이다. 손은 눈보다 낮지만, 더 진실하게 시대의 아픔을 꿰뚫어낸다. 할 수만 있다면 이 여인의 슬픔조차 그대의 지문으로 새겨야 할 호소임을 알아야 한다.

> "… 해가 질 때 장미가 태양을 그리워하듯 내 영혼은 매 순간 당신을 그리워합니다. 보랏빛 그늘이 내리고 그 슬픔이 내 슬픔을 덮습니다. 오 그대여, 멀리 떠날 때 나를 잊지 말아요 …. 부드러운 햇볕 아래서 우리는 수많은 시간을 함께 보냈지요. 그토록 행복했던 시간은 어느덧 빠르게 지나가고 이제 바다 너머 당신이 돌아가야 할 땅이 당신을 부르고 있네요. 장미가 피어 향기를 내뿜는 행복한 나라. 오 나도 그대와 함께 떠날 수 있다면…"
>
> — 이사 레이, 〈피지 원주민의 이별가〉

세상을 눈물 젖은 두 손으로 받치는 사람이 작가다. 그러므로 지금의 글이 시원찮다고 하여 '워드 작가의 손'이 나태해서는 안 된다.

02. 진실의 반지를

　문학세계에서 가장 중요한 것은 '진실'을 인식하려는 노력이다. 진실의 눈으로 세상을 바라보면 사람과 사람 사이, 세계와 개인 사이에 틈과 빈 곳이 무수히 발견된다. 지금까지 보아도 제대로 본 것이 아니고 들어도 옳게 들은 것이 아니라는 것도 안다. 그때쯤이 되면 문학이 무엇인가를 진지하게 성찰하면서 어떻게 가까워질 수 있을까 생각한다. 사실과 진실이 서로 다르다는 것을 자각하기 때문이다.

　사실과 진실은 다르다. 사전적 의미에서 사실은 실제 있었던 일을 뜻하지만 진실은 초시간적으로 거짓 없는 사실을 지칭한다. 사실은 확인할 수 있지만, 반드시 일치한다고 말할 수 없고 때로는 진실을 가리기도 한다. 진실은 사실을 앞세우지만 객관적이고 직관적인 검증을 거치도록 요청한다. 인간은 평소에는 사사로운 이익에 의해 사실만을 보지만 삶을 정관할 때는 진실의 말에 귀를 기울인다. 태양이 동쪽에서 떠서 서쪽으로 넘어가는 것은 사실이지만 지구가 자전하고 밤이 지나면 낮이 온다는 것은 진실임을 인지한다.

확정된 증거와 경험을 과신하면 눈에 보이는 사실만을 믿기 쉽다. 사실을 과신하여 삶의 원형으로서 진실이 있음을 망각한다. 무엇보다 진실 때문에 삶이 그다지 친절하지 않다고 여기고 원하지 않은 상처와 고통까지 받는다고 여긴다. 그러나 진실의 눈으로 보면 새로운 것이 보이고 새로운 가치를 발견할 수 있다. 문학은 사실 너머에 있는 진실을 추구한다. 사실적인 언어가 지닌 한계를 극복하면 올바른 의미와 상징이 보인다. 건조하고 칙칙한 삶에 활력과 생기를 불어넣는 행위 자체가 문학이다.

우리의 일상은 언어로 구성된다. 스위스의 언어학자 소쉬르는 문자는 추상적인 기호에 불과하여 올바른 세계를 보여주지 못한다고 지적하였다. 반면에 문학어는 언어의 한계를 뛰어넘어 세계를 인식하는 방식을 제공한다. 문학어는 상투적인 생각과 타성적인 표현을 거부하고 진실이 유일하게 정직한 영역임을 알려주기 위해 사실 자체에 갇히지 않으려 한다. 문학적 상상은 수사적 기법을 빌어 문학적 기교가 진실에 연결되는 순간이다.

아리스토텔레스는 시적 진실을 역사적 진실과 과학적 진실 위에 놓았다. 스승 플라톤과 달리 문학의 철학성에 무게를 두었던 그는 《시학》 9장에서 이렇게 말한다.

시인은 앞으로 일어날 수 있는 일, 추정이나 필연성에 따라 일어날 가능성이 있는 일을 이야기한다. 시인과 역사가가 다른 점은 각자 운문이나 산문으로 글을 쓰는 데 있는 것이 아니라, 역사가는 일어났던 사건을 적고 시인은 일어날 수 있는 일을 이야기하는 데 있다. 따라서 시는 역사보다 훨씬 진지하고 철학적이다. 왜냐하면, 역사가는 개개의 사실 그 자체를 다루지만 시는 세상 사물의 일반성을 다루기 때문이다. 사물을 일반적으로 다룬다는 이야기는 어떤 사람이 어떤 말을 하거나 어떤 일을 행할 때, 추정이나 상상할 방법, 혹은 그 일이 그렇게 일어날 수밖에 없는 당위성의 입장에서 풀어나간다는 의미이다 ······.

요지는 "시는 역사보다 훨씬 진지하고 철학적이다."라는 것이다. 아리스토텔레스는 문장의 법칙을 '변증법'과 '수사법'으로 구분하고 수사를 사용한 모든 글을 '시'에 귀속시켰다. 여기서 '시'는 서사시, 희극, 비극, 서정시, 낭독문 등 예술적인 모든 글을 가리킨다. 당시는 산문이라는 형식이 없었으므로 산문체 언어가 아닌 운문체 표현물이면 시이고 문학이었다.

문학은 "일어날 수 있는 일"을 말한다. 예언자적 성격을 지닌 문학은 과거는 물론 상상할 수 있는 미래 세계까지 모두가 수긍할 수 있는 형태로 그려낸다. 문학이 미학과 철학의 속성을 지니는 것도 이 때문이고 팩트를 초월하는 근거이기도 하다.

아리스토텔레스는 문학이 가진 진리를 개연성으로 설명하였다. 시인과 작가는 어떤 사실을 사실보다 더 사실처럼 보여주는

데 관심을 기울인다고 하였다. 다르게 표현하면 '실감나게', '그럴듯하게', 더 '사실답게(verosímil)'라고 말할 수 있을 것이다. 《시학》25장에서 그것은 '모방'이라는 용어로 풀어낸다.

시인은 모방하는 사람이다. 시인은 항상 사물의 세 가지 측면 중 하나 정도를 모방한다. 하나는 사물이나 사건의 과거나 현재의 모습 그대로를 모방하는 것이고, 다른 하나는 사람들이 그렇다고 한 말대로 모방하는 것이며, 나머지 하나는 당연히 그랬으리라 생각되는 방향으로 모방하는 것이다.

그때의 모방은 남이 한 말이나 은유를 사용함으로써 예술적 진실에 근접한다. 시인이 그럴듯하게 그려내는 목적은 단순히 감동을 주기 위해서가 아니라 예술적 성찰을 드러내기 위해서다.

예술성은 '진실다움'을 우선으로 한다. 예술이 묘사하는 사건이나 정황이 사실과 어긋난다고 할지라도, 더 깊은 진실을 제시하려는 방향에서는 벗어나지 않는다. 사물의 모습이 부조리할지라도 사람들이 그렇지 않다고 생각하고 느끼고 말하면 그렇게 된다는 것이 아리스토텔레스의 주장이다. 짐작했던 것과는 정반대로 일어나는 일이 세상에서 얼마든지 있으니까. 아인슈타인은 "창조적인 일에는 상상력이 지식보다 더 중요하다."라고 단언하고 피카소도 "예술은 사람들이 진실을 깨닫게 만드는 거짓말"이라고 했다. 지금도 많은 예술가가 '진실을 이룬다.'고 믿고 있다.

작가가 추구하고 구현하고 전파할 진실은 사실의 복제가 아니다. 팩트 너머에 있는 진실에 다다르기 위해서는 감각적이면서 직관적인 상상의 발휘가 필요하다. 팩트에 기반을 둔 수필도 그대로 찍어내는 기능이 아니라 사실을 바탕으로 진실에 접근하는 장인을 필요로 한다. 그런 노력을 하려 할 때 수필가는 때 외적 경험과 내적 상상으로 만든 진실의 반지를 낄 수 있다.

03. 춘풍추수春風秋水

가장 훌륭한 시는 아직 쓰이지 않았다.
가장 아름다운 노래는 아직 불러지지 않았다.
최고의 날들은 아직 살지 않은 날들

가장 넓은 바다는 아직 항해되지 않았고
가장 먼 여행은 아직 끝나지 않았다.
불멸의 춤은 아직 추어지지 않았으며
가장 빛나는 별은 아직 발견되지 않은 별

무엇을 해야 할지 더이상 알 수 없을 때
그때 비로소 진정한 무엇인가를 할 수 있다.
어느 길로 가야 할지 더이상 알 수 없을 때
그때가 비로소 진정한 여행의 시작이다.
　　　　　　　　　－나짐 히크메트 란, 〈진정한 여행〉

　이 시詩는 터키의 시인 나짐(Nâzım Hikmet Ran)이 차갑고 음습한
감옥에서 쓴 것이다. 터키공화국이 낳은 현대의 국제적 시인은

장기수로 복역하면서 가난한 농민을 위해 가슴 울리는 시를 썼다. 그는 "길의 끝에 다다라 더이상 알 수 없을 때 진정한 여행이 시작된다."고 전파한다. 명품 인생이 어디 있으며 명문장의 종착점은 어디 있는가. 그곳이 있고 그곳에 다다르면 영혼에 덕지덕지 붙은 땟자국이 벗겨지련만. 원래의 심성으로 돌아갈 수 있으련만. 명문장으로 가는 길이 오로라처럼 모호하기만 하다. 그 불확실성이 확실성의 시작임을 여행이라는 비유법으로 표현된다. 고인 물로 세례를 받듯이, 따뜻한 물로 피로가 풀리는 듯한 문장이 어디엔가 있을 텐데. 그 실낱 희망을 품고 작가는 무극無極 여행을 떠난다.

명문장은 어떤 것인가. 우선 걸음을 멈추게 하고 깨어나게 한다. 일상에 한 방 먹이고 무익한 하루를 순식간에 다 잡아 버린다. 무엇보다 무덤에 묻힌 영혼을 불러내고 우리의 내면을 들여다보게 한다. "아!"라는 신음을 지르게 하는 문장은 몇 해가 지나더라도 마음밭에 푸른 싹을 틔운다. 한 자 한 자, 필사할 만하다.

글은 마음의 여행이다. 하루에 몇 시간씩 혼자 즐기면 참 좋다. 늘 가고 싶어 했지만 가지 못한 곳, 오래전에 간 곳이라도 또 가면 좋다. 아직 쓰지 못했다고, 한 번 썼다고 그 소재나 언어를 허투루 여겨서는 안 된다. 삶의 목적지는 같으나, 다다르는 방법은 사람마다 다르다. 글의 경우는 목적지도, 다다르는 방법도 사람마다 다르다. 글마다 다르다. 그러므로 글 여행에서는 그대만의 목적지와 방법을 찾아야 한다. 이것이 "아직 그려지지 않은 지도"이다.

처음 글을 읽을 때면 '이 글 참 괜찮다.'고 반응한다. 그런데 어느 때가 되면 그전에는 이해하지 못한 글에서 등목을 친 듯한 전율을 받는다. 작가의 찬연한 의식과 통한 순간이 그때이다. 번갯불이 몸을 태울 때는 고통스럽지만, 글로 마음을 태우면 생의 희열을 전달받는다. 그게 진정한 통通이라 하겠다.

충남 예산에 있는 추사秋史 김정희 선생의 고택 기둥에는 추사체 주련柱聯이 기둥마다 붙어있다. 선생의 학문 정신을 일러주는 말씀들인데 독서에 대한 추사 선생의 한 자락 정신을 따르고 싶을 때 더없이 고마운 지침이 있다. 그것은 주자朱子의 말씀인 "반일정좌반일독서半日靜坐半日讀書, 세간양건사경독世間兩件事耕讀"이다. 하루의 반을 갈라 고요히 앉아 자신과 만나고, 그 나머지 반은 책을 읽어 옛 성현과 만난다. 독사와 명상이 세상에서 생업에 충실하면서 해야 할 일이라는 것이다.

글쓰기의 중요성에 대해서는 선생이 만년에 유배지에서 풀려나 서울 봉은사에 머물면서 휘호揮毫한 유작으로 육십 평생을 압축한 내용이 있다. "춘풍대아능용물春風大雅能容物 추수문장불염진秋水文章不染塵."(봄바람처럼 큰 아량은 만물을 용납하고, 가을물같이 맑은 문장은 티끌에 물들지 않는다.) 훈훈한 봄날 정취 같은 포용력과 맑고 찬 가을물 같은 글이어야 한다는 문도文道를 가르친 칠언율시다.

원래는 성리학性理學을 연 북송 시대의 정명도, 정이천 두 학자의 성품을 각각 칭송한 표현이라고 한다. 그것을 빌려 추사 선생은 제주도에서 했던 귀양살이와 시끌벅적한 조선 당쟁에서 벗어나 자신의 글과 몸을 지키려 한 결의를 표현하였다.

성품이 온유하면 능히 모든 사람을 품을 수 있다. 부드러운 시문처럼 다감하게 껴안으면 산들바람에 실린 잎처럼 스스로 품 안으로 들어온다. 풍아風雅를 닮은 인격이라면 미세한 텔레파시에도 반응할 것이다. 그게 춘풍대아능용물의 정신이다.

추수秋水란 문장이 가을 물처럼 차고 맑고 깨끗해야 한다는 뜻이다. 춘매의 기품을 지닌 그런 글은 여름철 무더위에 지친 몸을 맑게 해준다. 시류에 영합하지 않는 글을 지키고 혼탁한 세상에서 깨끗하게 살수록 문장이 고고해야 한다는 것이 추수문장불염진이다.

마음은 봄바람, 글은 가을 물.

추사 선생의 가르침을 따라 주련이라 여기며 책상 앞에 붙이면 어떨까. 그때 선생이 기둥을 자기 몸 삼아 문신을 새기듯 붓을 내리눌렀을 거라 상상하면 감격스러운 것이다. 할 말이 오죽 많았으련만 14자로 소회를 달랬을 심정에 가슴이 아프다. 문장은 이렇게 쓰는구나. 미련퉁이 졸필과 졸문이 가당찮은 꿈을 꾸는가 싶어 회한이 덮쳐온다.

춘풍추수는 수필이라는 산문이 지녀야 할 덕목과 미덕을 말한다. 덕목은 글 쓰는 사람의 마음이 부드럽고 따스해야 한다는 것이고 미덕은 수필의 글이 맑고 꼿꼿해야 한다는 것이다. 외유내강外柔內剛 인유문강人柔文剛. 행함에 사邪와 사私가 끼면 문장은 박薄하고 난亂해진다. 생활의 능용能容과 글의 불염不染은 저절로 이루어지지 않는다. 오직 고요한 수련을 통해 여물어진다.

'춘풍추수春風秋水'에 다다랐는가. 아니라면 아직 원하는 글을 쓰지 않았다. 얼마나 다행인가. 여전히 좋은 문장을 쓸 수 있다는 희망이 남아있으니.

04. 시네 에세이

"미디어는 메시지다."

이것은 마샬 맥루한(Herbert Marshal Mcluhan)이 한 말이다. 무의식에 작용하는 미디어에 접하면 사람들은 자신도 모르게 최면 당한 것처럼 전달받은 메시지에 도취한다. 나르시스가 된 인간은 메시지를 임의대로 잘라내고 늘이고 붙이면서 새로운 이미지를 가진 메시지를 만들어 다시 전파한다. 미디어가 인간의 사고와 감정을 확장하거나 제한하는 동안 첫 정보에 새로운 요소가 첨가된다.

미디어는 사회적 요구에 따라 정보를 축적하고 전송한다. 플로피 · 미니플로피 · 비디오테이프가 축적 매체라면, 우편 · 신문 · 잡지 · 라디오 · 인터넷 등은 전송하는 역할을 담당한다. 도시화 · 근대화에 맞추어 정보량이 증가할수록 미디어는 급속하게 진화한다. 인쇄 미디어 시대에서 일순간에 전파 미디어 시대로 발전한 것이 그 증거이다.

문학도 미디어다. 미디어로서 문학은 메시지를 저장하고 전달하면서 독자의 사고와 감정을 조정한다. 독자도 효과적인 정보

축적과 정보 접근이 필요하다는 점에서 문학 장르가 하이퍼텍스트로 변하고 있다.

롤랑 바르트는 하이퍼텍스트를 읽히는 텍스트와 쓰이는 텍스트로 구분하였다. 읽히는 텍스트는 관행에 따라 직선적이고 전통적인 방식을 선호한다. 문체와 구조가 이미 정해져 있어 독자는 받아들이는 위치에 놓인다. 쓰이는 텍스트에서는 의미와 구조가 변한다. 읽히는 텍스트와 쓰이는 텍스트는 서로 다른 여러 요소를 숨기고 있으므로 독자는 그것들을 찾아내는 역할을 부여받는다. 바르트가 "우리 스스로 읽기"라고 말한 것은 표현과 표현 사이에 놓인 의미를 찾으라는 주문으로서 문학은 이미지를 저장하고 있다는 점을 지적한 말이다.

21세기의 영상문화는 기존의 문화풍토를 바꾸어 놓았다. 디지털 기술과 인터넷 사용이 보편화하면서 어느 예술도 예전의 모습을 고집할 수 없게 되었다. 미술이 영상미술로, 음악이 록(Rock)으로 변하는 동안, 문학이 단순한 언어의 수사修辭에 머물러서는 곤란하다는 의견이 대두되었다. 문학을 작가들만의 고유 영역으로 제한하면서 문장을 중시해온 결과이다. 1980년대 이후 수필에도 서사를 중요시하고 2000년대에 들어와 사진이나 삽화를 끼워 넣는 형식 변화가 뚜렷하지만, 여전히 '라벤더 향'이 나는 문장을 선호한다.

세상은 갖가지 물상으로 가득 차 있다. 형상과 이미지가 넘치고 넘친다. 수필적 관점에서 보면 물상은 인물상과 만물상으로 구분된다. 인물상은 작가를 둘러싼 주변 사람들이고 만물상은 사람을 제외한 생물과 무생물이다. 작가는 형태 외에 그것이 지닌 이미지를 포착할 때 물상을 존재로 대할 수 있다.

미국 소설가인 레슬리 피들러는 TV와 영화가 판을 치기 시작하는 모더니즘 시대에 소설의 종말을 예고했다. 그런 위기는 언어가 이미지에 굴복했음을 뜻했다. 그러나 작가는 프란츠 카프카의 말, "한 권의 책은 우리 속에 얼어붙은 바다를 깨는 도끼"라야 한다는 주문을 기억해야 한다. 각질화角質化된 일상성을 깰 수 있는 도끼는 지식이 아니라 사물에 대한 인식이다. 인식은 '이미지의 인식'과 '통합적 인식'을 함께 포함한다. '이미지 인식'은 생각, 감정, 의지 등이며, '통합 인식'은 '판단하지 않는, 구분하지 않는 인식'을 말한다. 통합 인식은 이미지의 인식이 끝나는 지점에서 시작한다.

인간이 살아가는 세상은 이미지의 총합이다. 사물에 둘러싸여 살아가는 동안 이미지가 지속해서 입력되고 출력된다. 이미지가 입력되고 출력되는 생활에서 영상매체의 영향력은 막강하다. 영상 미디어는 이미지를 인간의 뇌에 전달하고 뇌신경이 반응을 일으키도록 하여 의도한 결과를 도출시킨다. 울게 하고 웃게 하고 노하게 만든다. 다행인 것은 문학은 이미지와 언어를 함께 지님으로써 영상문화와 달리 대중문화가 가진 저급화低級化를 예방할 수 있다는 점이다.

시와 영상을 넘나드는 말에 '시네포엠'과 '포에틱 필름'이라는 장르가 있다. '영화적인 시'와 '시적인 영화'로 해석되는 가운데, 어느 것이든 줄거리와 영상을 결합한 퓨전 성격을 지닌다. '시네 포엠'은 영상 기법을 시에 끌어들인 감각적인 시를 지칭하는데 시 속에 영화 기법을 도입한 것으로 블레즈 상드라르(B. Cendrars) 가 처음 사용하였다.

'시네 에세이'를 생각해 볼 수 있다. 영화와 수필은 삶의 서사를 공유한다는 점에서 시네 에세이는 서사를 생생하게 전송시킬 수 있다. 문장을 배열하기보다 장면(scene) 단위로 서사를 구성하고 3인칭 작가 시점 대신에 카메라 기법으로 배경과 분위기를 전달하고, 사건을 이미지가 충만한 문체로 묘사하면 단편영화 같은 생동감과 긴장미를 높일 수 있을 것이다.

등장인물도 마찬가지다. 선글라스 아저씨와 배달 차를 모는 택배 가장, 패션 유행에 매달린 여자와 가게 전단지를 돌리는 아줌마. 이들은 풍요와 빈곤, 양지와 음지, 가진 자와 가지지 못한 계층을 구분하는 주역이다. 넘치고 빈 두 개의 술잔으로 취객의 모습뿐만 아니라 채우고 비워가는 운명을 풀어낼 수 있다. 이러한 영상 이미지를 시네 에세이에 적용하면 등잔 밑 막사발 술잔으로 인간의 일생을 그려낸 'TV 문학관'과 같은 감동을 자아낼 수 있다. 이미지화는 인간이 태어날 때는 하느님의 자식이지만 사는 동안은 디오게네스의 후예라는 진실을 더욱 뚜렷이 해준다.

시네 에세이에서는 사건이 이미지로 전달된다. 예를 들면 "산

자락 끝 나지막한 마을"은 침묵에 숨겨진 사연을 전달한다. 지금까지 묻힌 인생이 언어가 아니라 집으로 그려진다. 고래등 같은 집은 상류층의 과시 신분을, 옥탑방은 빈곤층의 팍팍한 현실을 보여준다. 물상이 말을 하도록 하는 것이다.

시네 에세이는 내용이 아니라 형식에 따른 분류이다. 독자를 영상을 바라보는 관객으로, 책의 페이지를 작중 인물의 무대로 설정하면 영상매체에 대응할 영상미가 넘치는 수필을 개발할 수 있다. 시 같이 아름다운 수필이라고 말하기보다는 한 편의 영화 같은 수필이라는 표현이 더 통하는 시대가 왔으면 한다.

05. 동화의 두 얼굴: 천사와 악마

동화는 어린이만을 위한 이야기가 아니다. 안데르센이 "동화는 어린이 외에도 어른을 위한 것"이라고 말했듯이 누구에게나 삶의 한계를 이겨낼 힘을 준다. 어른이란 어렸을 때는 착했지만 나이를 먹으면서 조금씩 나쁜 쪽에 물들여지는 사람이다. 성경도 "어린아이와 같이 되지 아니하면 결단코 천국에 들어갈 수 없다."고 말했고 워드워즈는 "어린이는 어른의 아버지"라고 했다.

최초의 동화집은 성경이다. 성경은 인간에게 일어날 수 있는 갖가지 사건들을 감당하지 못할 상상으로 풀어낸다. 사람이 어떻게 만들어졌는가, 홍수로 왜 사람을 벌주었는가, 사탄의 유혹은 정말 못 이겨낼까, 지옥이란 가볼 만한 곳은 아닐까, 6일 만에 이루어진 천지창조, 모세가 홍해를 건넌 모험, 바벨탑 건축, 다윗과 골리앗의 대결은 아이와 어른에게 모두 매혹할 만한 사건이다. 바구니 속의 모세 이야기는 영웅의 대표적인 출생 설화이고 에덴의 사과는 '어른의 말을 잘 들으면 상을 받고 안 들으면 벌을 받는다.'는 '피터 레빗(Peter Rabbit)'의 원형이다. 성경은 당의설로 쓴 '쓴 교훈담'이므로 교육 자료로서 더없이 효과적이다.

신대륙 미국에 건너갈 때 청교도 어머니들은 옥수수 씨앗과 뜨개바늘과 함께 성경은 꼭 가져갔다고 전해진다.

동화는 기본적으로 주인공이 악마를 이겨내는 구조로써 양면성을 갖는다. 어조는 순수·단순·무해이고. 주제는 아름다움·권선징악이며, 악마·마귀·탐욕·거짓·폭력·오만·살인 같은 무서운 요소가 넘쳐난다. 무대는 천국과 지옥, 아름다운 호수와 컴컴한 숲, 푸른 하늘과 사막벌판을 가리지 않는다. 그러므로 동화를 읽을수록 지혜롭고 착해지지만 교활하고 영악해지기도 한다.

동화에는 두 화자가 있다. "힘내. 잘 될 거야. 괜찮아."라고 등을 두드려 주는 목소리와 '꿈은 동화에만 있는 거야.'라는 냉소적인 목소리다. 당신을 왕자와 공주로 만들어주지만 '남자는 늑대, 여자는 여우'라는 현실도 일러준다. 해리 포터처럼 세상을 바꾸는 힘은 누구나 꿈꿀 수 있지만, 현실을 긍정적으로 변화시키는 데 써야 한다. 그래도 슬픈 건 동화의 마법은 안개처럼 사라진다는 것이다.

동화는 '인간 열전'이다. 살면서 만나는 갖가지 부류의 사람들이 등장한다. 판타지의 주인공은 '육백만 불의 사나이'와 '원더우먼'처럼 악당을 물리치고 약자를 지켜주는 정의의 보안관이지만 동화 속의 인물은 그렇지 않다. 잘난 사람, 못난 사람, 이상한 사람, 못된 사람이 참으로 많다. 선악의 양면성을 지니고 한다. 도적 로빈 후드는 빼어난 궁수이고 흡혈귀 드라큘라 백작은 루마

니아의 민족 영웅이고 추남 노트르담의 꼽추는 살신성인이며 괴짜 돈키호테는 늙었지만 열렬한 애국자이다. 〈백설공주〉에 등장하는 왕비는 심술궂고 이기적인 여자이고 늑대는 위험한 남자를 상징하며 엔젤과 크레테는 일찍 가출한 철없는 아이들이다. 독자들은 취향에 따라 해석하고 그들처럼 되고 싶어 한다.

리얼리즘의 관점에서 읽는 동화에서는 선인은 물론 때때로 악당조차 먹고살기 힘들다. 백마 탄 왕자는 기껏 바람둥이 건달이다. 하멜른의 피리 부는 사나이는 일용잡부, 백설공주는 몸 파는 창녀이고, 잠자는 숲속의 공주는 꼭지 덜떨어진 아이에 불과하다. 어찌 보면 동화에는 열심히 일하고 정직한 사람보다 떠돌이, 바보, 얼간이, 마술 지팡이만 흔드는 예언자, 숲속 마귀가 더판을 친다. 그래서 동화는 경고한다. 빨간 망토, 빨간 구두, 빨간머리는 도발적이므로 조심하라고.

동화는 하나의 질문에 많은 해답이 붙인다. 질문은 오직 한 가지, "너희들의 꿈이었잖아! 어째서 그것을 새까맣게 잊고 살아가지?"이다. 그것에 대한 해답은 성냥팔이 소녀가 지피는 희망의 불꽃과 같다. 힘들 땐 조금은 우물쭈물해도 괜찮다고 타이르는 이솝의 〈당나귀와 아버지와 아들〉, 내 동심은 어디로 갔을까에 답하는 에리히 케스트너의 〈하늘을 나는 교실〉, 내 안의 자존심을 말하는 〈임금님 귀는 당나귀 귀〉, 만사는 돌고 돌아 다시 나에게 온다는 〈은혜 갚은 까치〉, 사랑이 뭔지 모를 때 읽고 싶은 안데르센의 《인어공주》, 행복의 풍경은 하나가 아니라는 프랜시스 버넷의 《소공녀》, 성장을 멈추면 어른 악당이 된다는 카를로 콜로디의 《피노키오》, 백조가 아니어도 충분히 살 만하다는 안데르센의 《미운 오리 새끼》, 살기 위해 젖 먹던 힘을 다할 필요는 없다는 엘리너 파전의 〈보리와 임금님〉 등의 동화는 다른 사람들과 어떻게 동화同和하며 사는가를 가르쳐준다. 에리히 프롬의 《사랑의 기술》이나 세르반테스의 《돈키호테》만 깊게 읽을 게 아니다. 꿈과 동심만이 어른이 되는 진정한 요건임을 말한다.

기댈 곳이 사라진 어른에게 줄 마음의 선물이 있다면 뭘까. 동화이다. 디즈니 영화, 판타지 소설도 실은 어른들을 위한 동화이다. 동화는 팍팍한 현실에 상처받은 영육이 필요로 하는 '모든 시대의 비밀스러운 가르침'을 지닌다. 우리와 동화 주인공 사이에 있는 차이란 단 하나. 동화의 주인공들은 현실에 굴하지 않지만 우리는 현실에 부딪히면 픽 쓰러진다는 것이다.

현실에 성실하되 삶의 주도권을 되찾을 수 없을까. 해피엔딩이 아니어도 좌절하지 않을 수 없을까. 그렇게 하고 싶을 때 '나는 도대체 잘하는 게 없어.'라는 자책을 그만두고 "사막의 아름다운 우물은 마음으로 찾아야 해."라는 말을 먼저 하면 된다. "넌 네가 길들인 장미에 대한 책임이 있어."라고 타이르는 《어린 왕자》의 충고에 귀를 기울여야 한다. 그렇게 한다면 "그건 어쩔 수 없는 일이었어."라는 인지부조화증에서 벗어나 다시 나를 생을 제자리로 되돌려 보낼 수 있다.

동화는 남녀노소, 시대 구분 없이 사랑을 받는다. 성경과 셰익

스피어 작품만 다시 읽을 게 아니다. 좋은 책이란 나이를 먹을수록 거듭거듭 새롭게 이해되는 것이다. 동화는 나이만큼 읽는다고 한다. 다락방에서 읽던 옛 동화집을 다시 읽으면 그때는 몰랐던 메시지가 눈앞에 새롭게 펼쳐진다.

세상에서 가장 아름다운 여인은 어린이에게 책을 읽어주는 어머니이다. 아, 동화를 읽고 싶다. 어릴 때 밤새워 읽은 만화도 다시 읽고 싶다.

동화가 '신의 크리스마스 선물'임을 믿으므로.

06. 글은 타임캡슐

　현대 사회의 생존 원리는 "More click, Better life"이다. 컴퓨터 마우스를 클릭할수록 삶의 양이 증가하고 질도 향상한다. 좋은 음식점을 찾고, 브랜드가 달린 옷을 홈쇼핑하고, 비행기 표를 예매하기 위해, "더 빨리, 더 자주, 더 일찍"이라는 경쟁 논리에 따라 컴퓨터를 두드린다. 사이버 공간에는 모든 정보가 상호 연결되어 소통이 즉시 이루어지고 시간이 갈수록 정보가 누적되어 생존 경쟁에서 유리해진다. 현대인의 운명을 좌우하는 것은 신의 손이 아니라 24시간 휴식이 없는 컴퓨터다.

　오늘의 인간은 사이보그, 즉 합성 인간처럼 되었다. 지성이 담겨있던 두뇌에는 전자회로가, 감성이 넘치던 가슴에는 PC 스크린이, 사람의 손을 잡았던 손에는 마우스가 쥐어져 있다. 하늘과 자연을 향하던 두 눈은 조롱박보다 작은 스마트폰 화면에 잡혀 있다. 이제 인간은 작은 괴물이나 외계인과 다름없다.

　독일 시인인 하인리히 하이네(Heinrich Heine)는 "역사는 스핑크스다."라고 갈파했다. 스핑크스는 희랍 신화에 등장했던 괴물이다. 그는 '인간은 무엇인가.' 물어 답하지 못하면 사람을 죽였다.

이제는 역사라는 스핑크스가 인간에게 '너는 누구냐.'고 묻는다. 그때, '인간은 PC다.'라고 답해야 살아남는다.

뉴욕의 월가에서부터 아프리카의 콩고강 마을까지 모든 사회 현상과 정보가 PC에 저장되어 있다. 예수가 떡 다섯 덩이와 물고기 두 마리로 굶주린 유대인 5천 명을 먹인 기적처럼 오늘의 PC는 무한정으로 인류를 먹여 살리는 새로운 기적을 만들고 있다. 그것은 정보와 지식이다. 이것은 인간이 소비할수록 줄어들기는커녕 기하급수적으로 늘어만 간다.

PC는 땅속에 묻히지 않는 타임캡슐이다. 타임캡슐이라는 기록 상자에는 숱한 자료가 들어간다. 개인의 주민등록등본과 저금통장, 이력서, 교과서, 신문은 물론 당대의 의식주, 음식, 유희, 예술, 스포츠, 의상, 충격적인 사건, 미담과 범죄, 그리고 그것에 대한 사람의 반응 등이 들어간다. PC가 과거와 미래를 이어주는 타임캡슐이면서 사고史庫 기능을 하는 셈이다.

타임캡슐 형식의 글쓰기에 칼럼과 수필이 있다. 두 짧은 산문은 인류의 역사와 개인의 일상을 기록한다는 점에서 경쟁적이다. 서로가 호적수를 만난 셈이다. 그러니 수필가 개인의 경쟁자는 옆에 앉아있는 문우가 아니라 칼럼니스트이고 역사가들이다. 정보통신 관리자도 오늘의 수필계가 만난 벅찬 경쟁자이다.

소설을 제외한 산문은 대부분 짧은 논픽션에 속한다. 짧은 논픽션 장르는 시대에 따라 진화해 왔다. 칼럼, 인터넷 산문은 물론 산문시, 스마트소설이 등장했다. 픽션은 문학이고 논픽션은 실용문이라 하거나, 수필은 서정적이고 칼럼은 논리적이라는 이분법이 소용없어졌다. 한국수필은 양적으로 발전하고 있지만 저널리즘을 기반으로 하는 칼럼과 무례한 풍운아 격인 사이버 글의 위협에 직면하고 있다. 시간이 지날수록 '짧은 글쓰기'라는 영역을 둘러싼 경쟁은 더욱 치열해질 것이므로 다른 산문의 특징과 장점을 잘 살펴야 한다.

놀라운 점은 현재의 논설이나 칼럼이 더 수필적으로 되고 있다는 사실이다. 원래 칼럼은 서평, 리뷰, 특집기사, 논평, 인터뷰, 프로필, 대담 등의 형식으로 음식, 휴가, 스포츠, 의상, 건강, 여행, 주택, 금전 등 사회 이슈를 집중적으로 다루어 왔다. '촌철살인'이라는 간결한 문장과 전문 지식으로 무장한 언론인의 사회적 인식을 보여주었다. 독자의 개인성을 중시하는 포스트모더니즘에 부응하여 수필이 지닌 서정성마저 빌린다. 달리 말하면 칼럼은 서구 에세이의 맥박과 동양 수필의 감성을 배합하고 있다.

그동안 수필은 '잘 안 읽는다.'는 미끄럼을 타고 내려오는 중이다. 1인칭 생활 중심으로 인하여 명료성과 속도성이 떨어진다. 현대 독자 대부분이 도시에서 성장하고 생활하고 있건만 1960~70년대의 농촌을 복기하는 데 머물고 있다. 전통과 도덕성에 치우쳐 오늘의 이슈와 비전을 제대로 제시하지 못하고 있다.

19세기 이후 생긴 짧은 산문으로 수필과 에세이와 칼럼과 사이버 산문을 들 수 있다. 이들의 공통점은 시대상을 다투어 저장한다는 것이다. 에세이는 18세기의 이성주의와 정기간행물의 발간에 힘입어 인문학적 산문으로 발전하였다. 칼럼은 1930년대부터 상식을 다루면서 언론 지면의 자리를 차지하였다. 사이버 산문은 1980년대를 기점으로 인터넷 독자를 공격적으로 공략하고 있다. 이러한 타임캡슐을 지켜보노라면 한국수필은 감성주의에 따라 제 자리마저 잃어간다는 생각이 든다.

수필이 미래 수필에게 무엇인가 전해주려 한다면, 타임캡슐의 기능을 빌릴 필요가 있다. 감동과 유머와 교훈 외에 무엇이 필요할까. 헨리 데이비드 소로의 《월든(Walden)》을 예로 들어 설명한다. 이 작품은 소로가 약 2년 2개월 동안 월든 호숫가에 살면서 경험했던 자연인 생활을 기록한 생태 에세이집이다. 첫째는 문명의 의상을 벗고 자연에 순응하여 살아가는 일과를 적는다. 둘째는 자유로운 인간의 길은 무엇이며 삶은 무엇인가를 명상한다. 셋째는 생태계의 현실을 숙고하고 숲속의 동식물을 공경하고 공애共愛하는 녹색 글을 쓴다. 넷째는 세속적인 성공과 물질화된 사회를 통렬히 풍자하는 문명비평가로서 글을 쓴다.

수필이 타임캡슐이 되려면 소로가 제시한 안목을 갖추어야 한다. 다면 초점으로 사물을 바라보면서 자연인, 구도자, 녹색 환경론자, 문명비평가라는 신분을 갖추면 그 수필은 타임캡슐에 들어갈 만한 역사성을 갖는다.

한국수필이 개인 체험기에 비중을 둘지라도 칼럼과 에세이가 지닌 시대상과 역사성을 반영할 필요가 있다. 그 가능성은 자신의 삶을 얼마나 인문학적 시각으로 바라보고 해석하는가에 달려있다.

07. 상상의 네 요건과 효능

　글은 독자와 작가 간의 '짧은 시간의 긴 만남'이다. 글 한 편을 읽는 짧은 시간에 작가와 독자는 수십 년 동안 일어난 사건에 관한 생각을 주고받는다. 그들은 책이라는 글 판에서 유의미한 관계를 맺고 싶어 한다. 서너 행으로 이루어진 극사실주의적인 시로부터 300쪽이 넘는 소설을 읽는 동안 이루어지는 심적 관계는 몇 달을 함께 여행해도 이루어지지 않는 소통을 이루어낸다. "하룻밤에 만리장성을 쌓는다."는 명제는 대면이 필요했던 시절의 낭만적 만남일 따름이다.

　작가는 "기억의 심부름꾼"이라고 칠레 국민시인인 파블로 네루다는 말했다. 필자는 그의 말을 빌려 작가는 '상상의 우체부'라고 바꾸고 싶다. 우편배달부가 가방에 갖가지 우편물을 담고 집집마다 찾아간다면 작가는 머리핀 기억부터 아이돌 음악에 대한 기억까지 배달한다. 그가 맨 우편 가방은 상상이라는 멜빵으로 어깨에 걸린다. 상상은 길을 걷다가 진달래를 만나면 잠시 쉬어가는 감수성, 하수구에 버려진 녹슨 깡통에서 전쟁의 참극을 떠올리는 회상, 그리고 신이 머무는 교회나 성당을 만나면 그곳에서 기도하려는 영성으로 바느질되어 있다. 문제는 이러한 순간을 어떻게 강렬하고 인상 깊게 표현하는가이다.

　문학의 정체를 요약하면 의미화와 형상화이다. 의미화가 철학적 변용이라면 형상화는 심미적 변용이다. 물상을 색채로 도드라지게 표현하는 회화와 달리 문학의 형상과 의미는 입상진의立象盡意로 설명된다. 입상진의는 형상으로 뜻을 전달하는 기법이다. 이렇게 하려면 사물과의 다층화된 교감이 필요하다. 다층화된 교감이란 형식에서는 미적 구조를, 내용에서는 영적 구조를 이루어 어떤 언어로도 표현되지 않았던 새로운 존재성을 발견하는 것이다. 그 실천적 내공은 상상과 질문으로 이루어진다.

　우주에는 무수한 물상이 존재한다. 그것을 연구하기 위해 과학자와 예술가들은 상상력을 총동원한다. 상상력은 과학과 예술과 문학을 발전시키는 동력으로써 문학에서는 작가가 소재를 새롭고 의미 있게 풀어내는 것이다. "새롭고 의미 있게"라는 뜻을 노드롭 프라이어(Northrop Fryer)는 《문학의 구조와 상상력》에서 "인간의 경험을 토대로 있음직한 본보기(model)를 구성하는 힘"으로 정의하였다. 베이컨은 "사실들을 마음대로 변형시켜 사실보다 더 아름답게, 더 좋게, 더 다양하게 만들어 즐기는 것"이라고 하였다. 영국의 수필가인 조셉 애디슨(Joseph Addison)은 〈상상의 즐거움〉이라는 평론에서 "상상은 감각의 대상이 없을 때도 여러 심상을 융합하여 전혀 새로운 심상을 형성할 수 있는 능력"이라고 설명하였다. 이들의 설명을 종합하면 상상은 사물과 인간과 우주와 언어를 결합하는 힘이라 하겠다.

물리학이나 수학은 숫자와 부호로 풀이하지만 문학은 언어 기호로 우주와 인간 사이에 관계망을 만든다. 시인은 떨어지는 낙엽 한 장에서도 "살아오느라 수고했다."는 위로의 말을 생각해낸다. 낙엽 한 잎과 언어를 이어주는 관계망 형성에는 작가적 상상이 작동했음을 보여준다. 상상력은 근본적으로 대상에 대한 질문과 답이다. 안성수 교수는 질문의 방향은 대상, 우주 전체, 인간세계로 향한다고 《현대수필》에 게재한 〈수필 오디세이(3)〉에서 말한 적이 있지만, 또 하나의 질문이 첨가되어야 한다. 그것은 작가 자신이 처한 시공에 대한 좌표적 질문이다. 상상을 도출하는 내향적, 외향적, 횡단적, 좌표적 질문이 모두 합쳐지고 그에 대한 답이 도출될 때 철학적 의미화와 심미적 형상화가 무리 없이 이루어진다.

첫째는 대상의 근원에 대한 내향적 질문이다. 이를테면 "무엇인가?"이다. 오감으로 사물을 식별하지만 미지未知의 본질, 그 자체는 여전히 오리무중이다. 미지의 본질인 사랑, 미움, 아름다움, 갈등, 죽음 등 '무엇'에 대한 탐색이 근원에 대한 질문이다. "새鳥는 무엇인가?"라고 물으면 날개, 둥지, 부상하기 위한 부력, 계절에 따른 이동 통로 등에 대한 궁금증이 풀리면서 '자유, 고독, 유랑, 전령'이라는 개념도 함께 떠오른다. 나무와 풀의 '무엇'을 좇다 보면 씨앗, 꽃, 줄기, 뿌리, 열매 외에 '고독, 한해살이, 부활, 인내'를 떠올린다. 도형으로 그려보면 깔때기를 거꾸로 세운 듯 질문과 답변이 심화하면서 하나의 지점에 모인다. 그 마지막 정점頂點이 생사生死와 코스모스와 카오스이다. 탄생의 근원처럼 죽음의 근원, 사랑의 근원, 고독의 근원 등 작가는 선택한 소재로써 무엇은 무엇이라는 의미망을 이룬다. 이런 내재적인 질문을 계속할수록 글 쓰는 집중력은 최적화된다.

두 번째는 외향적 질문이다. '어떻게'라는 질문으로 외부의 화소들을 하나의 고리로 엮으면서 우주로 나아간다. 우주에 존재하는 모든 대상은 여타 대상과 생태망을 이룬다. 제재를 외적으로 확장해 나아가면 부채 모양의 방사형이 만들어진다. 가령 촛불을 선택하면 자연의 밤낮, 발산과 소멸, 등대와 가로등, 심지어 태양까지 끌어들여 촛불의 상관성을 확장한다. 연못에 핀 동그란 수련에 외향적 질문을 가하면 마이크처럼 폭발하는 우주의 기운과 생태계의 생명을 감지한다. 천체망원경으로 우주를 둘러보듯이 모든 사물은 천지개벽 시대의 우주와 접선한다.

세 번째는 인간계로 건너오는 횡단적 질문이다. "그렇다면"이라는 부사로써 사물과 인간과의 관계를 묻다 보면 대상과 인간이 같은 선상에 자리하고 있음을 발견한다. "그렇다면 새의 울음은 인간에게 뭔가?"와 같은 인간과 새 사이의 횡단적 질문은 수필에서 이루어져야 할 필수 질문으로 시나 소설과 달리 대상과 인간의 삶을 통하게 하는 관계망을 만든다. 사물과 우주를 향한 내적, 외적 투시가 가능하더라도 인간의 삶과 연결되는 통로를 찾지 못한다면 상상은 수필에서 환상이 되기 쉽다.

네 번째는 글을 쓰는 작가가 처한 상황에 대한 질문이다. 대상과 우주와 인간을 결속시킬 때 작가가 처한 시간적 공간적 환경을 이해하는 것은 매우 중요하다. "언제 어디"라는 시공에 대한 좌표적 질문에 따라 나는 어떻게 살아왔는가를 답할 수 있어야 한다. 작가는 장소애(Topophila)든 장소 혐오감(Topophobia)이든 장소 무감각(placelessness)을 갖는데 이것은 고스란히 대상에 전이된다. 소재의 결과 이미지를 변형시킨다. 이것은 고향 느티나무와 모교 느티나무와 공원의 느티나무와 공원묘지의 느티나무 간에 인상의 차이를 설명한다.

작가들은 자신이 처한 환경에 남달리 예민한 반응을 보인다. 분수를 앞에서 보는가, 뒤에서 보는가, 아니면 위에서 보는가에 따라 분수의 물줄기를 달리 해석한다. 작가가 목수인가, 정원사인가, 벌목공인가에 따라 나무에 부여하는 의미가 달라진다. 지방에 거주하는가, 서울에 거주하는가, 재외교포인가에 따라 고궁을 다르게 본다. 글을 쓸 때 자신의 좌표가 무엇인가를 인식할수록 개성적인 해석이 뚜렷해진다.

작가의 상상은 물리적, 심리적, 심미적, 영적 인상을 모두 포함한다. 무엇이, 어떻게, 그렇다면 이라는 질문은 작가와 대상과 인간과 우주를 결합하는 고리라고 말할 수 있다. 작가는 이성주의에 눌려서는 안 된다.

상상의 중요성에 대한 인식은 독일 낭만주의 작가인 노발리스(Novalis)부터 시작되었는데 노발리스라는 필명은 '새로운 땅을 개

척하는 자'라는 의미이다. 그는 문학적 상상은 낭만화라고 선언
한다.

　　세계는 낭만화 되어야 한다. 낭만화란 평범한 것에
　　고귀한 의미를, 일상적인 것에 신비스러운 외양을, 낯
　　익은 것에 낯선 위엄을, 유한한 것에 무한한 외모를 부
　　여하는 것이다.

　신의 피조물로서 인간이 가진 가장 원초적인 욕망은 창조이
다. 상상하는 자는 불가피하게 아웃사이더가 된다. 그것을 감수
하려는가, 아닌가는 전적으로 개인에게 달렸다. "나는 상상한다.
고로 존재한다."가 작가적 실존주의를 선언하는 표어라 하겠다.

5부

01. 문학, 인생을 비추는 창

　문학이란 무엇일까? 왜 우리의 삶에 문학이 있어야 하는가. 문학이 주는 가치가 있다면 어떻게 소유하여야 하는가. 읽는 습관을 어떻게 하면 매일 유지할 수 있는가. 우리는 책을 읽고 글을 쓸 때마다 이러한 의문을 품는다. 문학이 삶의 본질을 건드리기 때문이다.

　문학은 체험을 언어로 기술한다. 여기에서 말하는 체험은 1차원적이고 생리적인 것이 아니라 특별하고 독특한 경험이다. 체험은 다름 아닌 과거를 현재 시점으로 할 때 '지금 여기에 있는 이 사람'에 대하여 내가 가진 인상이다. 감수성이 예민할수록 이것들을 더 큰 기쁨과 슬픔으로 느낀다. 그 전율과 영감을 말하고 전해주고 싶다. 그런데 현실은 그렇지 못하다.

　21세기는 지난 시대와 판이하다. 30여 년 전만 하여도 녹음이 우리 곁에 있었지만, 지금은 전자파의 늪에 빠져있다. 전자 밥통, 전자 세탁기, 진공청소기, 자동개폐기는 물론 5세대 컴퓨터, AI, 기가바이트(gigabyte) 스마트폰, 전기 자동차로 인하여 도시와 집안에서 푸른 나무와 향기로운 꽃이 사라진다. PVC와 알루미

늪과 금속 철판이 우리를 포위하면서 편이성과 속도성에 중독되고 있다.

우리나라는 세계에서 IT산업이 꽤 발달한 나라에 속한다. 광케이블이 신경세포처럼 전 국토에 깔려 CCTV의 보호를 받고 감시도 받는다. 긴장과 스트레스라는 현상이 보편화하면서 인간을 일깨우고 지성과 감성을 보호해 주던 문학도 예전만 못하다. 소형 기계가 되어 버린 지금의 인간은 외부 전자 신호에 따라 작동할 따름이다.

이런 과도기에 요긴한 것은 역설적으로 아날로그적 동력이다. 아날로그는 디지털과 달리 상상력과 감수성에 기반을 둔다. 인간은 감성을 가진 로봇 제작에 골몰하면서 진작 자신은 감성과 상상을 상실하고 있음을 잊고 있다. 오늘날 인문학과 문학이 다시금 힘을 얻는 이유도 이 결핍증을 보충해주는 것이 문학임이기 때문이다.

왕년에 '문학청년'이 아니었던 사람이 드물다. 지하철을 타고 가다가도 "훗날 먼 훗날 나는 어디선가/ 한숨 쉬며 말하겠지요/ 숲속에 두 갈래 길이 있었다고/ 나는 사람들 발자국이 적은 길을 택했노라고"(로버트 프로스트, 〈가지 않은 길〉)라는 구절이 생각나서 한숨을 쉰다. 인기 TV 드라마를 보다가 "그녀의 이미지가 그의 영혼으로 영원히 들어왔고, 어떤 말로도 그가 느끼는 황홀경의 거룩한 침묵을 깨뜨릴 수 없었다. 그녀의 눈은 그를 불렀고 그의 영혼은 그 부름에 날뛰었다."(제임스 조이스, 《젊은 예술가의 초상》)를 암송하면서 "내가 왜 요렇게 살지." 하고 탄식한다. 이처럼 잊었다가 생각난 구절 하나가 마음을 누르기도 하고 펴주기도 한다.

시의 감성은 꽃빛이다. 태양을 지구상에 자라는 푸른 나무와 잎을 향기와 색깔로 물들인다. 많은 시인은 이 신비로운 변화를 시로 적는다. 태양이 꽃을 물들인다면 시는 인생을 물들인다. 아무리 푸짐한 음식이 테이블에 잔뜩 차려져 있어도 음악과 시 한 편이 없으면 연애할 마음이 우러나지 않는다. 영화 〈메디슨 카운티의 다리〉에서 사진사 로버트와 유부녀 프란체스카가 빠진 사랑도 예이츠의 시 〈방랑자 앵거스의 노래(La Canzone di Aengus il Vagabondo)〉에 나오는 "달님의 은빛 사과들을/ 해님의 금빛 사과들을…"을 읊조린 순간부터 시작한다. 시詩야말로 우리 인생에서 가장 맛깔스러운 음식이다. 태양이 모든 꽃에 나름의 색깔을 선물하듯 시는 제 인생에게 맞는 사연과 휴식을 선사한다.

많은 사람이 글을 좋아하지만 모두 작가가 될 수 없다. 그러나 어른이 됐다고, 가장과 주부가 되어버렸다고 문학을 멀리할 수는 없다. 마음의 상처를 완곡하게 위로해주는 것은 소설 속 주인공이 남긴 말 한마디이므로 문학을 사랑하는 마음마저 몽땅 잃을 수 없다. 감수성이 있는 부모는 그렇지 않은 경우보다 자식을 더 훌륭하게 키울 수 있고 시 한 편 외우는 아이는 친구의 아픔도 더 잘 이해한다. 지식과 권위만을 뽐내는 사람을 누가 좋아하겠는가. 독일 낭만파 작곡가 슈만은 "시인은 사람들 마음에 빛을 보내는 사람"이라고 했다. 시는 마음의 창을 열어 혼탁한 실내공기를 뽑아내고 소설은 열린 마음의 문을 통해 건강한 혼과 기를 넣어준다. 시인이 아니어도, 소설가와 수필가가 책을 버리지 않아야 할 절실한 이유가 여기에 있다.

많은 사람이 문학이 어렵다며 책을 읽지 않으려 한다. 신포도 이론을 빌려 시는 어렵고 소설은 지루하고 수필은 평이하다고 여긴다. 밥 빌어먹기 힘들다, 살기에 급급하다, 문학은 돈이 안 된다, 글은 나와 상관이 없다, 핑계가 왜 그렇게 많은지. 한마디로 말하면 살기 싫고 인생 공부하기 싫다는 것이다. 살면서 사는 공부가 싫다면 안 살아야지. 여기에 운문과 산문을 읽어야 하는 명분이 생긴다.

살아갈수록 정신적으로 육체적으로 지친다. 육체적 질병은 어느 정도 고칠 수 있으나 정신적인 피로는 쉬 회복되지 않는다. 피곤한 마음을 위로해 줄 무언가가 필요하다. 눈요기 먹방이나 트로트 가수전이나 오지 탐험 르포가 아니라 마음을 지켜줄 한 편의 글이 있으면 한다.

운문에 시가 있다면, 산문에는 수필이 있다. 시와 수필은 상호 호혜적이다. 시가 창의 유리라면 수필은 창문틀이다. 창문틀이 없이는 유리창을 세울 수 없다. 시만 읽으면 방황한다. 소설만 읽으면 난삽해진다. 그 위험성을 피하고자 수필을 먼저 만나야 한다. 수필은 이렇게 살라고 일러줄 뿐 아니라 문장과 시행詩行을 읽는 법도 친절하게 가르쳐준다. 시가 봄날 매화이고 소설이 여

름날 해바라기라면 수필은 오래 묵어야 피어나는 가을 국화라는
이유가 이 때문이다.

《채근담菜根譚》에 이런 구절이 있다. "사람들은 글자가 있는 책
은 이해하지만 글자가 없는 책은 이해하지 못한다. 줄이 있는 거
문고는 탈 줄 알지만 줄이 없는 거문고는 탈 줄 모른다." 보이는
것만 보고 들리는 것만 듣는다면 어찌 인생의 참맛을 깨닫겠는
가. 이때 문학은 줄 없는 거문고처럼 은근하게 진리를 풀어낸다.
예로부터 천지인天地人을 결합하여 자연과 인생으로 들락거리게
한 문학이 문이다. 우리가 진정 소홀히 보기 쉬운 것이 문의 창
문틀이다. 인생의 창문틀이다.

문학은 현실과 실제 삶을 지켜주는 보호막과 같다. 그중에서
시적 감수성과 소설적 구성을 지닌 수필의 생명은 문장이 아니
라 인생 자체에 있다. 돌아가신 아버지의 헌 가방, 시집간 딸의
손수건, 군대에 간 아들의 편지, 첫 손자의 조막손……. 시와 소
설도 이런 소재를 중시하지만 수필에 그려지는 삶은 한결 절절
하고 진실하다.

그러니 수필 독자는 어떤 자세를 지녀야 하는가. 대상을 보
는 것이 아니라 읽어야 한다. 시각장애인은 손가락 끝으로 점자
를 한 자 한 자 온 정신을 집중하여 더듬어 가슴으로 익힌다. 그
렇게 글을 읽는다면 문학의 향기를 느낄 수 있다. 글은 초심初心
과 종심終心이 아니라 그 둘을 잇는 항심恒心의 줄이다. 손가락으
로 현을 뜯는 가야금이 운문이라면 술대로 켜는 거문고가 산문

이다. 프랑스 시인 보들레르도 "시는 빛깔의 소리를 듣고 소리의 향내를 맡아 감각적 언어로 창조하는 것"이라 하였다.

아르헨티나의 작가 보르헤스(Jorge Luis Borges)는 '도서관의 작가' 란 별칭을 가진 작가이다. 그는 문학에 담긴 갖가지 감정을 다음 과 같이 요약하였다. 사랑, 이별, 탄생, 죽음, 분노, 불안, 행복, 절망, 고통, 신앙, 존경, 공포, 우정, 동경, 신념, 고독, 환상, 좌 절, 욕망, 광기. 지구상의 삶이 모두 다를지언정 감정의 근원은 같다. 작가는 이런 감정을 조합하여 마음의 창을 만들어야 한다. 쟁기와 칼이 손의 도구라면 언어는 마음의 연장이 아닌가. 그런 언어로 된 책은 나태의 버릇 앞에 무릎을 꿇지 못하게 하는 쇠침 과 같다.

제대로 살려면 책을 지녀야 한다. 책이 들어있는 가방은 마법 사의 주머니와 같다. 세상을 보는 거울이기도 하니까. 어떻게 글 을 써야 할지 막막하면 책이라는 창을 열자. 그 순간에 문학의 따뜻한 햇살이 그대의 몸을 감쌀 것이다.

02. 우리가 기댈 곳, 낙타의 무릎

작가가 지녀야 할 미덕은 뻗댐이 아니라 굽힘이다. 뻗댐이 이기심과 이해타산을 바탕으로 한다면 굽힘은 무애와 헌신에서 비롯한다. 이 노력을 네덜란드의 철학자 스피노자는 '코나투스(conatus)'라고 하였다. 그것은 "자기 자신을 지키고자 하는 노력으로 사물의 본질을 통찰하고 직관을 실행하는 힘"이다. 만일 그 역량이 없으면 개체는 분리되고 없어질 것이므로 코나투스를 반드시 지녀야 한다.

우리의 신체 중에서 가장 역동적인 부분은 무릎이다. 무릎을 세우면 몸이 일어나고 굽히면 몸이 앞으로 나아간다. 무릎을 세우고 꿇는 동작에는 엄청난 차이가 있다. 전쟁에서 패한 군신들이 무릎을 꿇어 승자에게 목숨을 구걸할 때 그것은 굴복이고 수치다. 반면에 신의 제단에 무릎을 굽혀 구원과 자비를 청하는 것은 굴신이며 용기다. 둘 다 목숨을 간구하지만, 전자는 육신 연명을, 후자는 영혼 구원을 원한다.

인간과 달리 주인을 위해 무릎을 꿇는 동물이 있다. 주인을 태우고 짐을 얹기 위해 무릎을 꿇는 낙타이다. 굴복이 아닌, 굴신을, 항복이 아닌 헌신을 자청하는 사막의 수도사. 모래폭풍이 밀려오면 무릎은 굽히지만 허리는 절대 굽히지 않는다. 사막의 수행자처럼 낙타는 굴신과 지조를 온몸으로 실행한다.

아르키메데스의 '유레카(eureka)'가 있다. 왕의 부탁을 받은 그는 순금 왕관에 은이 섞여 있는지 알 방법을 찾느라 골머리를 앓았다. 어느 날 목욕탕에 들어가자 물이 넘치는 것을 보고 "알았다(유레카)."라고 외치며 벗은 몸으로 거리로 내달렸다. "나는 벗었다."가 그의 유레카라면 "나는 굽혔다."는 낙타의 동작을 나타내는 레토릭이다.

낙타는 유레카와 레토릭을 한몸에 지닌 동물이다. 그가 무릎을 꿇는 행동은 단순히 뼈와 근육의 움직임이 아니라 자신의 존재성을 알고 실행한다는 유레카와 레토릭의 합성이다. '살아간다는 것'은 '바라본다는 것'이다. 낙타는 몸을 세워 앞을 바라보고 무릎을 굽혀도 앞을 바라본다. 사막의 끝을 직선으로 응시하는 것이 '바라본다'의 동작이라면 무릎을 모래밭에 박고 주인과 짐을 지는 굽힘은 '살아간다'의 동작이다. 온몸의 무게를 지탱하기 위해 무릎으로 땅과 접지하듯이 그의 무릎은 복종과 용기라는 의미가 있다.

힘든 일을 견뎌내는 것을 '무릅쓴다'라고 한다. '무릅쓰고 무릎 꿇는다'라고 하면 '슬하膝下'라는 말이 떠오른다. 무릎 슬膝. 부모의 보호를 나타내는 '슬膝'은 '고기 육에 검은 칠 옻'이 합성되어 자식을 온몸으로 키우다가 생긴 검은 멍을 뜻한다.

낙타도 모래폭풍이 지나갈 때까지 무릎에 멍이 들도록 기다린다. 그때 '꿇는다'는 인내와 기다림의 행동이다. 이상하게도 무릎은 꼿꼿이 세울 때보다 굽힐 때 더 힘을 낸다. 희생과 인내의 가치를 배우는 방법을 낙타가 무릎을 꿇는 데서 배우다니.

시인 이재무는 〈무릎에 대하여〉라는 시에서 '내키지 않은 일에 무릎 꿇을 때마다 여린 자존의 살갗을 뚫고 나오는 굴욕의 탁한 피'를 흘린다고 했다. 이런 수모를 겪다 보면 수치와 굴욕에 둔해진다. 변명에 점점 익숙해진다. 김규태 시인은 〈새는 무릎을 꿇지 않는다〉에서 "정작 우리가 눈물을 흘리는 것은/ 무릎을 꿇지 않는 매의 죽음에 대해서가 아니라 무릎 꿇는 먹물들에 대해서"라고 문인의 변질을 탄식했다. 그런 말에 힘이 빠지면 "낙타도 먼 길을 가기 위해서는/ 먼저 무릎을 꿇고 사막을 바라본다"는 정호승 시인의 〈무릎〉에서 용기를 얻을 수 있다. 낙타가 무릎을 꿇는 것은 타협하기 위해서가 아니라 일어서서 짐을 지고 먼 길을 떠나겠다는 자유 의지의 표현이다. 때때로 밤이 깊으면 무릎을 꿇고 찬란한 별들을 바라보는 낙타를 닮을 일이다. 기도하여도 신의 응답이 없을 때, 견디는 힘도 낙타의 무릎에서 배울 일이다.

헌신하는 무릎이 견디기 힘든 것은 말할 필요도 없이 체중이다. 체중은 삶의 무게다. 욕망, 이기심, 환상은 물론이고 희망 등은 살진 것들이다. 지식이나 의욕도 기름진 것이다. 낙타가 작가에게 바라는 것이 있다면, 사막 같은 인생에서도 기도하듯 글을 쓰라는 것이다.

연약한 듯 보이는 낙타의 무릎이 가장 강한 이유는 기도하는 체중을 받쳐주기 위해서다. 타인의 상처와 고통을 대신 짐을 지기 위함이며, 눈을 낮춘 겸손의 자세를 받쳐주기 위해서다. 몸을 굽혀 대지와 만나는 동작을 상상하면 바로 기도하는 자세가 떠오른다. 그때 굴신의 힘도 몸을 낮추어 쓰는 글에서 나온다.

작가와 낙타는 함부로 무릎을 꿇지 않는다. 제 등에 짐을 얹을 때만 무릎을 꿇는다. 제 몸을 사막에 앉혀도 눈은 스핑크스처럼 지평선을 응시한다. 작가도 그래야 한다. 낙타와 달리 작가가 무릎을 꿇는 상대는 밖에 있지 않고 안에 있다. 무언가를 써야겠다는 강렬한 의지, '이건 나만이 쓸 수 있어!'라는 순수한 목소리에 귀의하는 것이다.

무릎인 내가 부탁한다. 허욕과 욕심을 버리소서. 감정과 이성이 한쪽으로 치우치지 않도록 하시라. 세욕世慾의 계단은 꿈꾸지 않도록 하십시오. 절제를 잃지 않고 교만하지 않으면 좋겠습니다. 무릎이 편안해야 삶도 글도 편해지는 걸 아시지요. 급하게 달리지 말고 천천히 걸으세요. 무엇보다 인생의 폭풍을 억지로 뚫으려 하지 말고 멈추어 기다려 주옵소서.

– 박양근, 졸문

마침내 낙타의 정체를 알아차린다. 달리고 있다고 스스로 깨닫는 인자認者, 절룩거리듯 걸어도 모래사막에서 가장 오래 견디는 인자忍者, 언제든 무릎을 꿇고 기도하며 봉사하려는 인자仁者가 낙타임을.

자신의 힘으로 '굴신의 힘'을 획득하는 순간, 작가는 사막 폭풍을 마다하고 다시 짐을 다시 지기 위해 무릎을 굽히는 낙타 같은 존재가 된다.

유레카.

작가의 레토릭은 글이 아니라 몸이다. "나의 몸도 펜도 낙타의 무릎처럼 겸손하게 하소서."

03. 작가 변신의 악몽과 회생

'어느 날 아침 일어나 보니, 내가 흉측한 벌레로 변해 있다.'

《변신》의 저자 카프카는 산업사회를 살아가는 일상인들이 자신의 실존과는 동떨어진 삶을 살고 있다는 충격을 흉측한 벌레로 설명한다. 주인공 외판사원 그레고르(Gregor Samsa)는 잠이 든 동안 해충으로 변하면서 가족과 사회에서 제 역할을 하지 못하고 기생하는 신세가 되어버린다. 벌레가 된 비참한 상황을 견디지만 잠자는 동안 아버지가 던진 사과에 등을 맞고 살이 썩어가면서 고통 속에 죽는다. 작가는 그레고르의 변신과 죽음을 펼쳐내면서 주변인들의 냉소적인 반응도 놓치지 않고 포착하고 있다.

악몽은 현실 속에서 벌어진 변신이다. 그레고르는 어제와 완전히 달라져 버린 부조리한 운명에 절망한다. 그는 인간으로 살때도, 벌레가 된 후에도 살아보려고 애썼고 회복할 수 있다는 희망을 끝까지 버리지 않았다. 자신의 모습을 가족과 사람들이 받아주기를 기대했던 그는 자신의 흉측해진 모습에 분노하기보다는 여전히 가족을 염려하는 따뜻한 인간이었다. 변신을 변화, 전환, 변태, 둔갑 등 무엇으로 부르든 변형에는 성찰의 고통이 따른다는 사실을 보여준다.

변신의 유래는 아주 길다. 그리스로마 신화, 중국의 설화는 물론 우리나라의 민담과 전설, 라틴아메리카의 설화에도 빠지지 않고 등장한다. 변신의 사전적 의미가 "몸의 모양이나 태도 따위를 바꿈"이듯이 자의든 타의든 원래의 형태가 다른 형태로 바뀐다. 사람이 동식물로, 동식물이 사람으로 변한다. 회화, 조각, 음악, 연극 등 모든 예술은 변신을 모티프로 삼아 주인공의 파란만장한 일생을 엮어낸다. 현실에서 불가능한 소망이든 현실에서 벗어나고 싶은 불쾌한 처지이든, 변신함으로써 원하는 삶을 이루기 때문이다.

신화에서 변신은 다양한 형태로 변주된다. 그레고르와 나르시스의 변신을 비교하여 살펴보기로 한다. 그레고르는 흉측한 벌레로 바뀌었고, 나르시스는 연못의 수선화로 변하였다. 형태가 변하면서 그들의 마음 상태도 달라졌다. 그레고르는 가족으로부터 버려졌다는 절망에 빠졌고, 나르시스는 자기애에 빠졌다. 변신에 따른 인격적 상승 통로가 다르다는 것을 말한다. 변신은 외적 형태뿐만 아니라 정신적 변화까지 포함하지만, 그중에서 육체적인 것보다 정신적인 변신이 더욱 본질적이다.

글을 일단 쓰기 시작하면 변신이 일어난다. 평범한 사람이라는 신분을 떠나 남다르게 생각하고 일하는 자아로 바뀐다. 밥을 먹지만 실을 토하는 누에처럼 언어를 토하는 이상한 족속이 된

혼돈은 이루 말할 수 없다. 작가는 자아를 살펴본다는 점에서 나르시스의 후예들이고 자기애가 강해지면서 괴팍한 성질로 대인관계가 위태로워진다는 점에서 그레고르를 닮아간다. 나르시스가 연못 속에 비친 자신을 너무 사랑한 나머지 요정을 거부하였고 그레고르는 자신의 못난 모습을 사랑했지만 가족으로부터 상처를 입었다. 작가도 숙명적으로 글 쓰는 고통을 감내하면서 강박증과 욕구불만의 악몽에 시달리게 된다.

인간이라는 외양과 작가라는 실제 간에 건너기 어려운 틈이 생긴다. 변신이라는 문학적 전통을 이어받은 카프카는 실제 강한 아버지의 위압에 눌린 연약한 아들에 불과했다. 그는 그레고르라는 작중 인물을 자신의 페르소나로 삼아 아버지를 고발한다. 가면의 힘을 빌려 노골적으로 가문을 모욕하는 악역 연기를 한다.

영국 작가 캐서린 흄(Kathryn Humn)은 "나는 환상을 사실적이고 정상적인 것들이 갖는 제약에 대한 의도적인 일탈이라고 생각한다."고 말했다. 흄이 말한 환상은 자아에 몰입하려는 자아도취로서 모방과 일탈은 누구처럼 보이느냐는 외양에서 누구이냐는 실제로 이동하는 것이다. 이런 신분의 이동이 작품을 끌고 가는 추진력이 된다.

오늘날 현대인들은 산업사회의 무게에 눌려 좌절한다. 나 아닌 무엇이 되고 싶다. 신체적 정신적 문제가 약간만 생겨도 운명의 주인공이 자신이 아니냐고 여긴다. 변신 자체보다 변신이 가져온 변화에 더 많은 관심을 기울인다. 자본주의에 매몰된 자신은 더 인간적일 수 없다고 개탄한다. 물질과 출세에 빠져 진정한 사랑을 놓쳐버린 것은 아니냐고 후회한다. 그것을 알기 때문에 작가는 더더욱 작품을 통해 끊임없는 자아 변신을 꿈꾼다.

변신 신화는 중요한 하나의 교훈을 던진다. 그것은 작가는 자신의 작품을 변화시키려고 노력해야 한다는 점이다. 수동적인 변신은 억압과 순응을 강요받더라도 능동적인 변신을 추구하면 잠재력을 발휘할 기회를 얻는다. 인간은 두 개의 다른 욕망 사이에서 살아간다. 하나는 기존의 자아를 해체하고 파괴하려는 욕망이며 다른 하나는 자아를 보존하려는 욕망이다. 그 인격적 변신에 따른 고통과 통증이 클수록 문학은 더욱 진지해진다.

04. 작가와 평론가의 문학 열차

사람은 아름다움을 아름답게 여긴다. 아름다움이 인간이 태어나기 이전부터 존재하였다는 사실은 신이 우주를 창조한 후 "보기에 좋았더라."는 말씀에서 알 수 있다. 신은 우주를 창조한 작가이면서 자신의 창작을 평가한 비평가인 셈이다. 작가와 평론가의 관계는 서구 기독교뿐만 아니라 인도와 중국의 신화를 살펴보아도 마찬가지다. 창조된 세상은 도원桃園이었고 천신들은 그들의 손재주에 만족하였다.

인간이 태어나면서 천지 만물을 표현하는 말이 생겨났다. 아름다움을 말하는 미학에 이어 아름다움이 어떻게 이루어지는가를 설명하는 시학도 생겨났다. 사람이 신처럼 아름다운 것을 만들고 그것에 대하여 다른 사람들이 말과 글로 이야기하는 것이다. 이처럼 만들고 평가하는 관계는 문학의 숙명이다.

평론가는 창작품에 대하여 말하고 글을 쓰는 사람이다. 작가와 작품 간에 형성된 심미적 상관성을 풀이한다. 작품과 작가가 앞서고 비평과 비평가는 뒤에 오는 것은 마치 신이 자연이 창조하고 "보기에 좋았더라."라고 댓말을 하는 것과 같다. 그런데 신과 달리 비평의 속성상 비평가는 작가가 쓴 글에 대체로 만족하지 못한다. 비평은 작가의 글이 좋은가, 읽을 만한가를 분석하고, 나아가 글의 진로가 이래야 한다고 참견한다. 때로는 두 당사자 사이가 틀어지고 논쟁이 벌어지기도 한다.

이런 문제에서 벗어나려면 평론가는 나름의 단단한 비평관을 가져야 한다. 사람에 대하여 말하는 것이 어려운 세상에 작품을 논한다는 건 아무리 신중해도 부족하기 마련이다. 오랜 비평 이력과 겸허한 자세를 가져도 부족하다. 그래서 평론가에게 여러 조건을 부과한다. 사람을 상하게 한다는 점을 항상 유념할 것. 비평 지식, 삶에 대한 통찰, 시대적 역사적 안목, 자신에 대한 객관적 검증, 종교와 신화에 대한 지식을 가질 것. 이런 조건을 모두 지니는 것이 불가능하지만 노력하고 노력하는 길뿐이다.

평론은 작가가 표현한 경험과 사유체계를 감상하고 해석하는 작업이다. 작품의 질적 경중을 논하면서 인류가 수확한 문화와 인류의 존재성을 함께 의논하는 자리다. 달리 말하면 텍스트에 담긴 텍스트성을 살피는 것이다. 텍스트성은 작품에 담긴 인간과 세계에 대한 견해이므로 독자가 작품의 텍스트성을 풀어낸 비평가의 평론을 이해한다면 작품 해독이 한결 쉬워진다. 작가도 평론을 통해 자신의 문학적 근력筋力과 지력知力을 키울 수 있다.

비평을 대할 때 독자와 작가는 문학은 희망의 메시지를 전하는 영매靈媒라는 사실을 기억할 필요가 있다. 인류가 절망적 운명에 처할지라도, 작가가 비관적인 인생관을 갖고 있을지라도, 작품이 좌절과 비애에서 돋아난 상처일지라도, 문학은 희망과 꿈을 꽃피운다. 고로, 작품과 평론에서 희망과 사랑의 원형을 찾아나서야 한다.

문학의 원형이자 모태는 신화다. 영국의 인류학자 조지 G. 프레이저는 신화학의 고전 《황금가지》에서 문학은 신화에서 유래한다고 하였다. 현대 작품의 배경과 등장인물, 갈등과 사건의 원류가 무엇일까 하고 거슬러 올라가다 보면 신화를 만난다. 오이디푸스 콤플렉스, 탈출과 입문, 신탁, 형제의 갈등, 부활과 죽음, 물의 세례, 홍수 등 의식적이든 무의식적이든 인간의 행동이 신화의 구조와 패턴을 모방한다.

신화의 주인공들은 실제 인간과 아주 비슷하다. 제우스, 헤라클레스, 시시포스, 아폴로 등과 같은 남성 신, 아프로디테, 헤라, 데메테르, 아테나와 같은 여신들은 인간이 지닌 성격과 행동의 원형이다. 자연현상과 우주 원리를 풀어낼 과학적 지식이 없었던 옛사람들은 삼라만상의 신비를 신화로 풀어내었다. 불가해한 것들은 신의 뜻에 미루었다. 홍수 지진 같은 자연재해는 물론 전쟁과 각종 전염병, 죽음과 살인조차 신들의 뜻이 개입하였다고 믿었다. 이렇듯 사람들은 신의 이름으로 상상력을 확장하고 삶의 지혜를 전수하였다. 예술가와 작가들은 신화를 빌려와 그림을 그리고 노래하고 글을 썼다. 바꿔 말하면 신화는 인간들의 이야기이고 인간들의 이야기가 신화다.

신의 세계인 저승을 다녀온 두 시인이 있다. 단테(Dante)와 오르 페우스(Orpheus)다. 오르페우스가 아내를 구하기 위해 저승에 간 신화 속의 유랑시인이라면 단테는 실제 인물로서 로마의 현자 베르길리우스의 안내를 받아 지옥과 연옥을 구경하고 베아트리 체를 만나 천국을 다녀온 서사시인이다. 신과 인간과의 관계를 확인한 단테가 인간들에게 사후세계를 알려준 100장章으로 구성 된 《신곡》은 신의 영역을 사람이 이야기한 종교시다. 그러면서 인간의 죄와 신의 벌을 다룬 비평적 관점도 추론할 수 있다.

글을 쓰는 작가는 단테의 후예다. 그는 단테처럼 보통 사람이 보지 못하여 궁금하게 여기는 것을 적는다. 그동안 수필가와 시 인과 소설가는 보지 않으면 믿지 않는 독자들이 던지는 오해와 냉대의 돌팔매를 맞기도 한다. 그때 누군가 나타나 자신의 말을 믿고 편 들어 줄 사람이 나타나기를 원한다. 그렇게 해주는 사람 이 문학평론가이다.

비평의 방식이 비평 시학이다. 비평 시학은 작품에서 높고 깊 은 진실을 찾아내고 그렇게 한 작가의 예술혼이 숭고하다는 사실을 독자에게 찾아주는 것이다. 나아가 조지 오웰의 소설 《1984》이 예언하였듯이 세상이 디스토피아적 묵시록에 빠지고 사람은 물질주의에 매몰되고, 대중문화는 인간의 사유를 증발시 킬지라도, 문학은 멸하지 않는다고 말해야 한다. 사람은 사람이 므로 내일이 되면 과학과 자본에 유혹당하겠지만 작가와 비평가 는 그들이 쉽게 생의 진실을 놓치지 않도록 붙잡아 주어야 한다.

그렇게 해야 하는 이유는 작가와 평론가는 세상에 맞서 투쟁하는 전우이면서 문학 열차에 탄 동승자이기 때문이다.

단테는 지옥과 연옥과 천국을 여행하면서 사후 영혼이 벌 받은 모습을 목격하고 《신곡》을 썼다. 오늘의 작가와 평론가도 단테처럼 '존재의 집'을 짓고 독자들에게 '내부에 있는 나'를 발견하도록 설득하여야 한다. 작품이든 평론이든 인간과 세상이 '보기에 좋은 것'이 되도록 함께 노력하는 열차를 출발시키는 게 필요하다. 만석이 되도록 독자들은 태워야 할 것이다.

05. 문학의 연금술

　칠레의 국민시인이면서 노벨 문학상을 받는 파블로 네루다 (Pablo Neruda)의 대표 시에 〈오늘밤 나는 쓸 수 있다(Tonight I Can Write)〉가 있다. 그 시는 이렇게 시작한다. "오늘밤 나는 쓸 수 있다/ 제일 슬픈 구절을/ 예컨대 이렇게 쓴다./ "밤은 산산이 부서지고 푸른 별들이 멀리서 떨고 있다."

　이 시행은 작가인 우리에게 몇 가지 질문을 던지고 우리가 누구인가를 답하도록 촉구한다. 시는 "오늘밤 나는 쓸 수 있다"라 하여 '왜(Why)' 하필 오늘밤이라는 말로 시작하는가. 왜 '슬픈 구절'인가. 왜 '밤은 부서지고 별들은 떨고 있다'인가. 왜 "… 쓸 수 있다"라는 단호한 어투가 "…멀리서 떨고 있다"는 감미로운 서정으로 변하는가.

　오늘 낮에 네루다에게 무슨 일이 일어났다. 시 내용으로 추측하면 마냥 매달리던 연인이 떠났다. 이 불의의 사건으로 그의 인생이 된통 변했다. 매일 행복하고 하루하루 행복하던 그가 비탄과 고통의 주인공이 되어버렸다. 다시 말하면, 세상을 사는 방식이 변한 것이다. 행복했던 어제가 혼돈의 오늘과 비탄의 내일이 되었으니 살아나갈 '방식(How)'을 달리 찾아야 한다. 오늘밤 당장 '뭔가(What)'를 해야 한다. 사람이므로 살아야 하고 작가이므로 써야 한다. 쓰지 않으면 오장육부가 다 튀어나올 거야, 라는 불가피성. 여기서 작가로의 변신이 일어난다. 내상이 시화詩化한다.

네루다는 멍든 내상을 "그녀는 내 옆에 없다"라는 부재로 설명한다. 연이어 "시詩가 영혼에 떨어진다/ 목장에 내리는 이슬처럼."이라고 이어감으로써 사랑을 빼앗긴 한 남자가 "오늘밤 나는 쓸 수 있다"는 시인으로 부활하였다. 사랑을 잃은 대신에 한 편의 시가 탄생하였다. 니체의 말처럼 몰락하였지만, 파멸이 아니라 창조적 갱생을 이루었다. 오, 얼마나 경이롭고 감동적인 인간인가.

연금술의 키워드는 탐색과 변환이다. 마그눔 오푸스(Magnum opus)로 통칭하는 "현자의 돌" 혹은 "철학자의 돌"을 찾는 연금술을 많은 철학자, 사상가들이 지금까지 자신의 언어로 설명하고 있다. 쇼펜하우어가 말한 주관적 깨달음인 자득의 힘, 창조적 몰락으로 인간한계를 극복하라고 주창한 니체의 위버멘쉬(übermensch), 자본주의와 국가사회주의에서 벗어난 그리스 작가 카잔차키스(N. Kazantzakis)가 노래한 영혼의 자유, 심지어 헤겔의 변증법도 동서 문학이 추구하는 변신과 변환에 속한다.

문학은 물질투성이인 자아를 영적 진아眞我로 바꾸는 용광로다. 프로이트는 "무의식의 세계를 발견한 사람은 내가 아니라 시인"이라고 했다. 파블로 네루다의 〈오늘밤 나는 쓸 수 있다〉도

융의 말을 빌리면 실연을 영혼의 부활로 반전시킨 것이다. 문학은 구원, 정의, 비애, 자유, 사랑 등을 얻으려면 다른 모든 것을 문학에게 헌납하라고 가르친다. 그것이 문학으로의 귀순조건이다.

모든 작가에게는 네루다처럼 '그 오늘'이 있었다. 왜 결혼했지? 무엇을 위해 일하는 거지? 은퇴하면 어떻게 먹고 살지? 와 같은 질문들이 서로 부딪친다. 절망적이다 못해《폭풍의 언덕》의 주인공 히스클리프처럼 으르렁거리고,《이방인》에 등장하는 뫼르소(Meursault)처럼 대낮 태양 빛을 받아 혼돈에 빠진다. 작가는 이런 암담한 상황에서 벗어나기 위해 글을 쓴다. 내상과 상처만 덧쌓이는 절망 속에도 내가 바라는 '나'로 돌아가려고.

많은 작가가 인간의 도시를 벗어나 문학 마을인 언어의 호도湖島에 발을 딛고 있다. 지나온 세월은 두려움, 당혹감, 외로움, 슬픔, 통증, 배신의 연속이지만 그때마다 "오늘 나는 살기 위해 글을 써야 해."라고 자신을 다독인다. 마침내 서류 가방과 장바구니를 들었던 손으로 컴퓨터와 펜을 쥔다. 컴퓨터와 펜을 든 신新 존재자.

오, 얼마나 경이롭고 감동적인 변신인가.

연금술사와 진정한 작가의 차이점은 무엇인가. 연금술사는 아직도 광물에서 금을 만들어내지 못하지만, 작가는 지난 시절의 좌절과 상처를 언어의 붕대로 감을 수 있다. '지금의 나'는 '그때의 나'가 아니므로 가능한 한 격조 있고 세련되고 조리 있게 말하려 한다. 마음은 아비규환이지만 순도 높은 감성과 서정도 지키려 한다. 천박한 어투를 거부하고 품격 있는 담론으로 체통을 지키려 한다. 시인이므로.

이때 주의할 점은 감정은 속성상 거칠다는 것이다. 감정을 세련되게 변용시키는 것이 감수성이다. 감수성은 지성과 감각이 착지할 정신적 지점을 마련해주고 사람과 사물을 영적으로 만나도록 해준다. 실연으로 자상自傷한 네루다의 시적 화자도 "시가 영혼에 떨어진다. 목장에 내리는 이슬처럼"이라고 말한다. 자아가 서정적으로 변하였다. 연금술이 원 금속을 찾는 것이라면 문학은 원자아原自我를 조성하는 것이다. 기억하라. 이것이 '돌에서 별이 되는' 작가 영혼의 연금술임을.

오, 얼마나 경이롭고 감동적인 기적인가.

"인생은 짧고 예술은 길다."를 새롭게 음미하자. 이 쉬운 말을 연금술에 대비하여 새롭게 해석해본다. 그러면 이 금언은 작가가 글로써 육신을 떠나 영생한다는 풀이가 가능해진다. '돌에서 별이 되는 세계'로의 길을 개척한 사람들이 많다. "신은 죽었다."고 선언하고 '낙타의 굴종, 사자의 투쟁, 아이의 창조'를 설파한 니체, '독서와 사색의 균형'이 인생을 불사의 영혼을 만든다고 한 쇼펜하우어, "나는 자유다."라는 비문을 남긴 니코스 카잔차키스. 프리메이슨(Freemason)의 이상을 《마술 피리》로 완성하고 35세에 죽은 모차르트. 이들은 모두 '영혼마저 자유로운 존재'로 살려는 투쟁을 그치지 않았다. 이런 분들의 도제가 된다는 설렘만으로도 기꺼이 문학 대열에 합류할 만하다.

인간은 욕망한다. 욕망은 결핍의 상흔을 남긴다. 상처는 오직 스스로 대면함으로써만 치유할 수 있다. 문학을 인생과 연관시킬 때 기억할 게 있다면 라캉의 욕망이론, 프로이트가 말한 힐링 이론, 바흐친이 말한 대화법이다. 이것만이라도 기억하면 글로 살려는 욕망과 글로 자신을 지키려는 힐링과 글로 타자와 더불어 산다는 마음을 가질 수 있다.

문학은 세상이 험하고 인간은 외롭고 모두의 영혼이 쓸쓸하지만 그래도 살 만하다고 가르쳐 준다. 우리의 삶은 하찮은 것이 아니라 신 앞에 당당히 내놓을 만한 서사라는 것. 로마 철학가 키케로는 그 정체를 "우리가 글을 쓴다는 것은, 생의 마지막 종착점에 이를 때까지 한순간도 쉬지 않고 죽음에 대비하는 과정이다."라고 했다. 생을 집요하게 붙잡고 가는 작가의 발걸음에는 "죽음 같은 가슴 설렘"이 있어 절대 쓰러지지 않는다. 고흐가 그의 후견인이자 동생인 테오에게 1887년 7월에 보낸 편지의 한 구절을 소개한다.

테오에게,
누가 뭐라고 해도, 내가 그림을 그린 캔버스가 아무 것도 그리지 않은 캔버스보다 더 가치가 있다. 그 이상을 주장하고 싶지는 않다. 단지 그 사실이 나에게 그림을 그릴 권리를 주며, 내가 그림을 그리는 이유라는 걸 말하고 있었다. 그래. 나에게는 그럴 권리가 있다!

—고흐, 《테오에게 보낸 편지》에서

그림처럼 문학도 마찬가지다. 글은 가장 고귀한 신원증명서다. 그러니까 이성과 감성의 한계가 노출되는 걸 두려워할 필요가 없다. 독자가 공감해 줄까도 미리 생각하지 말라. 알몸으로 서는 것이 작가의 운명이므로, 일단 글 판에 올라가는 것이다.

사람이 돌에서 별이 되는 건 어느 때일까? 스스로의 힘으로 작가가 되는 순간이다. 문학사에 등장하지 못하였지만 원고지가 든 가방을 들고 있다는 이유만으로, '영혼의 연금술사 방명록'에 이름이 올려진다. "사람에서 작가"로 변한 것, 마그눔 오푸스는 영어로 'Great Work', 우리말로는 "위대한 큰일." 글을 쓴다는 것은 위대한 영혼 맞이를 위한 계단을 오르는 것이다.

오, 얼마나 경이롭고 감동적인 희망인가.

작가는 "자의식에서 영성으로" 향하는 글이라는 캡슐에 몸을 실은 우주인이다. 그에겐 머나먼 거대한 돌 행성도 빛을 발하는 별이다. 그 별에서 더 빛나는 이야기를 채굴하려면 먼저 생각을 바꿔야 한다. 생각을 바꾸면 삶이 달라지고 삶이 달라지면 글이 달라지고 마침내 세상이 달라진다. 마음속에 자리한 글 문을 차례차례 열어 갈수록 세상이 좀 더 성숙하고 평화롭고 자유로워진다. 그 희망으로 작가는 글을 지켜야 한다.

가장 위태하고, 가장 절망적인 순간에 글은 '철학자의 돌'로서 우리에게 찾아온다. "나는 어휘를 빚어 세계와 인간을 창조하겠다!"는 카잔차키스의 말을 기억하면서 내 영혼의 초상화를 그리자. A4 용지에 한편의 글을 쓰자. A4 용지는 오직 그대에게만 주어지는 문학철학왕국으로 입국하는 비자이므로.

오, 얼마나 경이롭고 감동적인 자득自得인가.

'아모르 파티(Amore Fati)'

06. 이런 글은 아니올시다

　글의 영역은 매우 넓다. 서사에서 서정까지, 물상에서 개념까지, 감성에서 이성까지 자유롭게 왕래할 수 있는 작가는 드물다. 글은 고정된 형식을 거부하는 혼의 여행이므로 더욱 그렇다. 글이 붓 가는 대로 쓰는 글이 되지 않으려면 최소한의 조건을 갖추어야 한다. 좀 더 욕심을 부리자면 내용과 형식에서 일정 수준을 지녀야 한다.

　책을 내는 사람과 글을 쓰는 사람 사이에 수요와 공급의 규칙이 있다. 작가는 좋은 글을 쓰고 출판사는 읽을 만한 글을 싣고 독자는 마음에 드는 글을 취사선택하는 것이다. 작가의 창작력과 발행인의 안목과 독자의 선별력이 조응하여 글의 시장을 형성한다. 인력시장에 헤드헌터(head-hunter)가 있는 것과 같다. 문단에도 작가 사냥꾼(writer-hunter)이 있어 좋은 작품이 성실한 잡지에 스카우트 되는 검열 장치가 있으면 좋겠다.

　현실은 그렇지 못하다. 당면한 문제는 문예 잡지마다 편차가 크다는 것이다. 잡지마다 몇 편의 스타 작품을 기획하여 싣는다. 좋은 작가의 이름이 끼워 넣은 것이든 특별 편집한 것이든 좋은 작품에 대한 평가 기준과 기대치가 비슷하다는 것을 보여준다.

상수上手의 작품은 쉽게 말하면 몇 번이고 만나고 싶은 글이다. 미학적으로 풀이하면 진실한 삶을 아름답게 조형화한 작품이다. 이런 수작은 인간적 향香과 언어적 기氣와 인문학적 무게重를 지녀 동료작가와 출판사와 독자를 끌어당긴다. 이르지도 늦지도 않은 적기에 피어난 꽃송이와 같다. 추사 김정희가 제주도 유배 중에 아들 상우에게 보낸 편지에 나온 '문자향 서권기文字香 書卷氣를 갖춘 글이다. 잡지 발행인은 그런 글을 쓸 수는 없지만 감별하는 안목을 지니고 있다. 일러 독자와 발행인이 간절히 바라는 경지에 오른 글이다. 좋은 잡지를 발간하고 싶은 출판인은 그런 글을 놓치지 않는다.

중수中手의 글은 최소한 하나 이상의 장점이 있는 글이 있다. 문장이 유려하거나 수사기법이 숙련되거나 글의 맥이 물처럼 자연스럽고 치밀하다. 정서가 잘 담겨있거나 철학적 내용을 풀어낸 단락이 눈에 뜨이고 묘사력이 수준급이다. 탱탱한 이미지와 때로는 쉬운 표현으로 가슴에 통증을 주고 소재가 기발하고 제목이 함축적이어서 글맛이 난다. 서두가 탄탄하거나 결미가 깔끔하다. 뚜렷한 장점이 눈에 띄지 않아도 아무튼 읽고 난 후 여운이 있다……. 이런 조건을 하나라도 갖춘 글은 읽은 시간과 수고가 아깝지 않다. 한 종목에 빼어난 특기생처럼 문인지망자에게 지침 역할도 해준다. 잡지에 실리려면 이 수준은 되어야 한다.

그런데 최소 조건에서 먼 글이 있다. 얼핏 보아도 생활을 전시한 글이 다수를 차지한 잡지를 대하면 의아하다 못해 개탄스럽다. 싣지 않으면 아니 될 무슨 이유가 있나 싶고 '문文의 문門'으로 들어가지도 못한 채 독자의 시선에서 벗어난다. 그런 글은 하수下手에 속한다.

하수의 수필이 어떤 것인가는 발행인도 잘 안다. 우선 문장이 안 되어있다. 단락 짜임새가 미흡하고 문맥이 성기고 맞춤법이 예사로 틀린다. 일상 이야기만 나열되고 단락이 서로 갈지자이다. 거짓말 같지만, 작가나 시인입네 하는 자만심이 행간에서 줄줄 흐른다. 글은 그 사람의 모든 것을 드러내는 거울임을 모르고 쓴 글이다. 그런 글로 인하여 상수와 중수의 글마저 독자의 시선을 놓치게 된다. 이런 글은 아니올시다이다.

읽기 싫은 글은 있어야 할 게 없다. 있음의 없음과 없음의 있음의 차이는 정말 크다. 문장 표현과 내용 줄거리가 그게 그거다. 글 쓰는 고통과 고민이 보이지 않는다. 생의 즐김과 즐감이 없다. 연민과 숭엄의 자세가 없다. 대상을 응시하는 시선도 감싸 안는 가슴도 없다. 체험다운 체험도 상상 같은 상상도 없다.

어떤 사람들은 자신이 쓴 글을 출판사에 보내기 전에 절대로 남에게 보여주지 않는다고 자랑한다. 출판사가 고쳐서는 안 된다고 특별주문을 넣기도 한다. 임신하면 아이가 건강한가, 아닌가를 알기 위해 초음파 검사를 한다. 분신과 같은 글이 어떤 상태인지도 모르면서 태어나게 하다니. 소위 이런 글은 최소한의 책임성도 없다. 정말 아니올시다이다. 쓰지도 싣지도 읽지도 말아야 할 악수惡手의 글이다.

어떤 곳이든 문제와 쟁점이 있다. 하지만 문제와 쟁점의 뜻은 다르다. 문제는 바이러스처럼 보이지 않는 가운데 숙주의 몸을 죽인다. 그 문제를 밖으로 드러내어 바르게 거론하고 토론하면 논쟁이 된다. 논쟁은 의료 관계자들이 모여 진단하고 치료하는 병과 같다. 문제는 시간이 지날수록 위험하지만, 쟁점은 잘 다스리면 생산적 발전성을 가질 수 있다. 글의 질적 문제는 고치기 어려운 질환이 아니라 고쳐야 할 쟁점거리로 바라보면 해결점이 나타난다.

창작은 기본적으로 개인주의적이다. 자신만의 상상과 언어와 인생으로 이루어지는 만큼 그 영역에는 어느 사람도 끼어들 수 없다. 신성하고 우아하며 아름다운 영역이지만 문학판은 혼자만의 영역이 아니다. 사방이 트인 공간이다.

한국 문단이 좋은 작가와 작품을 보호하고 육성하는데 최선을 다하고 있는가는 의문스럽다. 이런 문제를 쟁점화할 때 나타나는 현상은 잡지사별로 구축된 패권주의이다. 유감스럽지만 특히 한국수필은 제 집안 지키기에 얽매여 문단의 발전이라는 난제에 눈을 감고 있다. 타 잡지 출신의 작가들에게는 지면 할애에 인색하고 다른 잡지사에 글을 싣는 것을 은연중에 막는다. 스포츠계에서 좋은 선수가 타 구단으로 이적할 수 있는 것과는 달리 문학판에서는 이적하는 것을 배신으로 여긴다. 일부 잡지가 개선의 노력을 보여주지만 전체적으로는 여전히 작품 선별을 문학적 기준에 두지 않고 있다. 악화가 양화를 구축驅逐한다는 그레셤 법칙(Gresham's Law)처럼 하수와 악수가 상수와 중수를 내쫓는 것이 주된 원인이라고 여겨진다.

문제와 처방은 작품 수준에 있다. 작가를, 독자를, 잡지사를 위한 것인가. 아니면, 허세뿐인 글을 내기 위해서인가를 진지하게 생각하면 함부로 쓰고 발표하고 실을 수 없다. 한편 한 편을 쓸 때마다 이것이 내 마지막 사과라고 생각하면, 책 한 권을 낼 때 저자에 자신의 이름을 올리는 이유를 생각하면, 글이 어딘가 달라도 달라진다. 그 유무가 글다운 글을 쓰게 하는 백신이다.

07. 3 × 6, 큰 바위 얼굴

〈큰 바위 얼굴(The Great Stone Face)〉은 너새니얼 호손이 1850년에 발표한 단편소설이다. 어린 시절부터 큰 바위 얼굴을 닮은 사람을 동경하는 소년이 부나 지위보다 자기 성찰이 인간의 가치를 드높인다는 것을 깨닫는 줄거리이다. 단편이지만 《주홍글자》만큼 잘 알려진 이유는 존경의 대상이 지녀야 할 덕목이 무엇인가를 보여주기 때문이다.

사람들은 자신보다 우월한 존재를 대할 때 존경심과 열등감을 함께 느낀다. 위인전이나 영웅담을 탐독하는 심리가 그 양면성을 보여준다. 물론 영국 소설가 조나단 스위프트가 쓴 《걸리버 여행기》의 주인공이 느끼는 덩치 큰 인간에 대한 불편한 인상은 별개다. 이 작품에서 걸리버는 덩치 큰 거인이지만 마음이 넓은 대인大人은 아니었다.

사람 외에도 위엄을 지닌 것들이 많다. 대양과 거대한 호수, 노거수와 거석 바위, 밀림의 맹수들은 위엄에서 사람을 압도한다. 사람이든 자연이든 우리를 능가하는 대상을 우러러 바라보면 됨됨이가 그것들을 조금씩 닮아간다.

그런데 좋은 글만 한 거인이면서 대인이 없다. 하얀 도포 같은 종지가 소반보다 작건만 그 위세는 인자하면서 엄숙하다. 글이 지닌 아우라가 밀려오면 글 뒤에 있는 작가 모습이 저절로 떠오른다. 예상한 것처럼 그가 좋은 사람이면 더욱 그의 책에 믿음이 간다.

글은 사람의 인격을 측정해주는 자尺다. 좋은 작가의 좋은 작품을 자주 접하면 글 쓴 사람을 닮아간다. 근주자적近珠者赤 근묵자흑近墨者黑의 논리다. 큰 바위 얼굴 같은 글을 쓰려면 세 분야에서 각각 여섯 가지의 장점(3×6)을 갖추면 좋다. 그것은 육행六行을 하는가, 여섯 가지 안목六眼을 지니는가, 여섯 종류의 손六手을 움직이는가이다. 육행육안육수는 사람과 글 사이의 관계가 무엇인가를 판단하는데 작가가 이것을 정正하게 세우면 글이 작가를 직直하게 받쳐 준다.

먼저 여섯 가지 행六行함이 필요하다. 사람은 태어나면서부터 움직인다. 몸이 의미 있게 움직이는 것을 행동이라 하고 그 행동을 꾸준히 기록한 것이 신학과 역사와 문학이다. 그러므로 기록성을 가지려면 좋은 체험이 요구된다.

1) 다독多讀이 중요하다. 시 한 편을 쓰기 위해 시 100수를 읽는다면 수필 한 편을 쓰기 위해서는 적어도 20편은 읽어야 한다. 백 권 읽은 사람과 한 권 읽은 사람 중에서 누가 글을 제대로 쓰겠는가. 독서는 글쓰기의 프로펠러이다. 2) 뛰는 가슴이 필요하

다. 아무리 사소한 것도 신기하게 느끼고 감격한다. 가슴이 죽은 발걸음으로는 문학의 꽁무니도 붙잡을 수 없다. 3) 귀를 열어라. 오감 중에서 가장 예민한 곳이 귀다. 자연이 가장 거대한 도서관이므로 숲으로 가서 눈을 감고 귀를 열도록 한다. 4) 사랑으로 소재를 대한다. "다다익선(The more, the better)." 볼록렌즈가 빛을 모아 불꽃을 일으키듯 문학 소재도 집중력을 요구한다. 5) 발품을 판다. 작가는 항상 탈주를 꿈꾼다. 탈주의 욕망은 인류 원형의 유목성과 개인적 유목민과 예술적 유랑을 합친 것이다. 발품을 판만큼 글감이 생긴다. 6) 재능이 아니라 열정을 믿는다. 에디슨은 천재는 1퍼센트의 영감과 99퍼센트의 노력으로 이루어진다고 하였다. 어느 작품을 두고 천재적이라 한다면 그것은 작품 수준이 아니라 작가의 열정에 대한 찬사일 것이다. 미친 듯이狂 글에 헌신할 때 비로소 경지에 미치게達 된다.

인간만이 상상력으로 문화와 예술을 누린다. 세계는 심신 안에, 오감 저편에, 우주 너머에도 있다. 상상은 대상이 있든 없든 여러 심상을 합쳐 보다 진화된 심상을 형성한다. 그렇게 하려면 여러 개의 눈이 먼저 필요하다. 생태계에서는 강자가 아니라 적자適者가 살아남는데 이것은 누가 먼저 제대로 보았는가에 좌우된다. 문학생태계의 적자는 소재를 재빨리 새롭게 응시하고 해석하면서 낯선 읽기를 수행한다. 창작은 육안六眼으로 사물을 꿰어낸 시점에서 거의 마무리된다.

1) 현미경 같은 눈은 정치한 관찰력을 말한다. 현미경으로 세포를 들여다보듯이 사소하고 미세한 것까지 포착해내는 치밀한 시선을 지녀야 한다. 2) 망원경의 눈은 보이지 않는 것을 남다른 상상으로 찾아내는 예지를 말한다. 3) 쌍안경의 눈은 고정관념이나 이분법이 아니라 다의적으로 해석하는 포용력을 말한다. 4) 잠망경의 눈은 문화적 역사적 배경에 대한 해박한 지식에서 우러난 울림을 가진 지혜를 말한다. 5) 프리즘과 같은 눈은 사물을 분석하고 통합하는 힘을 말한다. 6) 심안은 앞서 소개한 5개의 시각을 균형 있게 조정하고 조화시키는 안목이다.

문학의 전달수단은 언어이다. 문학어는 의미가 다양하여 혼란을 줄 수 있으므로 문장이 명료하고 간결하여야 한다. 손으로 글을 쓰지만 마술지팡이처럼 마음이 원하는 언어를 선택하고 구사한다.

1) 당신만의 '연장 상자'를 가진다. 글쓰기 과정은 공정이므로 목수처럼 언어라는 자신만의 연장 상자(tool bag)를 지닌다. 소문난 글맛 집을 운영하려면 나름의 언어조리법에 숙달해야 한다. 따뜻한 감동, 정직한 재치, 시원한 속도감, 간을 맞춘 묘사. 모두 매력적이고 좋은 도구이다. 2) 줍는 손을 가진다. 고개를 숙이는 사람만이 땅에 떨어진 보석을 발견한다. '이삭 줍는 여인'처럼 삶의 바닥에 떨어진 작은 소재를 줍는 손을 움직인다. 그 이삭 한 알이 글밭을 가꾼다. 3) 갖가지 장치를 달지 않는다. 글이 길

면 문맥이 헝클어진다. '한 문장 – 하나의 생각(one sentence – single idea), '한 단락 하나의 소주제(one paragraph – single topic)'가 바람직하다. 4) "상목수는 못질을 하지 않는다." 이어령 선생이 한 말이다. 상목수는 못을 박지 않고 나무 아귀를 맞추어 한 채의 집을 짓는다. 서툰 글일수록 접속사가 많고 불량한 글일수록 똑같은 종결어로 망치질을 해댄다. 불용품 단어를 삭제하는 것만으로도 졸문을 피할 수 있다. 5) 기록의 손을 쉬지 않는다. 무엇이든 메모한다. 사냥꾼은 '성공적인 포획'을 위해 미끼를 여러 군데 놓는다. 정약용 선생의 '수사차록법隨思箚錄法'과 에디슨의 '메모광'을 본받도록 한다. 6) 물리치료사의 손을 가진다. 외과수술 후 물리치료가 필요하듯이 글 치료라는 꾸준한 퇴고가 따라야 한다. 문법교정, 문장교열, 글쓰기 컨설팅에 드는 에너지는 글을 완성하기까지 필요한 시간과 에너지의 반을 차지한다고 보면 된다.

사람의 몸은 먹은 만큼, 행한 만큼, 걸은 만큼, 운동한 만큼 자란다. 마음도 읽은 만큼, 본 만큼, 생각한 만큼 깊어지고 넓어진다. 온 힘을 다하여 글쓰기를 행할 때 진척이 빠르다. 글은 "보상 없는 짜증"이 아니라 "확실한 보상이 있는 기쁨"이다. 다만 경험적 질이 문제이므로 덕德이 필요하고 마음을 정淨하게 다듬고, 손의 실천能이 뒤따라야 한다. 이것이 육행육안육수六行六眼六手이다.

글쓰기는 인내심이 필요한 공정이고 디자이닝(designing)이다. 《시경》에 "사물이 있으매 법칙이 있다."고 하였다. 문장수련에도 정법定法과 활법活法이 있다. 정법은 일정한 규범이고 활법은 사람마다 다르다. 정법은 법法과 습習으로 이루어지는데 법이란 물려받은 규칙이며 습이란 모방하면서 학습한다는 의미이다. 활법은 의意와 기氣로 이루어지는데 의란 작가가 구성하려는 뜻과 내용이고 기란 개인이 가꾸는 고유한 문체이다. 의는 눈에 의하여 풍부해지고 기는 손에 의하여 노련해진다. 기로써 의를 나타내고 의로써 기를 받쳐주면 원하는 문장이 이루어진다.

여러 문장작법이 있겠지만 육행육안육수를 따르다 보면 글이 큰 바위 얼굴처럼 감화력을 가진다. 사람이 처음 태어날 때는 조그만 아이에 불과하지만 그 작은 아이가 성인으로 성장시키는 것은 육체적 양식과 정신적 힘이다. 대의와 정도에 맞게 글을 쓰고 또 쓰면 언젠가는 큰 바위 얼굴을 자신의 글에서 찾을 것이다.

6부

01. 진정한 문객文客

"학자의 잉크는 순교자의 피만큼 순결하다."(이슬람
속담)

세상에서 가장 귀한 것이 피다. 피가 없으면 모든 생명은 죽는
다. 그중에서 가장 순결한 것은 신앙을 위해 목숨을 건 순교자의
피다. 그런데 "눈은 눈으로" 복수하라는 이슬람인들은 학자의 잉
크가 순교자의 피만큼 순결하다고 말한다. 피 흘리는 복수를 명
예로 여기는 이슬람인들의 속담이 그렇게 말한다.

왜 학자의 잉크는 순결하며 정결한가. 글이 신앙에 가까운 신
성함을 가져야 한다는 뜻이다. 이슬람인들은 역사가 무뢰한 검
으로 만들어질지라도 역사의 진실은 펜으로 이루어진다는 사실
을 일찍이 깨쳤다. 인류의 역사를 돌이켜 보면 정치가와 군인들
이 권력을 쥘지라도 학자와 문인이 받쳐주지 못하면 오래 가지
못하였음을 알 수 있다. 위기를 느낀 통치자들이 종종 문사를 멸
하려 하였지만, 학자들은 장서를 보존하기 위해 거대한 도서관
을 곳곳에 세웠다. 번쩍이던 검이 땅에 묻히면 썩지만 고서古書는
현자들의 품에서 품으로 전수된다는 것을 알았기 때문이다. 전

쟁터에서 피를 묻힌 칼은 어디에 있는가. 대부분 오래전에 흙으로 썩어버렸다.

세상은 갖가지 판으로 짜인다. 판은 일이 벌어지는 자리라는 뜻으로 싸움판, 씨름판, 정치판, 돈 판, 노름판, 먹자판, 춤판… 등등이 있다. '판을 엎는다.', '판을 키운다.', '판을 짠다.'는 겹어도 있다. 판을 주름잡은 사람을 "~잡이, ~꾼"으로 부른다. 씨름꾼, 난봉꾼, 거간꾼처럼 글을 쓰는 사람을 글 꾼이라 할 수 있지만 사士를 붙인다.

펜과 검을 들고 글 판과 무림에서 싸우는 사람을 문사文士와 무사武士라 일컫는다. 그렇게 부르는 이유는 목숨을 걸고 싸우기 때문이다. 주먹판도 싸움판이지만 무사 세계를 무림武林이라 부른다. 검객 중에서 협객俠客은 무림의 진정한 고수이다. 무술이 뛰어나고 성품이 호방하고 의협심을 지키며 스승을 섬기고 동료와 호형호제하며 강호 제일의 일원이기를 꿈꾼다. 반면에 일정한 소속이 없이 떠도는 검객을 낭인이라 부르는데 정의로운 칼잡이가 아니라고 여기기 때문이다.

펜을 들고 시문詩文을 다투는 세계를 문단文壇이라 부른다. 문단의 진정한 의미는 문단 권력을 다투는 싸움판이 아니라 같은 문학 사조를 공유하는 문사의 모임이다. 문단을 무림에 비유하는 까닭은 조그마한 철 조각에 불과한 펜이 촌철의 무기이기도 하지만 문필이 뛰어나고 작가의식에 투철하고 문단 선후배를 공경하고 스승을 존경하는 글쟁이 협객이 되라는 기대 때문이다.

"펜은 칼보다 강하다."

학문과 문학에서 즐겨 인용하는 말이다. 이 말을 들으면 힘이
난다. 칼의 무력에 맞결투를 하고 싶은 기분이 드니까. 촌철살인
이라는 말도 날카로운 말과 글로 상대편의 급소를 찌른다는 의
미이다. 검사劍士가 휘두르는 쇠붙이 칼은 상대방을 죽이지만 문
학에서 말하는 펜은 상대방을 죽이기 위한 것이 아니다. 흔히 언
론이 자신들의 예리한 문장을 자랑하기 위해 '촌철살인'을 입에
올리지만 진정한 문인은 그 위세를 탐내서는 안 된다.

문인에게 촌철살인은 무슨 뜻일까. 역설적으로 펜의 쇠붙이는
자신을 향한다는 의미이다. 정의로운 글을 쓰지 못하면 기꺼이
죽임을 맞이하겠다는 결의, 조선의 많은 문사가 자신의 목숨과
가문을 걸고 상소문을 올린 기개를 잊지 않아야 한다. 문학은 사死
가 아니라 생生의 판이 되어야 하지 않은가.

칼과 펜은 크기부터 다르다. 보통 펜의 무게는 10~20g, 길이
는 13~16cm에 불과하다. 60cm의 길이와 1kg 가량인 고대 로
마 시대 단검이나 90cm 내외의 사무라이 검에 비하면 비교가
안 될 정도로 작으나 펜의 파급력은 훨씬 크다. 칼을 잘못 쓰면
혼자 다치지만 펜을 잘못 굴리면 수백 명의 목숨이 순식간에 사
라진다. 펜을 잘 쓰면 나라를 구하지만 잘못 쓰면 한 나라를 망
친다. 칼은 시신의 묘지를 만들지만 펜은 공생의 향연을 베푼다.
칼이 잔혹한 복수와 살인을 쫓는다면 펜은 순결한 자기희생을
요구한다. 칼은 펜의 힘을 빌리지 못하면 적으로부터 진정한 항

복을 받아내기 어려우나 펜은 칼이 없어도 적의 항복을 받을 수 있다. 그것이 펜이 칼보다 강한 진정한 이유로서 무인 위에 문인의 자리를 만들어 문무文武라 부르는 것이다.

글쟁이가 되려면 문인이나 문사文士보다는 문객文客으로 불리는 게 더 낫다. 문사는 학자나 문필가나 선비를 뜻한다. 진정한 글쟁이들은 문단의 직책을 멀리하고 자신의 이름을 건 문장 대결을 펼친다. 필력筆力의 승부를 존경하고 글에 살고 글에 죽는筆生筆死 자세를 경외하며 문진文陣의 비법을 후학에게 전수한다. 경박한 글쟁이들이 상금의 유혹에 빠져 낭인처럼 공모전을 전전할 동안 진정한 문사는 자신의 글을 목숨보다 중히 여긴다. 글 앞뒤에 자신의 이름을 붙이는 이유는 명장이 자신이 만든 검에 이름을 새기는 것과 같다. 오직 최선의 문장으로 순수한 승부를 겨루겠다는 각오를 세울 때 문객이 된다.

필진筆陣을 이루는 것에 종이紙, 붓筆, 먹墨, 벼루硯라는 문방사우文房四友가 있었다. 언제부터인가 잉크와 펜과 종이가 문우文友의 자리를 지켰지만 이젠 컴퓨터와 A4 용지가 그들을 대체하였다. 지금은 스마트폰 하나만으로 언제 어디서든 글을 쓸 수 있다. 손바닥만 한 스마트폰 안에 온 천지가 들어있고 동서고금의 모든 명문이 담겨있다. 글쓰기 원칙과 문사의 길도 들어있다. 강의실, 서재, 식당, 지하철, 버스, 카페는 물론 바다, 들판, 산골, 강변, 공원에서 손가락만 움직이면 글 판이 짜인다. 검객이 칼한 자루를 메고 천하 강호를 돌아다녔다면 지금의 작가는 스마트폰 하나를 손에 쥐고 온 세계를 누빈다.

모든 글쟁이가 펜의 혼을 가질 수 있는 게 아니다. 예전에도 소수의 검객만이 단칼 승부를 펼칠 수 있었다면 문사에게 일필휘지는 '글 너 죽을래, 아니면 나 죽일래.'라는 필살기必殺氣를 지닐 때만 가능하다. 자신과 싸우려는 동귀어진同歸於盡이 문객을 만든다는 의미다.

조선 시대 3대 검객 중의 한 사람인 검선劍仙 김광택의 검술을 두고 사람들은 "칼날이 움직일 때 꽃이 떨어져 쌓이는 것 같고 몸이 칼에 가려 보이지 않았다."고 묘사하였다. 그는 섬뜩한 칼의 살기를 날렵한 꽃바람 기운으로 바꾸었듯이 무림 고수들은 자신의 검수를 '칼이 춤춘다.'라고 말하기를 좋아한다.

펜의 위세도 마찬가지다. 백설이 깔린 것 같은 하얀 종이 위에 언어의 씨를 뿌리고, 생명의 문장을 펼친다. 짐짓 물러섰다가도 송곳처럼 돌진하여 글줄을 뻗친다. 문장과 문장 사이에 행간을 두어 빠르고 느리게, 부드럽고 강하게, 문의 기운을 조절한다. 필력과 생의 공력功力이 단락마다 어울리도록 한다. 인자하고 유연한 품성으로 소재를 껴안는다. 예지의 가시가 살을 뚫고 들어가더라도 주제에 방점을 찍을 때까지 문맥을 놓치지 않는다. 조선의 박지원, 허균, 정약용, 이용휴, 이덕무 등은 비운의 선비였으나 '무도武道에 버금 할 문도文道'를 이루었다. 문사이면서 문객이었든 그들을 지켜보면 부엌칼로는 서생의 흉내조차 낼 수 없음을 알 수 있다.

문필계에서 절대 고수는 아니라도 고수쯤은 된다는 말을 얻으려면 펜과 일체가 되어야 한다. 자신과 펜이 하나가 되는 것. 이것은 내공과 외공을 함께 키우고 정중동靜中動과 동중정動中靜을 자유자재로 오가는 경지를 말한다. 문장과 사유, 인문과 선禪의 경지, 강유强柔의 조화, 무엇보다 심안과 영성을 갖출 필요가 있다. 그때 득문得文의 경지에 들어섰다고 할 것이다.

문객은 오직 '천하제일필天下第一筆'이라는 심정으로 글을 쓴다. 좋은 스승과 의로운 문도文道와 청묵淸墨으로 심신을 닦는다. 문신文神의 가피加被를 찾는다. 한 편의 글을 제대로 마감하지 못하면 방문을 걸어 잠근다는 각오도 품는다. 그 결의가 당신의 펜을 명필名筆로 만든다.

검객의 진검眞劍 승부는 상대를 향하지만 문사의 진필眞筆 승부는 자신을 향한다. 명검名劍은 장인이 만들지만 명필名筆은 문객이 만든다.

02. 철학자들의 인문주의

문학을 압축하여 말하면 '인생 에세이'다. 시든 소설이든 수필이든 드라마든 현대문학은 프랑스 사상가이자 문필가인 몽테뉴가 1580년에 간행한 《수상록》이라는 독특한 양식에서 시작한다. 당대 귀족이면서 인문계몽주의자였던 몽테뉴는 프랑스어 '시도하다, 실험하다'라는 어원에 따라 인간을 주인공으로 한 이야기를 일상적인 문체와 정제된 사유로 풀어냈다.

핵심은 나의 이야기다. 고전에 의탁하되 성서 인용을 거부하고 인간의 모든 욕망과 예지를 종교적 교리에서 떼어내어 설명하여 작가가 알아야 할 인간에 관한 모든 것을 담았다. 이로써 문학사상의 기틀로 평가받는다. 몽테뉴는 자신을 작품 속 화자와 주인공으로 변신시킨 최초의 인문적 인간이다. 신을 이야기했던 단테나 밀턴과 달리, 그는 하느님의 종에서 벗어나 자신을 작가로 진화 발전시킨 호모 스크리벤스(Homo scribens)였다. 몽테뉴에 이어 셰익스피어(1564~1616)와 세르반테스(1547~1616)도 사후세계가 아니라 살아있는 사람들의 생활을 다룬 건 우연이 아니다.

작가는 문학이라는 용광로 안에 인간에 대한 뜨거운 사랑과 진저리나는 실망까지 넣어 갖가지 인간형을 주조한다. 귀 자른 고흐처럼, 로댕의 생각하는 사람처럼, 자신을 작가로 변신시켜 진화한다. 허물을 벗는 뱀, 나비, 매미처럼 탈바꿈한다. 작가는 태어나는 것이 아니라 만들어진다.

작가적 존재에 대한 첫 번째 탐색은 아우구스티누스(354~430)의 《참회록》(398)에서 시작한다. 이 책은 공부하지 않고 극장 구경 다니고 포도 서리하고 훔치고 파계하고 종교를 배반하고 은둔하고 어머니의 죽음을 애통해했던 한 인간의 성장 이력을 신에게 고하는 고해서이다. 형식은 신에게 참회하는 것이지만 사실은 생활인으로서의 반성문이고 작가로서의 자아 반영적 자전自傳이다. 모든 작가와 모든 문학은 이런 생활의 기록으로 시작한다.

두 번째 만나는 데카르트(1596~1650)는 "나는 생각한다 고로 존재한다(cogito ergo sum)."라는 말로 인간의 존재가 무엇인지를 밝혔다. 이성주의의 대표주자인 데카르트는 "나는 생각한다. 고로 존재한다."로써 생각과 '있음'을 중시하고 정신을 강조하고 육신은 정육점 비곗살 정도로 여겼다. '생각'이라는 철학적 인식은 물론 인문철학의 창시자인 그리스 철학자 소크라테스의 "너 자신을 알라."에서 연유한다. 《소크라테스의 변명》은 너의 환경, 너의 가족, 너의 인성, 너의 능력, 너의 국가, 그리고 무엇보다 '너의 무지함'을 알라는 대화체 토론서이다. 무릇 '앎과 모름의 경계'를 모르면 제대로 생각하는 사람이 아니라는 의미이다. 앎은 로고스의 시작이고 시민의 기초교양이고 작가적 사유, 인지, 성찰, 자성自省에 일치한다. 쉽게 말하면, 행동하고 반성하면 생활인, '나를 알고 나를 생각한다.'고 여기는 사람은 책을 읽는 수준을 갖추었다. 하지만 이 두 요건으로는 글을 제대로 쓸 수 없다.

세 번째로 인문적 조건을 제시한 철학자로서 하이데거(1889~1976)가 있다. 그는 《존재와 시간》에서 '존재'와 '존재자'와 '현존재'의 차이를 구분하면서 작가의 조건을 진일보시켰다. 그의 사상은 '시간의 유한성, 불안, 배려, 일상성, 그들'이라는 당시로써는 낯선 개념이었다. "현존재(Dasein)"라는 주체는 존재자를 능가한다. 보통의 인간은 "유한하고 불안하고 혼돈"된 시간 프레임에 매여 있으나 현존재자는 유한한 삶에 '불안'을 느끼면서도 다른 존재자에게 '배려'를 베푼다. 배려는 세상 모든 '대상에게 마음을 써주는 행위'로서 작가로 진화하기 위해 갖추어야 할 조건이다. 세상을 긍정적으로, 사물을 자애로이 바라보면서 생각하고 말하고 쓰는 자者, 이것이 작가적 실존을 규정하는 세 번째 요건이다.

인문주의 작가로서 가져야 할 조건을 제시한 네 번째 인물이 있다. 프랑스 과학철학자 바슐라르(1884~1962)가 말한 상상과 이미지로 이루어진 몽상이다. 몽상은 이성과는 마주볼 수도 분리할 수도 없는 샴쌍둥이와 같다. 서양철학은 과학적, 이성적, 논리적 로고스(logos)는 'good'하고 감성과 상상은 불순하고 나쁘고 인간을 타락시키는 'bad'로 여겼다. 바슐라르는 여기에 반기를 들고 인간이 되려면, 무엇보다 작가가 되려면 시적 영혼과 이미지에 대한 상상력을 가져야 한다고 주장하였다. 몽상이라는 신비로운 교감력이 인문 작가에게 필요하다는 뜻이다.

다섯 번째 인문 작가의 조건을 제시한 인문심리학자는 카를 융(1875~1961)이다. 그는 분석심리학의 기초를 세우면서 문학인이 숙고하여야 할 페르소나, 남성성과 여성성, 원형, 집단 무의식 등의 개념을 발전시켜 실존성을 논하는 문학을 진일보시켰다. 그의 저서 《붉은 책》은 사람들이 지닌 공통의 '집단 무의식'과 원형을 밝힌 최고의 영적 고백서이다. 비록 한 편의 시나 A4 2매 수필을 쓰더라도 인간 공통의 꿈, 욕망, 고통, 상처 고백, 치유를 다루어야 한다는 것이다. 그게 문학의 감동과 공감이다. 무엇보다 카를 융의 집단 무의식은 작가의 지향적 정체성을 결정한다. 한국 수필가, 부산 수필가는 한국이나 부산의 지역성, 언어, 문화를 반영함으로써 다른 지역의 작가와 식별되는 작품성을 지닌다.

인문시대의 작가는 예전의 인문철학자처럼 맑은 이성과 차가운 지성과 뜨거운 감수성을 갖추고 지평 저쪽을 볼 수 있는 지혜의 눈을 가진 견자見者이어야 한다. 현실 너머, 보이는 것 너머를 투시하면서 제대로 생활하고, 생각하고, 배려하고, 무의식을 일깨우고, 상상할 때 '우주적 의식'이 지닌 작가가 된다. 순수의 에너지를 지닌 "인문 작가로서 존재"하게 된다. 그의 글도 존재적이면서 우주적으로 된다.

　몽테뉴의 《수상록》이 발간된 후 442년, 2022년 지금, 그대는
살며 쓴다.

03. 논픽션과 네오 신화

21세기의 문학은 네오 신화다.

IT 시대의 글이 신화 요소를 지니고 있다고 말한다면 쉽게 이해가 가지 않지만, 문학과 신화가 상상을 기반으로 하고 인간의 삶을 풀어낸다는 점에서 일치하는 부분이 많다. 논픽션 문학이 사실적이고 신화는 비사실적이라고 반론을 하지만 신화도 인간의 삶을 해석한다는 발생학에서, 존재를 사유한다는 철학에서, 우주의 비밀을 읊어내는 이야기 양식이라는 점에서 아주 문학적이다. 신화와 서사 작품이 역사성과 치밀한 구성력과 현장감 넘치는 서사구조를 지닌 점에서도 같다. 나뭇잎에서 우주의 법칙을 발견하고 달팽이의 더듬이를 우주의 안테나로 여기는 은유도 일치한다. 문학의 원형이 신화이고 신화의 변종이 문학이라는 사실이 유사성을 정당화하고 있다.

수필은 논픽션의 사실을 이야기한다. 신화도 구어체 말하기다. 문화유산을 잘 지켜온 민족들은 구전문학을 소중하게 여겼다. 핀란드 민족의 시가를 번안한 19세기 시인 일리아스 뢴로트(Elias Lönnrot)는 《칼레발라(Kalevala)》에서 무릇 시인이라면 죽을 때까지 이야기를 읊어야 한다고 했다.

> 이렇게 나는 빈 입으로,
> 물만 마시며 노래하네.
> 아름다운 날을 위해서,
> 새 아침을 누리기 위해서,
> 이른 아침의 새 시작을 노래하네.

옛날이나 지금이나 노련한 이야기꾼은 추상적인 관념을 풀어내지 않고 실제 있었던 사건으로 이야기한다. 사랑도 한 비극적인 여인의 운명을 통해 풀어낸다. 카자흐족 시인인 아킴(Akim)이 현악기 돔브라에 맞춰서 노래하면 사람들은 자신들의 소원을 이루어주는 대리인을 만났다고 즐거워했다. 그리스의 유랑시인 호메로스는 그런 청중들이 있어 문전박대를 당하여도 전국을 순회하며 영웅의 모험담을 전파하였다. 우리나라의 판소리꾼들도 산천을 유랑하며 민중의 애환을 풀어주었다. 사이버리즘 시대가 오면서 문어체보다는 구어체 스토리텔링이 다시 주목받고 있다. 고대 신화가 차지하고 있던 문학적 위상을 수필이 이어받는 여건이 마련되었다 할 것이다.

흔히 신화를 '신들의 이야기'로 알고 있다. 그렇게 말할 수 있지만, 다시 생각하면 신화에는 신과 인간이 함께 산다. 세계 곳곳에 펴져 있는 신화 속의 신들은 인간이 만들어낸 대리인이며 퍼소나이다. 천지창조 신화조차 우주에 대한 인간의 호기심과 상상의 결과라고 할 수 있다.

신화는 고대인이 좋아했던 '이야기 인형'이다. 태엽을 감아 풀면 음악이 흘러나오는 것처럼 신화는 사람들의 호기심을 만족시켜주고 자연의 신비를 가르쳐 주었다. 적대적인 부락민들 간에 문화적 접촉이 없었지만 각자 비슷한 '수호 장난감'을 가지고 문화를 전승하고 자연을 현실로 받아들였다. 인류는 산문과 스토리텔링이 지닌 유용한 역할을 인정하고 기꺼이 응용하였다.

기원전 300년 고대 그리스의 신화작가 에우헤메로스(Euhemeros)는 《성스러운 역사(Sacred History)》에서 신의 근원은 현실에 있다고 주장하였다. 과거에 큰 공적을 쌓은 왕을 신으로 추앙한 것이 하나의 예이다. 물·불·공기·흙·계절 등이 인간에게 미치는 영향을 해석하는 것도 신화가 담당하였다.

19세기 실증주의자들이 등장하면서 신화는 한동안 현실의 반대어로 여겨졌다. 그리스어 미토스가 '전설'의 뜻을 지니면서 이성(로고스)과 역사(히스토리아)의 반대개념이 되었다. 즉, 신화는 "실제로 존재할 수 없는 것"을 뜻하게 되었다. 하지만 19세기 후반에 독일 작가 막스 뮐러(Max Muller)가 "언어의 질병"이라는 용어로 신화 속의 종교성을 거론하면서 신화는 다시 대중성을 얻게 되었다. 20세기 초에 다다라 신화는 글자 그대로 해석해야 한다고 하였으며 1951년에 독일의 역사학자 헨리 프랭크퍼트(Henry Frankfurt)는 〈고대 근동 지역의 종교들에 나타난 유사성〉

이라는 강연에서 신화는 인간이 수행한 행위일 뿐, 신의 행적이 아니라고까지 주장하였다. 카를 구스타프 융과 칼 케레니(Karl Kerény)의 공저 《신화의 과학(Science of Mythology)》에서 "신화를 경험한다."라고 하여 의식적인 행동을 강조하였다. 이후 신화에 나오는 모든 '경험'은 문학의 원형으로 자리하였다.

뮤즈 신의 영감을 받은 많은 초기의 문학 기사들은 방언들을 통일하고 부족의 경험을 신의 행적으로 구성하였다. 글을 읽을 수 있든 없든 어른들은 신들의 생활상을 들으며 하루의 고난을 잊었고 아이들은 리얼리티가 없더라도 교육 자료로서 전수받았다. "천국의 문"을 열어주어 마법에 홀리지 않는 종교 역할도 하였다. 부족민에게 신화는 오늘날의 문학처럼 위안과 가르침의 효력을 지닌 점에서 신화 창작자는 "유랑 작가"이고 문학 치료사이고 최초의 수필가라 할 수 있다. 역으로 말하면 수필은 신화로부터 스토리와 설리와 환상을 물려받았다.

신화와 사실 문학은 어떤 형태로든 '창조'를 다룬다. 창조란 원래 신성하므로 "신화는 언제나 아직도 살아있는 문학"이 된다. 창조의 대상은 공동체에서 발생한 초기의 사건들이었다. 오늘의 수필가들이 성년기를 서술할 때 유년기 경험을 원형으로 삼는 것과 같다. 그래서 수필은 신화와 종교가 지닌 살아있는 담론을 요청받는다.

신화의 변천을 살펴보면 신화와 논픽션 사이의 유사성이 더욱 뚜렷해진다. 신화는 현실을 역사화하고 자연에 인격을 부여한다. 신화의 역사성도 의미화와 형상화로 표현된다. 의미화는 인간의 행동에 의의를 부여하는 것이고 형상화는 사물을 의인화하는 것이다. 신화와 문학의 소재는 삶과 자연과 우주로 퍼져있으므로 수필가는 신화에 그려진 인간의 희로애락을 살필 수 있는 안목과 영성을 지녀야 한다.

작품의 완결성을 이야기할 때 생각할 몇 가지 요소가 있다. 형식과 언어에 앞서 어떤 내용을 담을 것인가, 무슨 목적으로 기록할 것인가, 지녀야 할 인문적 가치는 무엇일까, 사건의 영속성은 있는가 등 이런 질문들은 신화적 정체에 부응하는 게 바람직하다.

신화가 지닌 역할을 세 가지로 요약된다. 첫째는 문학의 역할이고, 두 번째는 철학의 역할이며 세 번째는 종교의 역할이다. 티모르 지방에서는 벼가 자라기 시작하면 쌀에 대하여 잘 아는 사람이 들에 나가 움막을 치고 밤을 보내면서 벼에 관한 전설을 암송했다고 한다. 벼농사라는 체험과 풍년을 비는 기원과 벼의 탄생을 합친 신화가 과거 · 현재 · 미래라는 시간 속에서 짜인다. 조상, 농부, 후손이라는 인물을 함께 등장시키고 이야기와 서술자와 청자라는 화술의 3요소를 아우른다. 사람들 스스로가 신화 속의 1인칭 주인공이 되어 신성하고 신령스러운 분위기에 동참한다. 농사에 관해 이야기한다면 1인칭 서사도 신화가 가진 세 가지 역할과 세 가지 시제, 그리고 화술의 세 가지 요소를 가질 수밖에 없다.

그 점에서 문학은 신화 복제라고 말할 만하다. 그 첫 주자가 《길가메시》를 남긴 수메르인이다. 그들은 영웅 탄생, 고난과 시련, 부활이라는 모티프를 사용하여 1인칭 서사 구조를 만들었다. 대표적인 근현대 수필가들인 베이컨, 몽테뉴, 칸트, 윌리엄 서머싯 몸, 버지니아 울프, 윌리엄 화이트 등은 물론 오늘의 작가들은 원형이라는 신화 기법을 의식적으로든 무의식적으로든 원용하고 있다.

인간은 항상 공동체를 조직하고 일을 분담하며 살아간다. 살기 위해 일을 하고 법을 만들고 기록을 남긴다. 오늘의 문학이 남자가 왜 농사일을 하고 여자가 왜 집안일을 하는가를 알고 싶다면 태초에 무슨 일이 일어났는가를 신화에서 찾을 수 있다. 오늘날도 신화가 그랬듯이 논픽션으로서 수필은 인간의 탄생과 죽음, 노동과 휴식을 말하고 있다.

신화나 문학은 별개의 장르가 아니다. 모두 인류의 꿈을 개인의 이름으로 이야기한다. 삶의 기록으로서 문학은 승자 중심의 역사보다 더 진실하다는 점에서도 신화의 영웅에 주목하기보다 신화가 문학에 던진 원형을 주목해야 한다. 아침 예배 대신에 컴퓨터를 켜고 커서를 움직여 밤새 일어난 일을 검색하면서 하루의 삶을 어떻게 끌고 갈까를 궁리한다. 그만큼 고대 신화는 네오 신화라는 문학의 옷을 입고 우리 곁에 서 있다. 인간이 살아있는 한 네오 신화의 등장인물로 존재할 수밖에 없다.

04. 단短수필의 마케팅

새로운 밀레니엄의 글쓰기의 특징은 '미니문학'이다. 미니문학은 속도성과 압축성을 강조하는 월드와이드웹((World Wide Web)과 디지털 문화 현상의 소산이라 볼 수 있다. 인문주의 시대의 혼성이 문학과 철학의 결합이었다면 과학정보 시대의 혼성은 문학과 과학의 맞춤이다. 갈수록 홈페이지와 블로그(blog: 웹(web)의 b와, 일지와 기록의 의미를 지닌 로그(log)의 합성어로, 쉽고 편하게 꾸밀 수 있는 나만의 온라인 공간)의 스타일에 맞게 양적 길이가 짧아지고 있다. 인터넷 문화의 첨단에 자리한 미니문학은 미니멀리즘이 점차 세를 얻는 21세기를 선점해 가고 있다.

미니문학에 대한 이론적 근거는 움베르토 에코(Umberto Eco)에서 시작한다. 이탈리아 기호학자이며 철학자이며 작가인 에코는 "미니 픽션은 한 장의 사진이다."라고 하였다. 그는 연이어 "20세기의 두 작가가 우리에게 밀레니엄의 비전을 보여주고 떠났다. 영국의 현대 소설가인 제임스 조이스는 언어로써 월드 와이드 웹(www)의 이미지를 보여주었고, 아르헨티나 태생의 시인이며 소설가인 호르헤 루이스 보르헤스는 그 이미지를 표현하는 아이디어를 제시하고 디자인하였다."

  미니문학은 짧기만 한 글이 아니다. 미니멀리즘의 시대에 맞게 인터넷 문화와 N세대의 기호에 적절하다. 평면적인 원고지와 1차원적인 자기 중심과 2분법적 논리에서 벗어나 입체적이고 복합적인 관점을 갖추어야 한다. 밀레니엄 사조를 반영한 건축공학적 디자인으로 전통적인 문학을 대체한 장르가 적지 않다. 소설에서는 미니 픽션과 스마트 소설, 시에선 행시行詩, 수필에서는 단短수필, 드라마에서는 장幕연극, 행위예술에서는 플래시 몹(Flash Mob)으로 인터넷을 통해 만난 사람들이 도심 번화가에 모여 리더의 지시에 따라 악기를 연주하거나 합창을 하거나 댄스를 하다가 순식간에 사라지는 집단 예술 행위가 발달하고 있다.

  미니형 문학은 한 장의 사진과 같다. 주제를 압축한 강력한 이미지, 다양한 상상을 압축한 일본의 하이쿠, 서구의 극사실주의 시는 선미禪味가 가득하다. 소설과 시가 유화라면 단수필은 한 매의 우표다. 예전에 '수필은 그림엽서'라는 비유마저 엄청나게 축소되었다. 보통 14매 전후인 것이 5매 수필, 미니수필, 짧은 수필, 혹은 '장掌수필', 손바닥 수필 등으로 불릴 정도로 줄어들었다.

  단수필의 특징이 곧 장점이 된다. 짧다는 점에서 주제 전달이 쉽고, 구성의 효율성이 높아진다. 속도와 축약은 젊은이들의 체질에 적합하다. 시대성을 살린 소재와 신선한 기법이 읽는 집중력을 높여준다. 길이가 짧아지면서 컴퓨터, 스마트폰, 벽보, 지하철 벽 등 다양한 전달 매체를 활용하고 있다. 강렬한 이미지, 선명한 주제성이 신상품 광고처럼 매력을 뿜어낸다. 이런 특징은 일반 수필의 속성과 다르기 마련이다.

단수필은 무엇보다 응용 기법을 다양하게 실험할 수 있다. 현재 사용되는 시적, 소설적 기법 외에 드라마적 기법이나 시네마의 기법을 첨가할 수 있다. 디지털의 특징인 호환성과 편집가공은 단수필이 채용하기 쉬운 장점으로서 월드와이드웹과 디지털 공간에 손쉽게 자리할 수 있다.

단수필을 창작할 때 유념할 구체적인 사항을 제시한다.

첫째, 내용을 압축한다. 양적 경제성을 살리기 위해 서두를 생략하고, 일화나 사례를 통해 전개부를 설정한다. 문장을 경량화하기 위해 형용사나 부사를 생략한다.

둘째, 충격에 가까운 인식을 표방한다. 일상적인 사건으로서는 이제 독자의 관심을 끌 만한 힘이 부족하다. 기발한 착상과 역발상, 낯선 관점을 도입하여 독자의 가독성을 고조시켜야 한다.

셋째, 서정성은 수식어가 아니라 서사로 살린다. 설리나 서정보다는 서사 구도가 주제를 더 선명하게 해준다. 윤오영의 〈달밤〉, 김기림의 〈길〉이 서사이면서 감성이 풍부한 까닭이 여기에 있다.

넷째, 치밀한 구성이 요구된다. 잘 짜인 구성이 독자의 수용성을 보증한다. 적절한 구성은 기승전결이며 반전을 가미하면 메시지가 더욱 분명해진다. 위트와 유머도 활용한다.

다섯째, 산문성을 지닌다. 아무리 양적으로 짧다고 하여도 시가 아니라 산문다워야 한다. 소재, 주제가 산문체에 일치하면 에스프리와 흥미가 배가한다.

오늘날의 문학은 예전과 달리 경제구조가 아니라 정보시스템의 영향을 받는다. IT 정보가 지니는 속도성, 쌍방향성, 대중성, 호환성이 활성화하는 추세는 단수필의 마케팅을 활성화한다.

단수필의 필요성과 장점에도 불구하고 역기능이 없지 않다. 단편적인 정서에 빠져서 거시적인 안목을 소홀히 하고, 짧으니 누구나 쓸 수 있다는 선입관을 주며, 수필의 적정 분량을 깨트릴 수도 있다. 단수필에 대한 객관적 비평이 아직 마련되지 않았다는 점도 지적할 필요가 있다.

그런데도 동호 모임까지 생길 정도로 지평이 넓어지고 있다. 열린 장르로서 단수필이 한국수필에서 강력한 신상품이 되리라고 기대하여도 지나침이 없다.

05. 작가의 가치관과 창작술

문학은 문자를 아는 사람이라면 누구나 열 수 있는 문이다. 하지만 아무나 함부로 들어갈 수 있는 문은 아니다. 문학에 입문하려면 문학과 현실 안팎에 있는 모든 것을 기꺼이 끌어안아야 한다. 미운 사람과 고운 사람, 좋은 것과 나쁜 것, 행복한 예감과 불온한 추측까지 마다하지 않아야 한다. 이런 수용과 포용이 문학으로 들어가는 문턱을 가로막고 있다.

작가 세계에 입문하려면 문학 지식에 앞서 문학적 자아가 깨어나야 한다. 문학적 자아가 깨어나야 문학적 인격이 완성된다. 낡은 '나'가 새로운 '나'로, 가식의 '나'가 진실한 '나'로 바뀌어야 한다.

김형수는 《삶은 언제 예술이 되는가》에서 시골길 가로등에 대하여 말한다.

"한적한 시골길에 혼자 켜져 있는 고독한 가로등처럼 존재하는 것, 이렇게 존재하는 자가 어법이 서툴거나 표현이 약하거나 인기가 없다고 해서 이 자의 입을 통해 명명되는 어둠 속의 것들의 가치가 작아질까요? 사실은 이것들이 인간의 세상을 만들어 갑니다. 이것이 세상이 필요로 하는 문학입니다. 이렇게 혼자 제자리에서 빛날 줄 알면 이제 그 사람의 생을 통해서 문학이 흘러나오기 시작할 겁니다."

창작에 임하면 작가로서 갖추어야 할 기본 소양을 먼저 닦아야 한다. 책을 읽어야 하고 남의 작품에 지나친 군말을 하지 않고 사물을 유심히 보고 자주 발품을 팔고……. 대부분의 예비 작가들은 이 소양은 충분하고 글도 많이 읽었다고 말한다. 문제는 온몸으로 행하지 않는다는 것이다. 인격 창조와 문예 창작이 동전의 양면이라는 사실을 제대로 모른다는 이야기다.

작가가 되기 위해서는 실천적 노력에 앞서 '가치관'을 지녀야 한다. 작가가 가져야 할 세 가지의 관점은 인간관과 작가관과 문학관이다. 인간관이란 사람으로서 사람을 대해야 한다는 것이며, 작가관은 인간이면서 작가가 되어야 한다는 것이며, 문학관은 나만의 문학을 지녀야 한다는 것이다. 글 쓰는 일과 사는 일을 일치시키는 것이다. '문즉인文卽人과 인즉문人卽文'. 이것이야말로 삶을 예술로 변용하는 과정을 압축한 여섯 글자이다. 삶이 글이 되면 작품은 상상과 영감을 얻는다. 이것이 글을 대할 때의 꿈이고 결실이다.

글은 문학적인(또는 예술적인) 것과 논리적인(또는 공학적인)

것으로 구분된다. 앞에 있는 것이 리터러리 글(Literary Writing)이고 후자가 아카데믹 글(Academic Writing)이다. 문학적인 글쓰기는 상상력과 감수성을 수반한다는 점에서 전자에 속한다. 당연히 남과 다른 방식으로 생각하고 인식하는 과정이 필요하다. 논리적인 글쓰기는 지적 재능의 영향을 받고 사회 현상이 크게 반영된다. 시나 소설보다 처세술을 위한 글이나 업무용 글을 배우고 싶다면 작가적 가치관과 창작술을 굳이 습득할 필요가 없다. 맹문盲文의 유전자를 전해준 조상을 탓할 것도 없다. 글이 안 된다고 포기할 이유는 더욱 없다.

일찍이 조선 후기의 대문호 연암 박지원도 글쓰기를 병법에 비유하여 말한 것이 있다.

> 글을 잘 짓는 자는 병법을 안다고 할 수 있다. 글자는 비유컨대 병사이고, 뜻은 비유컨대 장수이다. 제목은 무찔러야 할 적국이고, 고사를 인용하는 것은 싸움터의 진지이다. 글자를 묶어 구절이 되고, 구절이 모여 단락을 이루는 것은 부대의 대오 행진과 같다. 글에 리듬을 얹고 표현을 매끄럽게 하는 것은 나팔이나 북, 깃발과 같다. 글이 호응을 이루는 것은 봉화와 같다.
>
> ─박지원,《연암집》제1권,〈소단적치인騷壇赤幟引〉에서

'소단적치'란 '문단의 붉은 깃발을 논함'이라는 뜻으로 과거科擧

에 합격한 탁월한 문장은 승리한 장수의 깃발과 같다는 뜻이다. 장수가 병사들을 지휘하여 적국을 무찌르듯, 무릇 작가는 단어와 문장을 집중적으로 공략한다. 선택과 집중이 첫 번째 전술이라는 의미이다. 두 번째는 구성이라는 편제이다. 부대에 소대와 중대와 대대라는 지휘 체계가 있듯이 글자가 모여 문장을 이루고, 문장이 모여서 단락을 이루고, 단락이 모여서 전체 글을 이룬다. 편제는 장수의 일사불란한 지휘 아래 병사들이 일제히 돌격하여 적국을 무찌르듯 단어, 문장, 단락이 주제를 중심으로 하나가 되어 흩어짐 없이 앞으로 나아간다. 진군나팔과 깃발과 북이 있고 때로는 후퇴를 알려주는 북이 필요하다면 글 쓰는 이는 문장이 껄끄럽지 않은지, 표현이 어색하지 않은지 살펴서 적합한 수사법과 문체를 구사한다. 먼 곳의 봉화로서 적이 쳐들어온 것을 안다면, 시시콜콜 다 말하지 않는 함축을 적소에 배치하여 독자의 상상력을 불러일으킨다. 무릇 글이라는 진지를 구축할 때는 구상하고 초안을 잡으며 문진文陣의 진퇴가 용이해야 한다. 진지를 보수하듯 문장을 퇴고하는 것도 필요하다. 돌격부대와 보급부대가 잘 연결하듯 수미도 살펴본다. 이게 연암 선생이 말한 진법으로서 글이다.

나탈리 골드버그(Natalie Goldberg)는 작가이자 37년간 글쓰기와 문학을 가르쳐 온 세계적인 명성의 글쓰기 강사이다. 브루클린에서 태어나 롱아일랜드 파밍데일에서 성장기를 보냈고 조지워싱턴대학에서 영문학 학사, 세인트존대학에서 인문학 석사 학위를 받았다. 1986년 자신만의 독특한 글쓰기 철학을 담은《뼛속까지 내려가서 써라(Writing Down the Bones)》를 출간하면서 미국인들의 글쓰기에 혁명적인 변화를 일으켰다. 1986년 첫 출간 이후 미국뿐 아니라 전 세계 독자들의 사랑을 받으며 혁명적인 글쓰기 방법론으로 자리 잡고 있다.

> 그렇다. 당신은 틀림없이 그 수많은 문장 연습, 갈망, 심리적 저항, 고통, 희열에 대한 보상을 받을 것이다. 하지만 그 후에도 한 번에 한 걸음, 한 호흡, 한 단어를 취하며 수행이라는 밧줄 타기를 계속해야 할 것이다. 좁은 절벽 길을 걸으며 사랑과 미움, 삶, 그리고 죽음 속에서 당신은 자신을 만나고 또 만날 것이다. 당부 하나니, 정진하는 사람들과 진실한 사람들의 행렬에 동참하라. 평화로운 사람이 돼라. 수행하면 다른 사람들에게 폐를 끼치지 않게 된다. 기억이나 상처 같은 괴로움은 그때부터 당신 것이 된다. 괴로움의 원인이 바로 당신에게 있다는 것을 알고 당신이 해결하기 때문이다. 이제 무엇을 해야 하는지 알 것이다. 말하지 말고 써라.
> ― 나탈리 골드버그,《뼛속까지 내려가서 써라》에서

법이란 무엇을 무엇답게 만들어주는 원리이다. 법이 있으면 생룡활호生龍活虎의 힘이 생겨나고, 법이 없으면 화룡무안畫龍無眼

에 그친다. 글의 법도 마찬가지다. 《시경》에 "사물이 있으매 법칙이 있다."고 하였다. 좋은 문장을 지으려면 기본 정법을 알아야 한다. 형식으로는 문법, 내용으로는 문장론인 글의 정법은 일정하지만 사람마다 다르고 글마다 달라진다. 이를 활법活法이라 부른다. 활법은 의意와 기氣로서 이루어지는데 의란 작가가 구성하려는 뜻이며 기란 개인의 고유한 문체이다. 의로써 채우고 기로써 행하고 법으로 이것들을 잘 세우면 원하는 문장을 펼칠 수 있다.

정법만 있고 활법이 없으면 '그게 그것'이고, 활법만 있고 정법이 없으면 '뒤죽박죽'이 된다. 정법이 기승전결처럼 정형화된 형식이라면, 활법은 글에 변화와 활력을 주는 선택적 자유이다. 활법으로 글을 쓸 때쯤 되면 글쓰기에 대한 두려움이 사라진다.

정법과 활법을 갖추지 않아도 작가는 세상에서 쓸모없는 졸작을 쓸 권리가 있다. 그것을 자랑스럽게 여겨도 좋다. 지금 마음에 닿는 소재가 있다면 무엇이든 글로 이야기할 일이다. 그것이 활법의 알파이다. 제발 어떤 기준에 의해 글을 조절하지 않도록 한다.

06. 다탈초多脫超라는 담론으로

일반적으로 21세기를 산문의 시대라 부른다. 프랑스 문예 비평가 아나톨 프랑스(Anatole France)는 "수필이 어느 날엔가는 온 문예를 흡수해 버릴 것이다."라고 장담하였다. 원시문학도 운율과 스토리와 시대정신을 가진 산문이었다. 아일랜드 태생의 영국 수필가인 로버트 린드(Robert Lynd)는 산문은 "인간의 오감을 확장하는 수단이자 도구로서 '공동체 의식'과 '지구적 의식'을 담아야 한다고 하였다. 공동체적 의식을 구현한다는 의미는 그때의 시대에 맞는 내용과 양식을 가져야 한다는 뜻이다.

수필이 문화적 소통 수단이 되려면 '미래의 비전'(Future Vision)이 요청된다. 단순히 과거를 복제하는 것이 아니라 미래를 바라보는 비전을 가져야 한다는 퓨전은 현대수필이 무엇인가를 설명해주는 가장 적절한 개념이다. 퓨전은 장르의 혼성, 형식의 이종결합, 작가의식과 독자 욕망의 소통으로 시대의 메신저로서 다탈초多脫超라는 문화 현상을 스스로 유발해 나간다.

우선 수필은 시와 소설의 중간문학으로서 서사성과 서정성과 사회성을 통섭한다. 사이버넷 시대를 맞이하여 사이버 문학, 설치 예술, 대중 인문학, 판타지와 여행기라는 양식이 생겨나고 시·소설·드라마가 수필 속성을 모방하는 점에서 수필도 다多텍스트 해야 한다.

독일 사회학자 아도르노는 아방가르드(avant-garde)를 "물화된 사회를 정직하게 드러내는 방식"이라고 하였다. 그의 시학은 "타성화에서 벗어나 대상의 참모습을 찾고 자동화로부터 대상을 해방하려는 전략"으로서 21세기에는 더욱 적절한 정당성을 갖는다. 문학으로서 수필도 통섭과 융합이라는 외적 흐름을 따름으로써 자연스럽게 탈脫장르를 요구받는다.

형식이 때로는 내용을 바꾼다. 컴퓨터와 스마트폰이 경량화하고 소형화되면서 이것을 사용하면 문학의 현장성을 촉진한다. 매체는 온라인과 오프라인을 종횡단해야 하므로 산문은 기존 내용을 초超하여 미니멀리즘을 지향한다.

'다多(multi), 탈脫(post), 초超(meta)'는 현대 산문의 원형질이다. '다'는 산문 유형의 다양화를, '탈'은 기존 양식으로부터의 해방을, '초'는 기존 내용의 일탈을 뜻한다. 에세이, 칼럼, 사이버 산문이 이런 장점으로 무장하고 수필의 영토로 진격해오고 있다. 새로운 장르 경쟁자에 대한 분석이 없이는 한국형 수필의 전망은 암담할지도 모른다.

한국에서 말하는 수필은 대개 '인생 전傳'이다. 개인의 인생 편력을 15매 전후로 담아내는 수필은 본질에서 에세이에 일치하지 않는다. 《용재수필容齋隨筆》의 서문은 "나는 버릇이 게을러 책을 많이 읽지 못하였으나 뜻하는 바를 따라 앞뒤를 가리지 않고 써 두었으므로 수필이라고 한다."고 하였지만 프랑스어의 에세 (essai)의 어원은 '시도한다', '시험한다', '계량하다', '음미하다'라는 뜻이다. 집필 목적부터 차이가 있다. 프랑스 문필가인 몽테뉴는 《수상록》(1580)에 '에세이(Essais)'라는 이름을 붙이고 '다른 사람의 기준이 아닌 자신의 기준'으로 갖가지 생각을 풀어냈다. 고대의 영웅이나 중세의 신 이야기가 아니라 'Me-ism'이라는 새로운 문예 운동을 일으킨 점에서 이전에 신을 노래한 곡曲과 달랐다. 그의 책은 성서 인용을 거부하고 종교윤리와 문학을 분리했다는 죄목으로 1854년까지 약 170년 동안 바티칸의 금서 목록에 오르는 비운을 겪었다. 교회 권위와 종교 담론이 지배하던 시절에 "나 자신이 이 책의 주제다."라는 사상은 혁명적이고 실험적이었다. 그 점에서 몽테뉴의 글은 "나는 무엇을 아는가?(Que sais-je)"와 "무엇인가를 새롭게 시도한다."를 합친 아방가르드적인 산문이다.

몽테뉴가 쏘아 올린 《에세이》는 중세 암흑기 고전과 결별을 고한다. 장중하고 운율을 중시하는 중세 문체를 고수하던 신곡, 수상록, 명상록, 참회록의 패러다임이 무너지고 일상적이고 민중적인 텍스트가 등장한 것이다. 19세기 소설가 슈테판 츠바이크는 "몽테뉴의 책을 펼치는 곳마다 우리 자신의 문제를 다루고 있다."고 말하였고 구스타브 플로베르도 "살기 위해서 몽테뉴의 《에세이》를 읽어라."고 권하였다. 인간중심의 수상록은 개인성, 사회성, 시대성을 균형 있게 지님으로써 르네상스를 가속화시켰다.

한국 수필계가 한국수필의 효시로 떠받들고 있는 박지원의 《열하일기》(1780)도 엄격한 의미에서 수필보다 서구적 에세이에 가깝다. 《열하일기》의 집필은 당시 정조를 중심으로 한 한문체와 유교 사상에 대한 반동에서 출발한다. 청나라의 정치·경제·병사·천문·지리·문학 등 신문물을 소개하여 조선의 르네상스 격인 실학사상을 주창하고 형식이나 격식에 얽매이지 않는 문체와 문물 열전列傳은 박지원 개인의 삶이 주제였다. 그 점에서 박지원의 《열하일기》와 몽테뉴의 《에세이》는 개인성, 시대정신에서 공통점을 갖는다.

한국 수필가들은 두 저술가가 주창하는 실험성과 진화성을 주목하지 못하고 있다. 한국수필은 에세이(Essay)라는 말을 수필이라는 말에 직입直入하고 《용재수필》에서 말한 '붓을 따른다.'라는 안일성에 혹하여 '실험한다'가 지닌 진화적, 능동적, 주체적 방향성을 무시하고 있다. 그러면서 자신은 에세이스트로 불리고 싶은 욕심에 빠져있다.

몽테뉴 에세이의 정신은 시대 변화에 대한 능동적 변신이다. 문화 현상이 복잡하고 유동적일수록 에세이, 칼럼, 판타지, 연재물 외에 힐링 산문, 담시譚詩, 여행기, 댓글, SNS 글쓰기, 스마트폰 소설들이 서점의 진열대를 차지하고 있다. 이유 중의 하나는 넷(NET)시대 문화의 수용에 있다. 넷 문화는 휴머니즘, 저널리즘, 사이버리즘, 미디어이즘의 결합이며 형식은 언어망, 의미망, 관계망과 인터넷망을 연결하는 것이다.

어느 시대를 불문하고 문학의 진화는 통섭(通涉, consilience)으로 이루어진다. 수필도 로마 시대 아우렐리우스의 《참회록》부터 몽테뉴와 찰스 램을 거쳐 버지니아 V. 울프와 현대 에세이에 이르기까지 '다탈초'의 전략을 채택해 왔다. 그러니 수필이 21세기 산문으로서의 진면목을 얻으려면 능동적인 대체가 필요하다. 사이버리즘 시대에 적합한 기법을 소개하면 다음과 같다.

첫째는 구어체 문장의 대폭 수용이다. 한국의 판소리와 서양의 랩(rap) 형식에 사용되는 구어는 현시대의 언어다. 문예 이론가 필립 휠 라이트(Philip W. Right)는 닫힌 언어가 아니라 열린 언어를 가져야 한다고 하였다. 기호 숫자, 이모티콘, 약자, 부호 등 인터넷 통신언어를 거부할 이유가 없다.

둘째는 대중화, 민중화, 속중화, 귀족화를 균형 있게 아우르는 혼용이 필요하다. 선비규방수필이 하이브라우(high brow)이고 신변수필이 로우브라우(low brow)라면 미래수필은 중간 삶을 표현하는(middle-brow)에 자리해야 한다.

셋째는 다양한 독자층에 주목한다. 노동직업 수필, 특정 계층을 겨냥하는 컬트 수필, 도시 여성을 주인공으로 그려내는 칙릿 수필, 십 대의 고민을 다루는 스마트폰 수필, 청년 아동 중심의 동 수필과 청년 수필의 창의성을 권장할 것이다.

넷째는 장르 간의 퓨전이다. 좁게는 시, 소설, 드라마의 장점을 빌려오고 넓게는 미술 음악과 통섭하며, 더 넓게는 인문학과 자연과학을 받아들여야 한다. 장르 간의 결합은 자연스럽게 수필 영역을 넓혀줄 것이다.

다섯 번째는 미니멀리즘의 도입이다. 미니멀리즘은 다양한 소재를 다루되 '깔끔한 압축이 아름답다.'는 기법을 추구한다. 이런 기법은 셀 폰 화면을 가볍게 터치하는 샤프펜슬로 쓴 다이어리를 연상시켜준다.

작가정신은 시대 상황에 맞게 내용과 형식을 해체하거나 통섭하는 것이다. 고유성을 보존하려는 구심력과 새로운 영토를 확보하려는 원심력은 문학에서 상호 충돌하지 않고 보완한다. 오늘의 매체는 책만이 아니라 인터넷, 이메일, 셀 폰, 블로그 등 각종 미디어로 다변화되어가므로 작가는 트랜스 미디어 이야기꾼(transmedia-story teller)이 되어야 한다.

한국수필의 고질병은 나르시시즘이다. 일제 강점기의 무력한 서정, 해방 이후와 개발시대의 관조, 민주화 시기의 회피주의로 인하여 '다탈초'라는 개념이 경시됐다. 이제 한국수필은 '미로迷路에서 벗어나기 위해 날개를 단 이카로스'의 정체성을 추구해야 한다. 몽테뉴가 등장시킨 에세이스트, 1930년대의 칼럼니스트, 사이버 시대의 스마트작가에 대항할 수 있는 진정한 수필가의 신분이 필요하다. 다만 그 여건은 만들어지는 것이지, 주어지는 것이 아님을 염두에 두어야 한다.

07. 글 공방 실경實景

　글은 삶을 사려 깊게 해준다. 일상을 정돈시켜 주고 생각을 새
롭게 해주며 사람들과의 교류를 정리해 준다. 글쓰기는 "경험에
근거한 자기 언어를 갖는 노동"이므로 불편한 진실을 고백하기
가 쉽지 않다. 하지만 문제의식을 느끼고 매사를 성찰하다 보면
이전과 달라진 자신을 발견한다. 사는 방식이 달라지고 만나는
사람도 달라지고 옷 스타일도 달라진다. 작가적 새 삶을 맞이하
는 것이다.

1) 누구를 만나는가

　자식 키우고 직장에서 일하다가 40~50대 중년이 된 사람들
이 대부분이다. 남자는 직장 문제로, 여자는 자식 교육으로 바쁜
가운데 긴장이 심해진다. 경제는 안정적이나 현실에 만족하지
못하여 탄식하다가 "이제는…." 하고 자아실현의 돛을 세우려 한
다. 이런저런 계기를 맞이하여 글 교실에 나오는 마음이 설렌다.
막상 글 교실에 와보면 대단한 사람들이 있을 거야 했던 기대가
반쯤 무너진다. 작가 지망생이 있기는 하지만 주로 중년에서 초

로로 넘어가는 사람, 퇴직한 직장인, 다른 공부를 하다가 온 사람, 심심해서 온 사람들이 모여 있다. 그런데 공통점이 있다. 모두 응어리 하나를 가슴에 숨기고 있다는 점이다. 고통 받고 상처 입고 학대당하고 대우받지 못한 자아를 안고 있다. 그런 사람이 더욱 환영받는 곳이 문학 교실이다. 참 이상한 곳이다.

2) 어떤 욕망이 끼어드는가

글을 잘 쓰고 싶다. 자신의 존재감을 확인받고 싶다는 욕망이 그렇게 말한다. 글을 배우기 시작하면 원하는 게 참 많다. 문학한다는 소문을 내고 싶다. 편지도 잘 쓰고 수기나 수필이나 시를 잘 쓰고 싶다. 습작일지라도 인터넷에 올려 댓글을 주르르 얻고 싶다. 문예 공모전에 입상하고 싶고 자서전 같은 책도 내고 싶다. 그런데 강의를 들으면 잘될 것 같았는데 배울수록 쓰는 게 어렵다. 욕심이 해결책이 아님을 알아가는 곳이다.

3) 어떤 글을 먼저 쓸까

생활을 먼저 이야기하자. 내용은 우선 자신이 가장 잘 아는 것이라야 한다. "행복하세요." "부자 되세요." "성불하세요." "예수 믿으세요."라는 그럴듯한 구호에 눌려 세상 빛을 보지 못한 사건들, 평소와 달랐던 희로애락, 들쑤시는 내밀한 상처들. 그런 이야깃감은 "태어나서 처음 하는 얘기"다. 토로하지 못했던 사연이 언젠가는 써야 할 글이다. 왕따, 가정폭력, 실연, 불치병, 이혼,

소중한 이의 죽음, 가족과의 불화, 마음의 질병, 어린 시절의 상처 등 모든 억압된 기억들이 과거로부터 탈출하고 싶어 한다. 글쟁이는 강박관념이라는 수용소에서 석방되어 문학이라는 고향으로 귀향하는 병사와 같다.

4) 어떤 변화가 오는가

글을 쓰면 생각보다 얻는 게 많다. 글로 실토하면 안색이 밝아지고, 마음이 가벼워진다. 글공부를 계속하고 싶고 문인의 일원이 된 것 같다. 남의 글에 어깃장을 놓는 재미도 쏠쏠하다. 얼마만큼 시간이 지나면 학교를 졸업한 후 처음으로 칭찬을 받고 상도 받고 책을 엮어내기도 한다. 글이란 '말을 들어주고 말을 만들어가는 관계'이므로 사람도 많이 안다. 그럴수록 삼근계三勤戒를 경계해야 한다. '삼근계'는 다산 정약용 선생이 공부 좀 한다는 사람들이 가진 세 가지 병폐를 지적한 말이다. 1. 암기력이 좋으면 공부를 소홀히 하고, 2. 글재주가 있으면 빠르지만 글이 부실하고, 3. 이해력이 좋으면 반복 학습을 하지 않아 깊이가 없다. 이 세 가지를 제거할 방책이 있다. "부지런하고 부지런하면 안 될 것이 없다."

5) 어떤 어려움이 있는가

글은 본질에서 자아를 드러내는 노출이다. 심리적으로 노출에는 공포와 희열이 함께 따른다. 수필 쓰기가 어려운 이유는 글을 쓸 때마다 호적과 주민등록표처럼 자신의 모든 것이 드러나기 때문이다. 지금까지 숨겨온 과거가 들추어짐에 따라 자존심이 상한다. 민낯을 내놓기는 정말 쉽지 않다. 글이 활자화되면 없던 안 쓰고도 지금까지 잘살았는데, 돈도 안 되는데, 알아주지도 않는데 왜 써야 하지라고 구시렁거린다. 그땐 "그런 인간보다야 잘 참고 견딘다."라는 안네 프랑크의 말을 기억한다.

어찌하다가 밤을 새운다. 그때는 내가 책상 앞에서 아침을 맞이했다고 생각하며 내친김에 가족들에게 "오늘 저녁은 각자 알아서 해 드세요."라고 배짱을 부려본다. 이것은 독립선언서이고 자신을 바꾸는 혁명공약이다. 펜을 잡는 건 진실의 산을 오르는 것임을 그때야 깨닫는다.

6) 왜 자기를 써야 하는가

자기 이야기를 쓰라고 하면 검찰 앞에서 자백을 강요당하는 느낌을 받는다. 글은 취조도, 고해성사도 아니지만, 글감은 분명 '자기 안의 타자'이다. 학창시절에는 나무, 꽃, 단풍, 설경, 안개 등의 아름다움을 좋아하였는데 열심히 사느라 꽃 구경, 바다 구경에 심드렁해졌다. 그 이유가 분명히 어딘가 있다. 프랑스 비평가 롤랑 바르트는 "내가 무엇을 좋아하면 왜 그걸 좋아하는지에 집중하라."고 했다. 글은 자신에게서 나온다. 글이 안 써질 때는 '내 이야기를 어떻게 쓸 것인가?'라는 물음에 집중한다.

7) 무슨 감정이 생기는가

글쓰기 수업은 인생 교실이다. 함께 아파하고 같이 위로하여 더불어 커가는 공간이다. 아들 이야기에서 제 아들의 문제를, 할머니를 다룬 글에서 우리 할머니의 삶을, 직장 이야기에서 내 월급쟁이 시절을 떠올린다. 문우의 글을 나의 글로 여기고 동료의 삶을 듣다 보면 내 고민이 줄어든다. '글을 쓰고 나니 후련해.'가 글쓰기의 본성이다. 글이야말로 '저비용 고효율'의 감정 교술임을 기억한다.

8) 내 생각, 내 마음이 중요하다

글쓰기 수업이 때로는 힘들고 불현듯 허무해진다. 그때 어딘가 자기 글을 읽어주는 열렬한 독자가 있다고 믿으면 용기가 난다. 최소한 당신을 가르치는 선생은 그대의 열렬한 독자이다. 그렇게 믿고 더 열심히 쓰면 누군가의 기대와 관심을 얻고 더 열심히 하고 싶은 '로젠탈 효과'(Rosenthal effect)를 경험한다. 서로의 사연을 알게 되면서 글쓰기 친구가 인생 동료가 된다. 문학을 어렵게 생각하지 않도록 하자. 진리라는 철학적 개념보다, 구원이라는 종교적 개념보다, 자신의 글이 더 구원적이고 철학적이다. 그 믿음이 중요하다.

9) 글과의 상봉

슬럼프가 온다. 어휘력이 부족하고 적절한 단어를 찾지 못하고 남의 표현을 빌려 쓰고 있다는 자책감이 든다. 영국의 작가 조지 오웰은 사람을 일반 사람과 글 쓰는 사람으로 나누었다. 일반 사람을 "자력으로는 인생의 곡절을 글로 표현할 수 없는 사람들"이라고 정의했다. 글을 쓰려는 사람은 용기를 가진 사람이고 언어를 만나기 위해 노력하는 사람이라고 했다. 그대는 글을 쓰는 사람. 글 쓰는 사람은 글을 쓸 재능을 갖지 못한 사람을 위해 써야 한다. 더불어 남에게 상처를 주는 입말은 단단히 삼간다. 말이 많을수록 글의 기력이 줄어든다.

10) 한번 죽자고 해보자

글도 전쟁이고 싸움이다. 살려면 기습전과 장기전과 돌격전과 배수전에서 이겨야 한다. 글만큼 교활하고 변덕스럽고 음흉한 적이 없으므로 '죽느냐 사느냐(to be or not to be).'에 가까운 오기를 부려야 한다. 《자본론》의 저자 마르크스(Karl Marx)는 "가장 급진적으로 된다는 것은 사물을 근원으로부터 파악한다는 것이고, 이 근원이란 인간에게는 자기 자신이다."라고 했다. 오죽하면 나탈리 골드버그는 "뼛속까지 내려가서 써라."고 했겠는가. 쓰지 않으면 죽는다는 각오, 한 단어를 찾기 위해 밤을 새우는 집요함, 하나의 적절한 단어를 찾으면 '유레카'라고 외치면서 방문을 열고 밖으로 나서는 광기. 맨몸으로 글의 적진으로 돌격하는 결사의 정신. 그렇게 하려면 글을 씀으로써 쓰는 에너지를 얻어야 한다.

7부

01. 작가는 자유의지의 수형자

"문학은 황홀한 감옥이다."

문학은 천국만큼 아름답지만 때때로 지옥처럼 고통스럽다. 문학은 영혼의 심장이라고 여기는 사람은 더욱 그렇게 느낀다. 작가에게 그 심장을 허락하지 않는 사회는 아무리 편안하고 풍요하여도 나무 한 그루 없는 황무지와 다를 바 없다. 평생을 고통스럽게 살았던 미국의 시인 에드거 앨런 포를 두고 프랑스 낭만주의 시인인 보들레르가 "미국은 그에게 거대한 감옥이었다."라고 말했던 것처럼 어떤 작가에게는 비옥한 아메리카 대륙이 악몽의 세계일 수 있다.

얼핏 생각하여도 작가에게 투옥은 자유와 거리가 있어 보인다. 하지만 문학 안에 있으면 작가는 투옥되어도 연금되었다는 느낌을 받지 않는다. 작가 스스로 울안으로 들어가고 쇠창살을 자청한다. 작가는 그때마다 "문인은 잡아갈 수 있지만, 문학은 감옥에 가두지 못한다."라고 외친다.

작가라면 자신을 징벌하고 싶을 때 투옥을 택하는 경우가 적지 않다. 그것이 작가의 운명이니까. 진정 살아야 한다면 그렇게 할 수밖에 없으니까. 내 몸은 남다르게 움직여야 한다는 본능을 거부할 수 없으니까. 무엇보다 세속의 감옥이 그에게는 정죄의 둥지이니까 그렇게 한다.

작가들은 벽돌 감옥에 들어가서도 변함없는 인생을 맞이한다. 역사 기록에서 최초의 수형자는 소크라테스이다. 그는 도망치라는 주변의 권유를 뿌리치고 스스로 사약을 받아 마셨다. 임종하면서 그는 "순리에 따르라."는 메시지를 남겨 제자 격인 플라톤이 《소크라테스의 변명》을 쓸 수 있는 명분을 남겨주었다. 로마제국의 정치가이자 철학자였던 보에티우스(Boethius)는 반역 혐의를 받아 파비아의 감옥에 갇혔을 때 플라톤의 사상을 담은 《철학의 위안》을 썼다. '크라이스트 대학의 숙녀'라는 별명을 얻었던 존 밀턴은 왕정이 복귀되자 교수형은 겨우 면했지만, 시력을 완전히 잃은 상태에서 거작 《실낙원》을 완성했다. 세르반테스는 58세에 7개월간 연금당하면서 《돈키호테》를 썼고 도스토옙스키는 시베리아 유형도 모자라 처형 일보 직전에 간신히 사면을 받아 후일 《죄와 벌》을 남겼다.

현대에도 작가의 수형 역사는 계속되었다. 8년 동안 수용소에서 생활한 러시아 소설가 솔제니친은 1970년에 《수용소 군도》로 노벨문학상을 받았으나 반역죄로 체포되고 사형선고를 받았다. 아프리카 출신으로 처음 노벨문학상을 받은 나이지리라 소설가 월레 소잉카(Wole Soyinka)는 조국의 내전 중단을 촉구하는 글을 썼다가 22개월간 투옥되었고, 중국 시인인 류샤오보劉曉波는 수십 년의 투옥과 탄압을 거듭하면서도 중국에 남아 민주화를 위해 분투하다가 비극적으로 숨졌다.

김남주 시인은 《저 창살에 햇살이》에 옥중시선 3백 편을 쓰면서 "감옥이 자신을 시인으로 만들었다."고 술회했다. 조정래 작가는 자전 에세이 《황홀한 글감옥》에서 술 한 방울 마시지 않고 아침 여섯 시부터 늦은 잠자리에 들 때까지 하루 16시간, 원고지 30매를 원칙으로 글 노역을 20년 했다고 한다.

작가는 스스로 갇힘으로 타율적 갇힘에서 벗어난다. 보통 사람들과 달리 작가는 책을 통하여 영생을 얻는다. 보통 사람들은 겨울에는 겨울을, 여름에는 여름을 즐기지만, 작가들은 장소 계절 구분이 없다. 한 해의 첫 계절인 봄이 오면 이내 다가올 겨울 설한이 그리워하고 여름에 겨울을 찾는 인간들이 작가라는 족속이다. 만년에 감옥에서 《옥중기》를 쓴 오스카 와일드는 투옥된 다음 몇 달 동안 어두컴컴하고 잿빛뿐인 투옥 생활을 두고 "비애의 계절이 있을 뿐이다."라고 한탄했지만 2년이 지나 모든 미련을 버리면서 감옥의 어둠을 신생의 경지로 받아들였다. 그는 투옥되었으나 마침내 자신을 연금시킨 자유인이 되었다.

작가에게 책은 도대체 무엇일까. 그것은 자신을 지키고 주변 권력과 대치하는 성곽이다. "펜은 칼보다 강하다."는 독재 권력자들이 가장 두려워하는 말이듯이 작가는 특별하게 연금시켜야 하는 사상범이다. 평소에는 그지없이 친하고, 보통 때는 사계절의 손짓에 쉬 넘어가고, 사람들에게 쉽게 속지만 펜을 모독하면 작가는 모든 것을 버리고 절교한다. 그때 작가는 살아있는 사람보다 죽은 자와 대화하기를 더 원한다. 이런 반미치광이들을 마음대로 돌아다니게 허락하는 정치가는 많지 않다. 더욱이 그들의 말과 행동은 보이지 않는 전염성을 가지고 있으므로 사약을 내리거나 투옥한다.

작가들은 책 속에 머물 때 진정 살아간다. 책 속에서 해와 달을 친구삼아 아름다운 연애도 한다. 김소월의 〈진달래〉 시와 로버트 번즈(Robert Burns)의 시 〈붉은 장미(A Red, Red Rose)〉와 워드워즈의 시 〈수선화(Daffodils)〉가 감동을 지니는 이유는 그들이 화원에 핀 꽃에서 시상을 찾아낸 것이 아니라 진달래와 장미와 수선화의 본성을 찾아냈기 때문이다. 자연과 계절을 즐기더라도 책이라는 감옥을 벗어나지 않았고, 책속에 연금되어도 자연에 대한 미감을 잊지 않았다.

인간은 의식주의 도움을 받아 생존하고 주변 환경에 적응하여 생활한다. 글을 읽거나 쓰지 않아도 현실에 만족한다. 그러나 작가의식을 지닌 사람들은 다르다. 그들의 생활에서 중요한 것은 타산을 맞추는 계산능력이 아니라 직관적이고 감각적인 수용력이다. 생각의 문을 열어 새로운 세계를 맞이한다. 생각의 문은 감수성, 지성, 이성, 오성이라는 여러 능력으로 짜여있다. 감수성의 문과 지성의 문을 지나, 사유를 가능하게 하는 이성의 문턱도 주저하지 않고 넘는다. 칸트가 말한 오성의 문도 대담하게 지난다.

생활의 발견은 자기 연금에서 이루어진다. 발과 눈과 마음으로 여행하라는 말이 있지만, 여행의 진수는 책으로 들어가는 것이다. 거듭 말하지만, 집에 있으면서 집에서 멀어지고 다른 곳에 있으면서 집에 살고 있다는 환상 같은 역설이 필요하다. 그 관계 법칙을 찾기 위해 '지금 여기'를 벗어나는 탈 일상성으로 들어가는 것이다.

글을 중심으로 한 행동은 '특수 행위'에 속한다. 아이러니하게도 조폭들 사이에서 이루어지는 관록처럼 갇힌 기간이 길수록, 독서하는 횟수가 늘어난다. 그런데 어찌된 영문인지 조폭 행동 대원이 그들의 전과를 떠벌리듯이 책을 얼마나 많이 읽고 책을 얼마나 많이 냈는가를 자랑하는 가벼운 문단이 되어버렸다.

책은 "늘 자신을 가둬두어야 하는 자리"다. 방북으로 투옥 당했던 황석영은 《수인》에서 "언어의 감옥에 갇혔던 삶"을 회고한다. 미국 버지니아 출신으로 퓰리처상을 두 차례 받은 뉴욕타임스의 칼럼니스트 러셀(Russell Baker)은 "갑자기 나는 이 집을 떠나기가 싫어졌다. 이제야 나는 내가 이곳에 있어 진정 행복하다는 사실을 확실히 깨달았다.(《성장(Growing Up)》 중에서)"고 말한다. 이런 작가들이야말로 진정 자신을 가둔 수인囚人이다.

문학은 작가의 감옥이며 스스로 두문불출하는 '창살 없는 감옥'이다. 감방지기도 없는데 왜 쇼생크처럼 탈출하지 않을까. 천국의 열쇠를 쥔 베드로처럼 감옥 열쇠를 갖고 있음에도 왜 책을 배신하지 않을까. 그럴듯한 작품이 나올지 모른다는 한 줄기 희망 때문일까. 그렇다 한들 사슬이 풀린 해방감과 자유분방함은 잠깐, 다시 망할 사슬이 그를 칭칭 묶고, 질질 끌고 다니고, 목을 캑캑 옥죄며 "좋은 책을 탄생시켜라."라고 귓전에 대고 재촉한 다.

좋은 책은 어떻게 태어날까를 종종 생각한다. 만일 봄을 맞이 하여 길을 떠난다면 그 길은 '봄 길春路'이 아니라 '봄의 길見路'이 될 것이다. 작가라면 그쯤은 아니까. 겨울 길이면 눈길雪路일 텐데 그리고 보니 말길言路임을 알게 된다. 권태와 우울, 허탈과 공허뿐일 거라고 예감하지만 들어가 보면 자신을 1대 1로 만날 수 있는 진경이 사방 벽에 걸려 있다.

살구나무 아래 작은 집 한 채가 있다. 방에는 시렁과 책상 등속이 3분의 1을 차지한다. 손님 몇이 이르기라 도 하면 무릎을 맞대고 앉는 너무도 협소하고 누추한 집이다. 하지만 주인은 아주 편안하게 독서와 구도에 열중한다. 나는 그에게 말했다.

"이 작은 방에서 몸을 돌려 앉으면 방위가 바뀌고 명암 이 달라진다네. 구도란 생각을 바꾸는 것이 아닌가. 생각 이 바뀌면 그 뒤를 따르지 않는 것이 없다네. 자네가 내 말을 믿는다면 자네를 위해 창문을 열어주겠네. 웃는 사 이에 벌써 밝고 드넓은 공간으로 오르게 될 걸세.

― 이용휴, 〈행교유거기杏嶠幽居記〉에서

역사나 철학보다 문학이 더 진실한 이유가 이것이다. '꼭 말해야 하는 것을 말하는 것.' 작가란 입으로 말한 업보에 대해 속죄하기 위하여 책이라는 감옥 안으로 들어가는 수형자受刑者이다. 봄바람이 불어도 엉덩이를 의자에서 떼지 않는 수행자修行者이다.

02. 형상화와 의미화

　공자님의 말씀을 적은 《대학》에 "격물치지格物致知"라는 말이 나온다. "자기의 마음을 바로잡으려고 하는 사람은 먼저 자기의 생각을 성실하게 한다. 자기의 생활을 성실하게 하려는 사람은 먼저 자기의 지혜를 넓혔으며先致其知, 지혜를 넓히는 것은 사물의 이치를 구명究明하는 데 있다致知在格物. 사물의 이치를 규명한 후에야 지혜가 생긴다. 지혜가 생긴 다음에야 생각이 성실해진다." 라는 뜻이다. "생활 → 사물 → 지혜 → 생각"으로 이어지는 고리에서 살필 수 있는 것은 "존재하는 사물"과 "좋은 생각"이라는 두 키워드이다. 다른 말로 풀이하면 사물의 궁극적인 이치를 파악해야 마음을 헤아린다는 뜻이다.

　문장의 '형상화와 의미화'가 무엇인가를 콕 집어 요약한 말이다. 시든 소설이든 수필이든 글은 인생을 담아내는 글이기 때문에 문장이 정제되어야 한다. 그렇게 하려면 형상화와 의미화가 동시에 이루어져야 한다. 문법에 맞추어 쓰는 것도 예사가 아닌데 의미와 형상까지 갖추라고 하니 어디 쉽겠는가. 하지만 형상과 의미가 문장의 두 바퀴이니 어쩔 수 없다.

형상화와 의미화는 동전의 앞뒤처럼 딱 붙어있으므로 함께 살펴보아야 한다. '형상화'란 마음속에 잠긴 추상적인 의미에 맞는 구체적인 모습을 떠올리는 것이며. '의미화'는 사물이 품고 있는 내재적인 도덕성, 존재성, 관계성, 원초성, 본질성을 말한다. 형상이 외적이고 구상적이라면 의미는 내적이고 추상적인 것으로 예로부터 형상과 의미화를 합쳐 입상진의立象盡意라 하였다. 경물景物의 묘사를 통하여 정의情意를 전달하는 것이니 의미를 직접 지시하는 대신 이미지를 통한 간접적으로 전달하는 방식으로 형상과 이미지 간의 호환성을 말한다. 형상에 의미가 들어감으로써 사유가 이루어지고 의미에 형상을 입혀 독자의 마음을 얻고 그들 삶을 더욱 깊게 한다.

글쓰기를 하려면 "무엇을 어떻게"를 먼저 고려한다. 글감이 글값을 정한다고도 말할 정도로 소재 선택이 우선시 된다. 형상화가 지나치면 수사 나열에 머물고 의미화가 지나치면 난삽한 설명에 그치므로 의미 있는 문장이 주요하다. 서술적 측면과 상징적 측면이 평형을 이루어야 글의 완성도가 높아진다는 뜻이다.

완숙한 문장과 차원 높은 정서가 형상화와 의미화의 균형을 잡아 준다. 사물을 읽고 해석하는 안목을 높이는 예를 들어보겠다. 어느 봄날 골목에서 홀로 핀 민들레를 보았다. 어떤 사람은 "저기 민들레가 폈네." 한다. 누구는 "저기 봄이 왔네." 한다. 누구는 "어쩜 저것이 저기에…."라고 감탄하며 한참 서서 물끄러미 바라본다. 첫 번째 사람은 그냥 보고 지나간 것이고 두 번째 사람은 아름다운 정원을 찾아가는 도중에 보았다.

　세 번째 사람은 감정을 갖고 응시했으므로 해석이 달라진다. 생각과 상상과 표현의 조합이 차례차례 일어난다. 세 번째 사람에서도 '경우의 수'가 다르다. 만일 "외롭구나." 하면 홀로 살아가는 인간을, "순결하구나." 하면 힘겨운 삶을 깨끗이 살다 간 누군가를, "초연하면서 고결하구나." 하면 결가부좌의 선승을 떠올린다. 그 어느 것이든 형상화와 의미화가 이루어지더라도 차원은 조금씩 다르다. 삶과 지혜가 의미화와 형상화가 결속하는 급수를 정한다는 이치이겠다.

　신선한 제재와 함축적인 주제를 겸비한 글을 만날 때가 있다. 사색적인 관찰로 건져 올리고 형상화와 의미화라는 미학적 작업이 원만하게 이루어진 결과이다. 사물을 건성으로 보지 않고 그것의 존재성에 경외심을 느낄 때 이루어지는 이런 작업은 '어떻게 보이는가'라는 첫 단계이기도 하다. 형상화와 의미화가 상호 보완되어 "그 말을 하고 싶어서 썼구나." 하는 동기가 "어쩜 이렇게⋯."라는 감동의 결과를 낳는다. 그때 글이 "태어났다."라고 할 것이다.

　다음 날 아침 아내가 명탯국을 끓였다. 아버지가 좋아하시면서 "웬 명태냐?"고 하셨다. 아내가 "애비가 사 왔어요." 하자 아버지는 잠깐 나를 쳐다보더니 "우리 집에 나 말고 명태 사 들고 올 사람이 또 있구나!" 하시는 것이었다. 고전을 면치 못하던 야전 지휘관이 지원군이라도 보충 받은 것처럼 사기가 진작된 아버지의 그 말씀이 왜 그리 눈물겹던지, 그날 아침 햇살 가득 찬 안방에서 아버지와 겸상을 한 담백하고 시원한 명탯국 맛을 생각하면 지금도 잦히는 밥솥처럼 마음이 자작자작 눋는 것이다.

　　　　　　　　　　　　　— 목성균, 〈명태에 관한 추억〉에서

　한국 아버지들의 존재는 대개 밥상, 화로, 숫돌로 육질화된다. 목성균은 식구이며 가장이며 집안 대주인 아버지라는 존재를 명태로 말한다. 명태는 제사상에도 오르는 귀물貴物로서 가장의 위엄을 지니듯이 목성균은 아버지에 대한 자애와 존경을 명태라는 사물로 형상화한다. 나이가 들면 아버지의 권위가 줄어들면서, 성장하는 자식이 아버지의 권한을 이어받는다. 그러한 가문의 흐름이 '명태를 사 들고 올 사람'으로 전달된다.

　버려진 섬마다 꽃이 피었다.
　꽃피는 숲에 저녁노을이 비치어, 구름처럼 부풀어 오른 섬들은 바다에 결박된 사슬을 풀고 어두워지는 수평선 너머로 흘러가는 듯싶었다. 뭍으로 건너온 새들이 저무는 섬으로 돌아갈 때, 물 위에 깔린 노을은 수평선 쪽으로 몰려가서 소멸했다. 저녁이면 먼 섬들이 박모薄暮 속으로 불려 가고, 아침에 떠오르는 해가 먼 섬부터 다시 세상에 돌려보내는 것이어서, 바다에서는 늘 먼 섬이 먼저 소멸하고 먼 섬이 먼저 떠올랐다. 저무는 해가 마지막 노을에 반짝이던 물비늘을 걷어 가면 바다는 캄캄하고 어두워져 갔고, 밀물로 달려들어 해안 단애에 부딪히는 파도 소리가 어둠 속에서 뒤채었다.

– 김훈, 《칼의 노래》에서

김훈은 임진왜란의 처절한 전투로 폐허가 된 섬에서 잊힌 역사의 순간을 회상한다. 그는 '전쟁', '역사' 등의 거대담론은 배제하고 눈앞에 보이는 "꽃, 노을, 바다, 파도, 어둠"이라는 물상 이미지로만 참혹한 민족적 비애를 그려낸다. 너무나 서정적인 묘사여서 피비린내 났던 역사의 비극이 더 강조된다. "내가 쓰고자 원했던 문장은 '꽃이 피었다.'였어요."라고 작가 스스로 말하였듯이 사람은 더 살지 않고 무심한 꽃만 피는 곳이 전장이다.

이처럼 특별한 이미지와 상징을 지닌 사물을 선점해야 한다. 선점이란 선점先占이라기보다는 가려서 뽑은 유일한 소재로서 '선점選占'을 말한다. 의미와 형상이 서로 일치하는 감感을 잡는다는 뜻으로 작품이 되는 사물을 취사선택하는 안목이 필요하다.

사진작가는 아무거나 아무때나 찍지 않는다. 폭우 속에서도 눈발에서도 찍고자 하는 장면을 포착하기 위해 기다리고 기다린다. 지나가면서 흘낏 본 소재는 형상화와 의미화를 이루지 못한다. '스틸… 스틸….' 숨을 죽이고 시선을 고정하고 손발은 움직이지 않는 부동과 몰입과 망아忘我의 상태에서 만난 소재가 형상화와 의미화를 이루어낸다. 순간 포착. 그 찰나에 작가와 사물이 만나는 '격물치지'가 이루어진다.

03. 오늘의 작가에게 묻는다

예술의 꽃은 문학이다. 작가를 세분하지 않은 예전에는 모든 문학을 시라고 불렀다. 시가 문학이고 시인이 문학인인 시절에 시를 두고 많은 이야기를 했다. 프랑스의 비평가인 폴 발레리(Paul Valery)는 "시인은 언어의 연금술사"라 명명했고 플라톤은 "시인들은 자신들도 이해하지 못하는 위대하고 지혜로운 말들을 되뇐다."라고 문학의 영감을 칭송했다. 영국 시인 윌리엄 워즈워스는 "시인은 인간성을 옹호하고 보존하는 전수자"임을 천명하였다. 이처럼 고전주의 시대부터 시인과 문인만큼 그가 누구인지에 대하여 빈번히 거론된 예술가는 없다.

문학에 맡겨진 기대감은 항상 남다르다. 중세의 유랑 작가와 음유시인이 인간의 운명과 자연의 숭고함을 읊은 이래로 문학에 대한 기대는 늘 푸른 깃발처럼 나부꼈다. 문학과 문인에 대한 실망도 뒤따랐다. 물질주의가 정신주의를 누르는 오늘날에는 '문학은 죽었다.'라는 무용론과 '시인은 병균이다.'라는 배척론이 득세하기 쉽다. 그런 시련이 반복될수록 작가들은 독재에 저항하고 부패에 반항하면서 문학의 정도를 넓혀왔다. 지금도 문학이

겪는 고초는 글을 쓰는 사람이라면 감당하여야 할 짐이다. 문학에 관한 이야기를 들을 때마다 나는 문학정신이 이랬으면 하는 기대를 품는다.

작가는 때로는 오만하지만 진실하다. 간혹 변덕을 부리지만 뒤탈이 없다. 어쩌다 분노를 참지 못하여도 열정적이다. 어눌하고 수줍지만 기개는 더없이 꼿꼿하다. 거듭 확인하는 것이지만 문인은 오만하거나 변덕스럽거나, 분노를 참지 못하거나 어눌하지 않다. 오만하다면 인간을 지나치게 사랑하기 때문이고, 변덕스럽다면 사물에 대한 감수성이 예민하다는 뜻이며, 분노를 참지 못한다면 사회의 불의에 저항한다는 풀이이고, 어눌하다 함은 물욕의 담이 낮다는 의미라고 여긴다.

나는 그런 작가와 꽃향기 가득한 들길을 걷고 싶다. 그의 깊은 눈을 닮고 싶고 그의 발걸음을 뒤따르고 싶고 그와 한 되 막걸리를 나누어 마시며 풍성한 가을 햇볕을 쬐고 싶다. 내가 할 수 있는 한, 시에 깃든 예지를 받아들이고 소설이라는 감정 교실로 들어서고 수필의 정원에서 내 과거를 치유하고 싶다. 하지만 세기의 작가들이 그곳에 있는 터라 작가의 영지로 들어가기가 어줍스럽다. 무엇보다 그들이 감당하기 어려울 정도로 다감한 인간이고, 감내하기 어려울 정도의 자유인이기 때문이다.

문학은 자유를 추구하는 노역이라고 한다. 글은 마음을 꽁꽁 묶고 있는 타성의 사슬을 풀어주고 육신을 옥죄고 있는 관습의 밧줄을 풀어준다. 그러니 그 소임을 맡은 자는 항상 우리의 선두에 서리라. 글은 사랑을 공유하고자 하는 노력으로서 비탄에 젖은 아픔을 다독여주고 행복에 겨운 마음을 진정시켜 제 길을 잃지 않도록 알려준다. 그렇게 하는 자는 늘 우리의 한가운데 자리하리라. 글은 행복이라는 재산을 나누어 주는 겸양으로 재물과 야욕에 눈먼 우리를 일깨워준다. 따라서 그자는 항상 행렬의 마지막에 자리하리라.

만일 우리들에 그런 작가가 있다면 평안하고 풍족한 침식이 더욱 넉넉할 것이며 그런 작가가 없다면 평안함과 풍족함은 늘 미미할 것이다. 하지만 기억할 것이다. 작가가 우리 주변에 머무른다면 그것은 우리의 살림이 넉넉해서가 아니라 온갖 결핍을 눈감아주는 그의 너그러움 덕분이다. 만일 작가가 주변에 없다면 자신의 안일과 명예만을 생각하기 때문이 아니라 인간의 못된 이기심에 좌절한 분노로 결별을 선언한 탓이다. 오늘날 작가다운 작가가 드물다면 독자다운 독자가 없어 숨쉴 수 있는 공기가 사라지고 헤엄칠 수 있는 물이 메말라 버렸기 때문이다. 그러니 어찌 글다운 글이 없음을 면류관을 쓸 만한 작가가 없다는 핑계로 돌릴 것인가.

나는 글을 쓸지언정 시를 쓸 작정을 한 적이 거의 없다. 글을 쓸지언정 소설을 쓰기를 주저한다. 수필을 쓰지만 수필다운 수필을 쓴 적이 있는지 자신하지 못한다. 쓰기 어려워서가 아니다. 소설 몇 쪽을 끼적거릴 만용은 있지만, 단 몇 줄을 쓰기 위하여 숱한 밤을 새울 인내가 없어서다. 시를 쓸 시간이 없어서도 아니다. 하루 만에 몇 편의 시를 쓸 만한 무모함은 있을지 모르나 한 편의 시를 끌어내는 영감이 쉬 찾아오지 않는 이유를 아는 까닭이다. 내 수필을 읽어줄 독자가 없는 것도 아니다. 짧은 시간에 많은 독자를 가지려는 가벼운 유혹에 빠져버린 나머지 단 한 명의 독자가 그립다는 절대적 애착을 손에 쥔 모래처럼 흘려버렸기 때문이다.

나는 원한다. 글을 쓰는 문인이라면 지인知人이 되기를 바란다. 아는 사람이 아니라 알아가는 사람, 보는 사람이 아니라 읽는 사람이기를 원한다. 무엇보다 문학을 사랑하는 보호자이기를 원한다. 나는 바란다. 글을 쓰는 문인이라면 치인治人이기를 바란다. 자신을 다스리고 글 아닌 글은 발표하지 않는 견인주의자이기를 바란다. 그리고 글을 쓰는 사람이라면 현인賢人이기를 기대한다. 자칭 작가라고 나서기보다는 대상에 이름을 지어주고 새로운 존재성을 부여해주는 작인作人이기를 기대한다. 할 수만 있다면 그들이 철인哲人이기를 호소한다.

철인은 누구인가. 자신의 작품에 대하여 야비다리 치지 않고, 나 아닌 작가의 작품에 야살 부리지 않고, 여타 문학 장르를 대하여도 야발스럽지 않고, 다른 예술 앞에서 야코죽지 않되 뭇 학문에 대하여 야젓하기를 바란다. 한데 나는 철인도, 현인도, 작인도 치인도, 지인도 못되므로 그런 작가 한 분이 늘 곁에 있으면 한다. 보고 싶을 때 만나고 뭔가 읽고 싶을 때 그를 만나 함께 읽을 수 있기를 바란다. 하지만 애석하게도 앞서 말한 나의 한계 때문에 그런 작가를 아직 찾지 못했으니 만나려 해도 만날 수 없다. 내가 진실로 만나기를 원하는 작가는 저 먼 곳, 어디엔가 있을 것이므로 "이런 글을 써 주소서." 하고 청을 드리는 것이다.

"해인海印이라는 말이 있다. 세계의 모든 중생과 사물이 바다 가운데에 도장처럼 깊게 비추어진다는 불교 용어이다. 부처의 지혜로 우주의 모든 만물을 깨닫는 것을 의미한다. 문학에 대비하면 시, 소설, 수필이 모두 해인으로 가는 길이다. 해인은 살아서 도달할 수 없는 피안의 세계이고 유토피아이지만 문학에서는 피안이 아니다. 만일 문인이 해인의 경지에 이르게 되면, 낙타가 되고 해태가 되고 콘도르가 될 것이다. 해인은 번민과 번뇌의 짐을 지려는 작가만이 이룰 수 있다.

1940년대에 활동한 영국 시인 니콜라스 무어(Nicholas Moore)는 "인간의 불행으로 미쳐버린 나는 시인이므로 더욱 슬프다."라고 읊조렸다. 그렇다면 힘들고 혼돈되고 요동치는 오늘의 이 땅에서 글을 쓰는 그대는 누구인가. 무엇이라고 불리고 있는가.

04. 힐링과 치유 문학

　문학이 지닌 역할 중의 하나는 인간의 상처에 관한 집요한 탐구다. 생사의 아비규환 속에서도 생명의 존귀함을 자문자답함으로써 육체와 정신의 부활을 도모한다. 소설가 한창훈도 글쓰기란 "무릎에 난 상처를 가지고 노는 일"이라고 했다. 무릎의 상처를 들여다보고, 딱지를 떼어내고, 상처가 덧나면 다시 긁는다. 가렵지만 참다 보면 낫는다.

　우리의 마음도 상처를 입는다. 마음은 몸보다 더 예민하게 아픔을 느낀다. 부당하게 대우받고 버려지고 오해받는 가운데 울고 탄식하며 가슴을 쥐어뜯는다. 자신에게 편지를 쓰고 하소연을 들어줄 만한 사람에게 전화를 건다. 끝내, 신에게 기도를 드린다. 그렇게 고백과 탄원과 자복으로서 글쓰기를 시작한다.

　원시시대 이래로 문학은 인간을 위로하고 용기를 북돋아 주었다. 무당이나 제사장들은 부족의 안위를 위해 춤을 추며 주문을 외웠다. 의술과 예술이 서로 밀접한 관련이 있음은 아폴로 신이 의신醫神이면서 시와 예술의 신인 것으로 알 수 있다. 테베의 도서관 정문에는 "영혼을 치유하는 곳"이라는 간판이 걸렸고 중세 수

도원의 어떤 도서관은 "영혼을 위한 약상자"라는 글자를 새겼다고 한다. 아리스토텔레스는 "문학 본래의 기능이 영혼을 치유하는 것"이라고 말하였으며 프로이트는 "무의식의 세계를 발견한 사람은 내가 아니라 시인"이라고 했다. 1960년대부터 시詩 치료가 등장하면서, 사이코드라마와 사이코 포이트리(poetry)가 생겨났다. 이런 누적이 이루어져 오늘의 힐링(healing) 문학이 되었다.

인간은 저마다 내면적인 상처를 한두 가지 지니고 살아간다. 사는 것이 상처를 입는 것이라는 표현을 빌리지 않더라도 힐링과 보살핌(caring)이 없는 사회는 존속하기 어렵다. 구어 문학 이래로 수많은 시인과 작가들이 이상사회와 이상적인 인간을 노래하였지만, 지금껏 온전한 인간이 존재하지 못하고 있다. 문학을 삶으로 끌어들이고 영육을 치유하는 힐링이 있어야 하는 이유가 여기에 있다.

우리의 몸과 마음은 심적 생태계(mental ecology)를 요청한다. 프로이트가 정신은 '시를 짓은 기관'이라고 말한 의미에는 우리 속에 시인이 살고 있고, 인류가 멸망하는 날은 시인이 사라진 날이라는 말과 같다. 문학 치료에서 말하는 참 자아는 "우리 속의 놀라운 아이(Wonderful Child)"이며, 미국의 국민시인 월트 휘트먼이 〈오 나여, 오 삶이여(O Me! O Life!)〉에서 밝힌 "나 속의 시인"과 같다.

인생이라는 연극은 계속되고 인간 모두는 비극적 조연에 불과하다는 말은 사실이다. 톰 슐만(Tom Schulman)이 〈죽은 시인의 사회〉에서 "모두가 병들었는데 아무도 아프지 않은 척한다."라고 외치고 릴케가 《말테의 수기》에서 "세상은 거대한 병원"이라고 토로한 것도 인간들이 자신이 잠재적 환자라는 점을 인정하지 못함을 알았기 때문이다. 해결책이 있다면 그것은 "내 삶은 나 홀로 직면해야 한다. 내 삶에 대한 궁극적인 책임은 내가 진다."는 것이다. 유태계 미국인으로 사회심리학자인 에리히 프롬은 이것을 자신에 대한 존경과 사랑과 책임이라고 하였다.

자신 속의 "낯선 자"를 찾아 나서는 처방이 필요하게 되었다. "낯선 사람"은 건강한 성장을 추구하는 깸은 자아를 지칭한다. 영국 시인 코울리지는 사람은 "낯익음과 이기적 근심 걱정의 막"에 가리어 눈이 있되 보지 못하고 귀가 있되 듣지 못하여 자신조차 제대로 이해하지 못한다는 진단을 내렸다. 로버트 프로스트도 "시는 즐거움으로 시작해서 지혜로움으로 끝난다."라고 설명하면서 지금껏 알지 못했던 힐링의 지혜를 가져 달라고 촉구하였다. 문학과 예술이 상처의 붕괴를 거두고 자아를 속박에서 해방하는 방안이라는 것이다. "나의 언어를 통해" 낯설지만, 가장 친밀한 진아眞我를 재발견하는 것이다.

바흐친은 이것을 대화로 설명한다. 그는 문화를 무거운 개념이 아니라 대화와 웃음을 통해 인간의 삶을 펼치는 연속적인 과정으로 풀어냈다. 그가 말하는 문화는 평범한 사람들이 펼치는 만남과 어울림이다. 이 역동적 교류가 작은 대화로써 한평생 살다 보면 갖가지 고통이 따르고 그때마다 대화가 필요해진다. 바흐친이 말한 삶의 작은 대화는 다시 내적 대화와 외적 대화로 나누어진다. 내적 대화는 내적 독백, 사색, 사유의 형태로 나타나며 외적 대화는 주어진 공간 안에서 사람과 사람 사이에 오가는 말로 이루어진다.

내적 대화는 자신의, 자신에 의한, 자신을 위한 말하기이다. 그것을 문학에 적용하면 "너 자신을 생각하고 너 자신을 읽어라."라는 말과 다르지 않다. 이러한 개념을 바탕으로 자신과 진실한 대화를 나누려 할 때, 문학 이야기는 참모습을 가진다.

힐링(HEAL)을 파자하여 살펴보면 "Health, Evolution, Atonement, Liberty"의 합성어라는 생각이 들 때가 있다. 헬스는 쇠약해지고 피폐해진 마음과 몸을 회복하는 것이고, 이볼루션은 퇴화와 부패에서 벗어나 더 나은 상태로 진화하는 것이며, 어톤먼트는 자신의 잘못을 보속하여 죄의식에서 벗어나는 속죄이고, 리버티는 모든 병적인 요소에서 벗어나 양심을 되찾는 자유이다.

이런 진단과 치료는 성찰, 반추, 자성이라는 심적 반성에 일치한다. 작가는 자신의 내부에 있는 진실에 귀를 기울인다. 아리스토텔레스의 카타르시스 이론을 영국 시인 워즈워드는 "내게 찾아온 건 오직 슬픈 생각뿐/ 때맞춰 그 슬픔을 말하니 그 생각 사라지고/ 나는 다시 건강해졌네."라고 노래한다.

힐링 개념에 가장 가까운 장르가 수필이다. 힐링문학으로서 수필이 순수문학이어야 한다는 논의는 필요 없다. 좌절, 상실, 이별, 방황, 고독 등의 문제를 숙고하면서 구원이나 참선 같은 거창한 용어를 버리고 '진실한 말하기'에 집중한다. 그것만으로도 힐링과 수필은 자연스럽게 엮어진다.

분노나 슬픔 같은 감정들이 인위적으로 억압되면 정신적 문제가 육체적 증상으로 나타난다. 긴장하면 소화가 되지 않고 수면 부족이 나타나는 예와 같다. 미국의 심리학자 페니 베이커(James W. Penebaker) 교수는 심리적 외상은 육체적 질병과 밀접한 관계가 있다고 말한다. 오랫동안 억압되었던 감정의 둑이 한꺼번에 무너져서는 안 된다는 것이다. 영국 시인 바이런도 감정은 "상상력의 용암이기에 지진을 막기 위해서는 분출되어야 한다."라고 했다. 그러므로 힐링수필을 쓸 때 문장력이나 서술력을 과시하기보다는 "내면에 자리한 진실"과 대면하는 용기가 가져야 한다. 그 점에서 힐링수필은 언변이 서투른 사람에게 더욱 효과적인 장점이 있다.

힐링수필은 고백과 진술로 이루어진다. 현대 연극에 지대한 영향을 끼친 스위스의 극작가 막스 프리쉬(Max Frisch)는 "쓴다는 것은 곧 자기 자신을 읽는 일"이라고 했는데, 자신을 읽는다는 말은 감정의 객관화를 뜻한다.

힐링문학은 문학성이나 '글쓰기 재능'과는 상관이 없다. 나에게도 '아픔이 있구나.'를 자각하고, '정말 말하고 싶다.'는 생각만 있으면 된다. 인생과 수필을 비교하면, 밑그림은 인생이고 수필은 그 위에 그려진 윗그림이다. 힐링이라는 여과 장치로서 문학은 오직 진실해지고 싶다는 내적 목소리에 귀를 기울여야 한다.

05. 〈주역周易〉에 생활복을 입히다

"가는 것은 모두 이 시냇물과 같구나. 밤낮을 가리지 않고 끊임없이 흘러간다."

어느 날 공자님이 시냇물 위에 놓인 다리를 건너가면서 한탄한 말이다. 일상에 묻혀 지내다가 모든 것들은 끊임없이 변한다는 사실을 문득 깨달을 때, 왜 지금까지 알지 못했을까, 하고 하늘에 뜬 구름과 물 위에 뜬 가랑잎을 쳐다본다. 시간도 흐르고 지나가고 사라진다. 바람도 물도 인간의 수명도 흘러감으로써 나름의 본성을 보여준다.

유한한 삶과 재바른 죽음에 대한 가장 오래된 시는 1세기에 희랍 멜로디로 쓰인 세이킬로스 비문(Seikilos Epitaph)으로 인생무상을 이렇게 노래 부른다.

Ὅσον ζῇς φαίνου   While you live, shine
μηδὲν ὅλως σὺ λυποῦ   have no grief at all
πρὸς ὀλίγον ἔστι[n 2] τὸ ζῆν life exists only for a short while
τὸ τέλος ὁ χρόνος ἀπαιτεῖ. and Time demands his due.

그대 살아있는 한 빛나게 하오
어떤 것도 슬퍼말아요
인생은 짧디 짧고
그리고 시간은 제 몫을 요구하니까요.

　철학자와 시인이 명석한 논리와 다감한 감정으로 인생과 자연을 노래할 때 일치하는 지향점이 있다. 그것은 변한다는 이치이다. '제행무상諸行無常, 천지개벽天地開闢, 상전벽해桑田碧海, 천선지전天旋地轉, 생자필멸生者必滅….' 모두가 모든 존재는 변화한다는 말이다. 문학도 '쓸쓸한 불가역성'과 '무상한 불가피성'을 절절히 노래하면서 변하지 않는 근원을 찾으려 한다. 인생무상을 탄식하다가도 '가나다라마바사….' 'Α Β Γ Δ Ε Ζ Η….' 'ABCDEF….' 'А Б В Г Д Е Ё Ж….' '天地玄黃宇宙洪荒…'이라는 자음과 모음의 변화와 불변의 원리로 노래한다. 여기에는 주역 정신을 숭모하는 심정이 깔려있다.

　《주역周易》은 '주周 시대의 역易'이다. 중국인들은 오래전부터 황하가 일으키는 자연재해와 군마가 밟는 전쟁에 허덕였다. 그때도 중국은 지금처럼 넓고 넓은 예측 불허의 대륙이었고 사람들과 가축은 살아남아야 했다. "삶을 알지 못하는데 어찌 죽음을 아는가."라는 공자의 가르침처럼 현실적인 해결에 힘을 기울여야 했다. 사후의 운명이 아니라 눈앞에 펼쳐지는 자연적·인위적 변화가 그들의 생사를 가른 것이다.

《주역》은 만물은 변한다는 관점을 바탕으로 한다. '역易'은 주위 상황에 따라 색깔을 수시로 바꾸는 도마뱀의 일종을 본뜬 상형문자이다. 고대 희랍인들은 자연과 인생을 무상한 존재로 보면서 변하지 않는 영원한 존재를 '피시스(physis)'라 불렀다. 불교에서 말하는 '제행諸行'이 주관과 객관 전체를 포괄하는 개념이라면 '무상無常'은 고유한 실체마저도 부정하는 철저한 변화를 의미한다. 반면에 《주역》은 "끊임없이 낳고 또 낳는 것이 역"이라는 변화를 생명 창조의 과정으로 여긴다.

《주역》의 원리를 알면 문학에 적잖은 도움이 된다. 이유는 하나이다. 문학과 주역은 죽은 이후의 세계보다는 살아있는 동안의 생활과 출세, 재물과 행복, 인격과 악습에 대하여 말하기 때문이다. 그 점에서 주역과 문학은 현실주의라는 하나의 뿌리를 공유한다. 천지의 원리와 창작술이 동일점을 가지다니 놀라운 일이 아닐 수 없다.

《주역》은 생의 변화를 음양으로 설명한다. 〈계사전繫辭傳〉에서는 변화의 도道를 "한 번은 음의 방향으로, 한 번은 양의 방향으로 운동해 나가는 것"이라고 한다. 상하, 좌우, 남녀라는 음양을 대립이 아니라 '서로 마주하며 기다린다.'는 쌍의 의미로 풀이한다. 양과 음의 기호는 '—'와 '––'이다. 양효陽爻와 음효陰爻를 풀이하면 양효는 남성의 성기를, 음효는 여성의 유방을 나타낸다. 기이하게 한글에서도 자음은 남성을 모음은 여성을 상징하며, 컴퓨터 언어에서 "0"은 여성을, "1"은 남성을 나타낸다.

해석의 기초는 기호학이다. 주역이 단 두 개의 기호로써 만물을 풀이한다면 수필도 자음과 모음이라는 두 기호로써 인간의 운명을 기술한다. 기호로 사물을 나타내는 방식은 언어 이전부터 인류의 삶 속에 존재해 왔다. 다만 그것을 해독하는 언어가 시대마다 달라지고 나라마다 다를 따름이다. 만물을 자음과 모음으로 이루어진 언어로 풀이하는 수필처럼 주역도 만물의 변화를 양효와 음효에 일치시킨다.

수필은 인생과 자연과 우주의 변화를 언어로 설명한다. 주역은 우주 탄생의 원리와 생명의 비밀을 캐고 그들 간의 상호성을 설명한다. 수필과 주역이 다루는 소재도 참으로 넓다. 철학뿐만 아니라 과학 생물학 건축학 천문학 등이 그들의 소재에 포함된다. 주역과 문학이 공통으로 다루는 24절기는 농경의 지표이면서 인생의 흐름을 알려주는 역할을 한다. 앞서 이야기하였듯이 두 정신계는 사후세계를 다루지 않고 이생의 삶을 해석하고, 내세가 아니라 현세의 인간 운명을 다룬다. 주역이 인문학의 속성을 벗겨낼 수 없는 이유이다.

역경易經은 하늘, 땅, 물, 불, 바람, 못, 산, 천둥이라는 8가지 자연현상으로 인간의 길흉을 살핀다. 주역을 철학적으로 해설하는 역전易典은 역경의 법칙을 세우고 괘의 모양을 설명하고 해석한다.

문학, 특히 인간의 현실적 삶을 다루는 수필에도 주역처럼 경經과 전典이 있다. 인간사가 역경이라면 그것을 엮는 틀과 구조는 역전이다. 수필이 어떤 인간사를 소재로 선택하느냐에 따라 그 것을 풀어내는 구성과 문장이 달라진다. 수필에서 역경에 따라 역전이 변하는 원리는 주역의 역경과 역전의 관계와 비슷하다. 더욱이 수필은 자연 속에서 인간사의 원리를 찾고 인간사 속에서 자연의 동질성을 다룬다. 무엇보다 주역이 길흉화복을 점치는 점서占書가 아니듯이 수필도 생로병사를 예측하는 글이 아니다. 주역과 수필은 비록 우주 만물이 변하더라도 변하지 않고 존재하는 진실의 이데아를 담아내기 때문이다.

수필이 지닌 생활성을 폄훼해서는 안 된다. 생활이야말로 진실과 진리의 발견이 이루어지는 현장이다. 그러므로 일상성과 생활성을 혼돈해서는 안 된다. 일상이 눈을 감고 사는 것이라면 생활은 두 눈을 부릅뜨고 삶의 주역으로서 살아가는 것이다. 일상은 다람쥐 쳇바퀴 도는 식이라면 생활에서는 존재의 발견과 인식이 이루어진다. 주역 또한 인간의 삶과 운명을 해석하고 발견하는 것이 아닌가.

우주와 만물과 인간사를 통찰하는 수필은 비유하면 주역에 생활복을 입혔다고 말할 수 있다. 고도의 지식을 요구하는 주역 공부가 어렵지만 좌고우면左顧右眄하지 말고 자신의 수필에 주역의 향기가 나도록 노력할 필요가 있다. 쉼 없이 흐르는 바람이나 구름을 문득 쳐다보고 주역의 괘卦 같은 주제문 하나를 뽑아낸다면 진정 인문학 같은 글에 다다랐다고 말할 수 있다.

수필이 어떻게 주역에 접근하는가를 아래 글을 읽으면 알 수 있다. 맹난자 선생은 홍시를 두고 어린 시절의 고향을 이야기하지 않는다. 그의 직지直指는 홍시를 가리키는 것이 아니라 생활의 발견을 가르친다. 홍시는 "가을은 달다."가 아니라 "너는 익었느냐."라는 화두를 던지는 궤라는 것이다.

상자에서 감 한 개를 꺼냈다.

아직 푸른빛이 가시지 않은 몸에 과도를 넣었더니 손끝에 단단한 저항감이 느껴졌다. 감 서너 개를 채반에 받혀 볕 바른 창가에 두었다. 여러 날이 흘렀다. 감은 온몸으로 달라지기 시작했다. 얼룩진 푸른 빛깔은 물러나고 오롯이 완성된 붉은 하나의 홍시. 나는 빈집에 혼자 앉아 홍시의 붉은 안뜰을 넘보고 있다.

산다는 것은 늙음으로 향하는 길, 늙는다는 것은 완성으로 가는 것일까.

그렇지만은 않은 것 같다. 내면의 떫은 것을 익혀내는 저 발열發熱과 인고忍苦의 시간. 홍시는 늙어서 그저 완성된 것이 아니었다.

"익었느냐?"

손등으로 수박을 두드리듯 누군가 내 안을 노크한다.

"익었느냐?"

어쩌자고 철들지 못한 떫음이 그대로 남아있다.

완성이란 시간의 변화가 아닌 영적靈的 변환變換인 것을.

한 편의 글쓰기도, 인간의 품격도 이와 같은 것이 아닐까? 문득 그런 생각이 들었다.

　저 눈부신 존재의 발현發顯, 나는 지금 홍시와 대면하여 맑은 피부에, 그 아름다운 빛깔하며, 보드라운 속살 속에 지닌 깊디깊은 단맛을 완성하기까지 그들의 내밀內密한 변환의 과정을 더듬어보게 되는 것이다.

– 맹난자, 〈홍시〉 전문

　5월의 조그만 은빛 감꽃에서 푸른 가을 하늘에 붉은 물감을 듬뿍 찍은 홍시를 상상한다면 가을도 사람도 익고 달아야 비로소 존재한다는 사실을 알 것이다.

06. 몸으로 느끼고 몸말로 말한다

그녀의 하얀 팔이/ 내 지평선의 전부였다.(막스 자코프
〈지평선〉 전문)

프랑스 시인 막스 자코프(Max Jacob)의 시를 읽고 또 읽어보자.
시인은 단지 16자로 한 남자의 운명을 그려낸다. 지평선을 수평
선에 대입해 보자. 바닷가에서 남자가 여자의 하얀 팔을 베고 누
워있다. 여자의 팔이 남자의 목을 안듯, 조르듯 감고 있어 남자
는 하얀 팔을 통해서만 수평선 너머와 저쪽 세상을 본다. 남자의
모든 운명이 그녀의 하얀 팔에 갇히고 얹힌 상황을 그렇게 묘사
한다. 한 남자가 청순하지만 육감적인 여인의 포로가 되었다. 하
얀 팔이라는 몸말이 남자의 모든 말과 행동을 지배한다. 여기에
무슨 구질구질한 변명이 필요한가. "하얀 팔이 내 전부다(Nothing
except her milky arm)." 몸말의 위력은 이런 것이다.
　　문장은 몸이다. 내용이 살아 있느냐, 아니면 죽었느냐는 문장
에 달려있다. 공자가 "문文은 인人이다."라고 말하고 하이데거가
"문장은 존재를 드러내는 집"으로 설명한 것도 작품의 품격이 작

가의 품위를 잰다는 의미가 아니라 글의 생명이 문장에 좌우된다는 의미이다. 문학의 '워드'가 어법보다는 생리학적 자질을 지닌다는 사실을 반영한다.

말은 입이라는 몸에서 나온다. 정신이 몸으로부터 시작된다는 것이다. 말과 몸이 샴쌍둥이라는 것은 이미 현상학자들이 입증한 일이다. 생각을 몸에 가두려한 사람은 데카르트다. 기독교적인 가치관이 절대적이었던 시대에 데카르트는 몸을 원죄의 원흉과 욕망의 소굴로 보았다. 그로 인해서 인간의 몸이 언어로서설 자리를 잃었다. 20세기에 다다라 미국의 사회학자인 레이 버드휘슬(Ray L. Birdwhistell)에 의해 손짓 몸짓 등의 의미를 연구하는 동작학(kinesics)이 본격화 되었다. 그는 정보의 65% 퍼센트가 비언어적 수단에서 나온다고 하였다. 하인츠 슐라퍼(Heinz Schlaffer)는 〈시와 인식〉에서 시는 주술로부터 물려받은 유산이라고 설명하였다. "영들에 의하여 살아있는 세계를 겨냥하는 주술로부터 시는 자연의 대상을 너라고 말하는 관습을 유산으로 물려받았다." 이 설명은 문학의 의인법은 몸말이라는 점을 인정하는 출발이었다.

의인법은 인간 중심주의를 바탕으로 한다. 동식물이 사람과 동등한 관계에 있음을 생생하게 체험하는 언어가 사람의 몸이다. 몸으로 자연을 설명하는 의인법은 대상을 물체가 아니라 살아 움직이는 생명으로 여김으로써 소재에 친밀감과 연대감을 부여한다.

몸 시인으로 알려진 정진규 시인의 〈몸시詩〉를 소개한다.

말씀은 몸이다

생각해보라

눈에 밟힌다는 말

가슴이 아프다는 말

국이 시원하다는 말

말이 육화肉化되어 있다. 육화란 몸을 이용한 의인화 기법이다. 데카르트가 말했던 사유(코기토)조차 몸말의 형상을 빌릴 때 개념이 명료해진다. 사유가 물활론과 의인법을 빌릴 때 독자도 자신의 몸말을 사용하여 작가와 같은 반응을 취하려 한다.

'몸이 말한다.'고 말한다. '머리끝이 숙연하다.', '허리가 시큰거린다.', '뒷골이 땡긴다.'는 신체 이상이 아니라 감정 이상을 나타낸다. 몸이 말이나 글보다 더 솔직히 표현한다. 행동의 소리가 말의 소리보다 크다는 메라비언 법칙(The Law of Mehrabian)은 바디랭귀지가 상대방의 호감을 결정하는 데 55퍼센트의 영향을 미친다는 근거가 된다. 문학에서도 '몸으로 말하기'가 상당한 효력을 지니고 있다는 증거로 삼을 만하다.

우리 몸은 온갖 말로 이루어져 있다. 우선 얼이 골 안에 있다. 감각기관으로 눈, 귀, 코, 혀, 살, 털이 있다. 반갑다고 흔드는 손과 팔이 있고 걷어차는 발이 있다. 전달 기관인 입과 혀와 수용기관인 귀가 있다. 욕심을 불리는 배와 세상을 보기 위해 길게 늘이는 목과 겁에 질려 움츠리는 등이 있다. 살기 위해 흘리는 피땀이 있다. 몸 구석구석이 말이고 글이다. 달리 무슨 표현 수단이 필요한가.

메를로 퐁티(Maurice Merleau Ponty)는 소통과 담론을 '살(la chair)'이라는 개념으로 설명한 프랑스의 철학교수이다. 그는 마음(mind)과 반대되는 개념으로 몸(body)과 육(flesh)은 거추장스럽게 공간을 채우는 고깃덩어리가 아니라고 했다. 몸이 말함으로써 인간 존재가 더욱 뚜렷해진다는 그의 '살'의 개념은 성경에 뿌리를 둔다. 예수님은 성경의 진리를 가르칠 때 "내 피요 살이다."라는 은유의 몸말을 사용하였다. 피와 살을 먹는 것은 성경과 예수 그리스도를 간증하는 것으로 최초의 성문화된 몸말이라고 할 수 있다. 예수님조차 소통하기 위하여 몸말로 추종자들의 감수성을 최적화하려 하였다.

"글은 사람이다."라는 말도 작가의 인품이 아니라 글이 지닌 육체적 능력과 기능을 표현한 것으로 인격이 신체의 지배를 받는다는 것을 증명한다. 메를로 퐁티는 "우리는 무無가 아니라 항상 충만한 존재 속에 있다."라고 설명하였다. 충만한 존재는 기회가 있을 때마다 무엇인가를 표현하려 한다. "몸 자신"(un corps propre)이 언어활동과 사유 활동력을 간직하고 있다는 것이다.

데카르트는 '생각하는 나'가 물질 없이 존재할 수 있다고 말했지만 인간의 생각은 텅 빈 의식에서 출발하지 않는다. 아담이 창조되었을 때부터 인간의 신체는 언어기능을 부여받았다. 영혼이 빠져나간 시신조차 지난 내력을 검시관에게 이야기한다. 손등의 주름살 하나가 평생 하지 못한 말을 단숨에 남김없이 토해낸다. 스스로 말하는 몸을 지니고 있다는 것이 문학에서 얼마나 도움이 되는지 모른다.

메를로 퐁티가 아니라도 우리는 신체에 말을 건다. 아침부터 "화장이 잘 안 먹네."로 시작하여 낮에는 "머리 모양을 어떻게 해야 하나?"라고 수다를 떨며 "아이구, 허리야."로 하루 말하기를 마무리한다. 하루 내내 모든 감정과 의식이 몸(자기 몸)과 살에 연결된다. 살아 움직이는 것이 몸이기 때문에 가능한 것이다.

매체로서 몸은 어느 상황에서도 입말이 행하지 못한 소통을 담당한다. 효과적이고 의미 있는 소통을 추구하는 사이버리즘 시대에도 몸말과 몸체가 지닌 소통력을 알게 모르게 빌려 사용하고 있다.

$$\text{현대시학} = \text{상상} \times \frac{(\text{코기토} + \text{감수성} + \text{아우라}) \times \text{몸말}}{\text{체험}}$$

07. 예술은 욕망을 욕망한다

예술가들은 욕망을 그린다. 참을 수 없고 거부당하는, 허용 받지 못하는 욕망의 핏줄과 살덩어리를 캔버스 위에 '인생의 풍경'으로 올린다. 그들이 그린 그림이 수련이든, 가을 전원이든, 별이 빛나는 밤이든 모두 은밀하고 불온한 초상화들이다. 화가의 마지막 그림인 라파엘로의 〈그리스도의 변용〉, 반 고흐의 〈까마귀 나는 밀밭〉, 고야의 〈나는 아직 배우고 있다〉조차 각기 다른 물감과 화선지를 사용했을지라도 근원적인 욕망은 같다. 그래서 그림이 걸린 화랑이나 미술관은 화가들의 내면으로 들어가는 성당이며 무덤이 아니면 에스프레소 향기가 가득한 카페와 같다.

욕망은 원래 창조적이면서 파괴적이다. 예술가는 자신의 초도덕적 욕망과 "욕망의 노예임을 자각하지 못하는 인간의 모순성"에 갈등하면서 산다. 그들은 관능을 일깨울 줄 알고 관능을 지울 줄도 안다. 사람들이 막연히 느끼기도 힘든 감정을 포착하여 강렬하고 자극적인 작품으로 만들어낸다. 누구의 눈에도 보이지 않는 세계를 그리면서 진실 이상의 진실을 말한다. 게다가 세속적인 욕망에 빠져있으면서 교회와 성당에 걸 순수한 성자도

그려낸다. 성당을 장식한 종교화와 대웅전 3면을 에워싼 〈심우
도尋牛圖〉에는 분명 화가의 광기가 남아있다. 어찌 보면 화가들은
병동에 사는 편집증 환자들이다. 정신분열증, 성도착증, 화려한
여성 편력, 알코올 중독, 자살 충동…, 그래서 사람들은 그림 앞
에 서면 몽환적 에너지와 함께 구원의 영감을 전달받는다.

　예술이 주제는 '존재와 욕망'이다. 문학과 예술은 그 점에서 같
다. 화가는 때로는 문학의 극적인 인물이나 사건에서 영감을 얻
는다. 물속에서 생을 마감하는 여인을 그린 영국 화가 밀레이
(John Everett Millai)의 〈오필리아(Ophelia)〉는 셰익스피어의 《햄릿》에
등장하는 여주인공이며 고흐는 찰스 디킨즈의 소설에 등장하는
노동자의 삶에서 영향을 받았다. 반대로 윌리엄 S. 몸, 에밀 졸
라 등 작가들은 상식과 도덕을 초월한 화가들의 욕망과 광기와
열정을 예술적 아름다움으로 작품화하였다. 작가와 화가들은 모
두 사회의 저급한 먼지에서 탈주하려는 이기적인 광인이다.

　인간의 욕망은 참으로 다양하다. 구원, 권력, 재물, 사랑, 영
생, 명예…. 하지만 늘 첫 번째를 차지하는 것이 사랑이다. 사랑
은 자애, 순애, 연정, 욕정, 불륜, 로맨스 등의 형태로 예술의 주
요 소재가 되어왔다. 보티첼리(Sandro Botticelli)의 〈비너스의 탄생〉
부터 피카소의 나체화에 이르기까지 예술이 고상하다지만 사실
은 관음적 중독증에 가깝다.

　예술가는 모델과의 관계에서 벗어나기 힘들다. 처음에는 후견
인, 조수, 모델이었지만 종래 연인으로 발전한다. 모딜리아니와

잔 에부테른, 클림트와 에밀리 플뢰게, 로댕과 카미유 클로델, 달리와 갈리들은 서로에게 존재와 창작의 반려자들이었다. 그런 연인을 가진 예술가는 그래도 행복하다. 그렇지 못한 화가들은 그림 밖 여자와 동거하지만 그림 속 여자와 열애한다. 그 취향을 이해하지 못하는 여자는 예술가의 방으로 들어갈 수 없다.

그런 예술가의 원형을 피그말리온(Pygmalion)에서 찾을 수 있다. 아프로디테를 수호신으로 섬기는 키프로스 섬의 예술가이며 왕인 그는 문란한 섬 여인들을 혐오하고 "백설처럼 흰" 상아로 실물 크기의 여인을 조각했다. 조각상은 실제 여인처럼 보였고 무엇보다 그의 이상형이었다. 밤낮 조각상을 어루만지던 그는 아프로디테에게 조각상이 아내가 되게 해 달라고 간절하게 기도했다. 집으로 돌아와 여느 때처럼 조각상에 입을 맞추는 순간 조각상은 살아있는 여인이 되었다.

피그말리온의 욕망 이야기는 예술에서 여인이 어떻게 창조되는가를 보여준다. 그 후 많은 예술가가 지금도 여신들, 비너스, 모나리자, 처녀, 귀족 부인, 나부, 창녀를 그리고 현대판 '섹스 인형'과 '춘화'일지라도 현실에서 불가능한 영구적인 사랑을 추구한다. 여성의 아름다움은 짧고 그림 속 여인의 아름다움은 영원하다. 그러니 잠을 설치며 온갖 상상력을 발휘하여 불멸의 아름다움을 위해 상아로 여체를 조각하고 만개한 장미꽃을 여자의 그곳에 그린다. 나뭇잎 하나로 여성의 그것을 가린 신의 빈한한 상상력을 투덜대면서. 그나마 아름다운 것은 여성의 몸이므로 몸을 빌린다. 순수한 듯 불순하게. 수치스러운 듯 아름답게.

작가들은 이러한 화가들의 삶과 예술을 언어로 표현하였다. 오스트리아출신의 영국 철학자 비트겐슈타인(Ludwig Wittgenstein) 이 "언어가 사람을 지배한다."고 하였듯이 작가들은 평전, 전기, 소설, 미술평론으로 예술가들의 삶을 기록한다. 아일랜드 작가 인 제임스 조이스는 《젊은 예술가의 초상》에서 가정과 교회와 사회를 박차고 자신만의 예술을 위해 날개를 펼친 젊은 예술가 를 등장시켰다. 사회란 언제나 영혼의 날개 위에 망을 치는 고약 한 짓을 그치지 않기 때문에 작품 속에서나마 그들의 욕망이 날 도록 해준 것이다.

예술가는 감성이 예민하여 일단 사랑하면 파멸도 불사한다. 사랑은 직관과 영감의 용광로이므로 그들의 격정이 불멸의 작품 으로 태어나 우리에게 아름다운 감동을 선사한다. 대신 그들의 영혼은 무참히 찢기고 훼손당한다. 그림은 악마적 상상력이다. 그래서 그림은 화가가 숨긴 욕망을 고스란히 드러낸다. 예술을 위한 예술을 숭상하는 유미주의가 그렇다. 오스카 와일드는 "모 든 예술은 부도덕하다."라고 하면서도 예술의 부도덕을 당연시 하였다.

문학과 미술은 표준화된 설명을 거부한다. 문학은 언어로 그 린 그림이며, 그림을 선으로 그린 것이 문학이듯이 두 분야는 인 간의 욕망과 존재에 질문을 던진다. 답은 이것이다. '인간의 욕 망은 무상하다.' 욕망의 속성은 태풍이 사라져야 비로소 고요의 마음이 된다는 것이다. 그때쯤 여인의 젖은 눈빛에서 석양 같은 아름다움을 찾아낼 수 있지만 '욕망이라는 이름의 전차'는 그대를 태워주려 하지 않는다.

　문학과 그림과 영화와 연극은 늘 이렇게 말한다.

　욕망이 욕망한다.

아직도 마냥 걷는다. 제대로 쓰지 못하여
그때도 지금도

말과 글의 시간은 무한대이지만 사람의 말과 글에는 시작과 끝
이 주어진다. 원시인들은 바위와 나무와 점토에 본 것을 그리고
중국에서는 거북 등에 갑골 문자를 새겼다. 근대에 이르러 종이
와 책이 만들어지면서 문명이 사방으로 뻗쳐나갔다. 낭만주의
시절에는 시엽지와 하얀 천에 시를 남기는 멋도 생겨났다. 현대
에는 A4 용지에 생각의 골을 새기고 컴퓨터로 갖가지 생의 사건
을 쓰고 지운다. 드디어 조그만 스마트폰 안에 무수한 언어를 담
는 AI 시대에 다다랐다.

그때도 지금도
제대로 쓰지 못하여 날마다 걷는다.

모래 위에 글을 쓰고 지우던 아이가 어른이 되어 웬만하면 한 권의 책을 갖는 시절이 되었다. 그렇더라도 누구든 마음이라는 글판이 닳도록 쓸 수는 없다. 어머니 품속에 안기고 사랑하는 사람의 눈을 바라보고 동서 철학자의 얼굴 주름에 감동한 때가 없다면 어찌 책을 읽고 글을 쓰는 시절이 올 수 있을까.

2022년 시월, 감 익는 때
청은재淸隱齋에서
저자 **박양근**